Ingeborg Arlt
Die Hure und der Henker

Ingeborg Arlt

Die Hure und der Henker

Historischer Roman

Brendow
VERLAG + MEDIEN

Bibliografische Information Der Deutschen Nationalbibliothek
Die Deutsche Nationalbibliothek verzeichnet diese Publikation in der Deutschen Nationalbibliografie; detaillierte bibliografische Daten sind im Internet über www.d-nb.de abrufbar.

ISBN 978-3-86506-234-5

Einbandgestaltung: Christian Steinacker, Witten
Titelmotive: »Vor dem Marketenderzelt« von Philips Wouwerman und »Magdalena« von Georges de la Tour
Satz: Satzstudio Hans Winkens, Wegberg
Druck und Bindung: CPI - Clausen & Bosse, Leck
Printed in Germany

www.brendow-verlag.de

1

Die Wahrheit siegt. Ja. Und die Wahrheit ist, dass Judith sich unter einem Lebensbund etwas anderes als Valentin vorstellte. Etwas Greifbareres. Etwas, das mit dem Zählen des Kleinviehs und dem Überprüfen der Mehlvorräte zu tun hatte, mit Fahrereien und Bestellungen, Laufereien und Käufen, mit dem Beschaffen von Weidenruten zum Fischeräuchern und Lärchenholz zum Backofenheizen. Ein Lebensbund, so Judiths Vorstellung damals, ging auf jeden Fall mit viel Arbeit einher. Mit dem Einzug zusätzlicher Knechte und Mägde. Mit dem Mieten eines Saales, dem Scheuern der Treppen, dem Putzen der Fenster. Plätze wurden gebraucht für Wagen und Pferde. Gästelisten mussten aufgestellt werden, Einladungen geschrieben, Geschenke bestimmt. Voller Unbehagen dachte Judith, während sie mit der Feder ihre Listen auf- und niederfuhr, hier noch einen Titel ergänzte, da noch eine Anschrift nachtrug, an all die Hemden, die noch genäht, Pantoffeln, die noch bestickt, Schnupftücher, die noch gesäumt, Kragen und Manschetten, die noch gestärkt und gebleicht werden mussten, verpackt, verschnürt, versiegelt, beschriftet und rechtzeitig mit den Einladungen auf den Weg gebracht.

Da eine Brautmutter fehlte, hatte sie das meiste allein schaffen müssen. Zwar stand ihr beim Errechnen des zu erwartenden Zuckerverbrauchs ihre zukünftige Schwiegermutter zur Seite. Zwar beaufsichtigte der rothaarige Simon, damals noch jung und erst seit Kurzem ihr Hausknecht, das Verglasen der Fenster und das Decken des Stalldachs. Auch brachte sie die Bestellungen von Kochzucker, Streuzucker, Korianderzucker, Stangenzimt, Bruchzimt und Safran nicht selbst zur Apotheke, sondern schickte ihre alte Kinderfrau dorthin. Aber Elsbeth vergaß immer, dass Judith kein kleines Mädchen mehr war. Elsbeth, obwohl schon seit sechsundzwanzig Jahren in Pritzwalk, sprach immer noch Schlesisch, sagte statt Pfingstrosen Pumpelrosen und statt Maiglöckchen Springauf. Und mit Safran backen wollte Elsbeth nun auch nicht. Ihr Kuchen werde von Eiern gelb und nicht von dieser Schönfärberei. Ihr Kuchen gehe ehrlich in den heißen Ofen, und zwar, solange sie lebe!

Na wunderbar. Finster blickte Judith in das alte Gesicht. Und wie lange lebte dieses Bremsklötzchen noch?

Judith strich den Safran von ihrer Liste und schickte Simon zur Apotheke. Judith bestimmte, welche der Konfirmandinnen, die sich im Hof unter dem Nussbaum versammelt hatten, zum Girlandenflechten genommen wurden. Judith entschied, wie viele Brote die frommen Beginen bekamen und wie viel Suppe man kochte zum Speisen der Armen. Als Elsbeth klagend hereinkam, sie finde keinen Leinsamen mehr, man brauche doch welchen für Judithels Kränzel, stand sie schon zum sechsten Mal im Brautkleid, während vor ihr ein verzweifelter Schneider kniete. Links steckte die Magd Ulla ihren Kopf durch den Türspalt. Ob die Fleischer, die das Kalb nun ausgenommen hätten, gleich dort auf der Tenne frühstücken sollten oder in der Küche oder wo sonst. Rechts, aus der Bibliothek, nahte ihr Vater und hielt ein schlecht aufgeschnittenes Buch in der Hand. Wozu er eigentlich das Papiermesser schärfe, wenn seine Tochter dann doch die Haarnadel nehme.

Und wie das nun aussehe. Sie solle sich's ansehn: Als sei man mit der Säge über das Buch hergefallen!

Und zwischen den Leinsamen für den Brautkranz, die Glück bringen sollten, und den Fleischern auf der Tenne, die frühstücken wollten, musste Judith ihren Vater beschwichtigen, sich vor dem Schneider drehen, ans Brotbacken, die Musikanten und den Torweg denken, den man geschlossen halten musste, oder den Hund an die Kette legen, wenn so viele fremde Leute da waren, und auch noch Kuller, den Kater, aus der Truhe mit den Tischdecken jagen. »Elsbeth! Hab ich nicht gesagt: Die Truhe bleibt zu!«

»Nu, doa kann iech mer ooch keene Decke nich nahm!«

Es war kein Wunder, dass ihr der Geduldsfaden riss.

Eines Morgens, nachdem der Brotteig in den Trögen die ganze Nacht lang gegangen war, aber nun die Sonne nicht schien, als der Teig schon zu Laiben geformt auf mit weißen Tüchern bedeckten Brettern im Hof lag, aber die Sonne noch immer nicht schien, und als Simon, der den Backofen schon angeheizt hatte, zu ihr in die Küche kam mit der Meldung: »Jungfer Judith, die Sonne scheint nicht«, hieb sie einen eisernen Topf mit solcher Wucht auf den Herd, dass oben Funken stoben und unten das Feuerloch aufsprang. Jetzt reiche es aber! Jetzt habe sie aber genug! Mit Furz und Feuerstein komme jeder zu ihr! Gehe denn hier nichts ohne sie? Müsse sie sich auch um die Sonne noch kümmern? Sie wisse nicht, wo ihr der Kopf stehe! So ein Durcheinander überall!

Simon, der das graue Wetter mitten im August ja nicht angerichtet hatte, schob die Brote wortlos und verbissen ungesonnt in den Ofen. Die Handwerker gingen auf Zehenspitzen durchs Haus. Die Frauen sprachen die glückliche Braut nicht mehr an. Diso, weißzottig und selbstbewusst, versuchte es noch mit Schwanzwedeln, wedelte, wenn er Judith sah, stürmisch, dann weniger stürmisch, dann gemäßigter, mäßig, hielt den Schwanz still, ließ ihn sinken und schlich zuletzt resigniert um die Ecke. Und selbst Judiths Vater wagte keinen Protest mehr, als seine Tochter, ohne anzuklopfen, in seine Studierstube eindrang, um ihn an die noch nicht beglichenen Rechnungen für Brautmesse und Glockengeläut zu erinnern!

Die Wahrheit ist: Valentin fiel ihr damals nicht einmal ein.

»Valentin? Welcher Valentin?«

Fragend sah sie ihren Bräutigam an. Sie besaß keinen Vetter, der Valentin hieß. Ihre Verwandtschaft war zwar groß, nicht so sehr von Seiten des Vaters, dem nur eine alte Schwester noch anhing, als vielmehr durch ihre früh verstorbene Mutter, die eine geborene Chemnitz war und einen sehr bedeutenden Anhang mitbrachte. Seit Generationen schon waren die Chemnitze Bürgermeister und Ratsherren in dieser Stadt, seit einiger Zeit stellten sie dem Lande auch Vizekanzler und Räte. Ganze Wagenladungen von bedeutenden Onkeln, Großonkeln und Vettern der verschiedenen Grade musste sie auf der Suche nach einem Valentin vor ihrem inneren Auge vorüberziehen lassen. Sie fand Chemnitze in Treuenbrietzen, Kyritz, Braunschweig und Werben. Sie fand Nikoläuse, Matthiasse, Johanns, Sabells und Joachims. Einen Valentin fand sie nicht.

Aber der junge Kober, ihr Bräutigam, meinte auch keine Verwandtschaft.

Wo stehe denn geschrieben, dass die beiden Hochzeitsbitter unbedingt Verwandte sein müssten!

Ihrem Vetter Henning Chemnitz war das Söhnlein gestorben; der kam für das Ehrenamt nun nicht mehr in Frage. Aber Wams, Rock, Hosen, Stiefel – alles für den langen Henning sei fertig. Es gehörte zu den Pflichten des Bräutigams, die beiden Hochzeitsbitter zu kleiden. So ein Anzug sei teuer, sagte Kober. Valentin habe die gleiche Statur.

»Valentin Klein, Jungfer Judith. Ihr kennt ihn.«

Allerdings. Ja. Bei dem Namen Klein erinnerte sie sich dann doch.

An eine ferne Schulstunde nämlich. An einen Apriltag vor fünfzehn Jahren. An ein Bersten und Krachen ihrem Schulfenster genau gegenüber. An sackende Mauern und kollernde Balken. An Dröhnen, Staubwolken, durchgehende Pferde. An Rennen, Rufen, Gekreisch und Geschrei.

»Die Klein! Die Kleinsche!«

»Welche Kleinsche?«

»Bartel Kleins Witwe!«

»Die den Jungen hat?«

»Die beim Gerber wohnt, die.«

Während die Mädchenschulmeisterin hinter ihr die ersten Mädchen schon wieder in die Bänke zurücktrieb, hatte sie vom Fenster aus zugesehen, wie man unten auf dem Platz eine reglose Frau aus den Trümmern des Ratskornbodens zog. Wie man nicht weit davon einen kleinen Bengel festhielt, der fünf oder sechs Jahre alt gewesen sein mochte, zu seiner Mutter wollte und um sich schlug, trat, biss, spuckte und kratzte.

»Ach, dieser Valentin. Ja, Kober. Gut.«

Aber in Wirklichkeit fand sie es nicht gut. In Wirklichkeit fand sie es auch nicht schlecht. In Wirklichkeit waren ihr die Hochzeitsbitter egal, denn sie verstand das alles nicht. Lange genug hatte man von dieser Hochzeit gewusst. In der Audienzstube des Rathauses, in der Amtsstube des Pfarrherrn, in Läden und Werkstätten, Küchen und Kammern, Ställen und Höfen war die Verbindung von Magister Heinischens Tochter mit dem Sohn des Bürgermeisters Balthasar Kober Gegenstand von Gesprächen gewesen.

»Der junge Kober? So eine Antiquität nimmt der sich?«

»Geld kommt zu Geld, du Kalbshirn. Bei solcher Mitgift nähme auch ich eine Alte!«

»Wieso? Wie alt ist sie denn?«

»Schon *sechsundzwanzig*!«

Geschichten von vergeblicher Liebesmüh und abgewiesenen Freiern wurden wieder erzählt. Die Legende von Kobers Abenteuern an der Wittenberger Universität lebte auf. Monatelang mutmaßte man heimliche und unheimliche Gründe, argwöhnte man mütterliche Einmischung und väterliche Weisung, rätselte man um die Höhe der Mitgift, wurde der Umfang des Kober'schen Vermögens geschätzt. Wochenlang verfolgte man die Vorbereitungen, zählte die Bretter, die über die Treppen im Rathaus gelegt, und die Bierfässer, die darauf emporgerollt wurden. Tagelang stritt man sich um die Namen der Mädchen, die zum Girlandenflechten, und die der Jungen, die zu Laternenträgern bestellt worden waren. Wozu nun trotzdem noch am Tag vor der Trauung zwei junge Männer von Haus zu Haus gehen mussten, um das Ereignis allen bekannt zu machen, gehörte zu den großen Geheimnissen dieser Stadt.

Pritzwalk. Consules civitatis Pritzwalkensis. Die Ratsherren der Stadt Pritzwalk.

Judith war Magister David Heinischens Tochter, das einzige Kind jenes Mannes, der vor vielen Jahren als junger Habenichts nach Pritzwalk gekommen und zunächst als Lehrer an der Lateinschule angestellt worden war. Abhandlungen, Aufsätze, Studien, Traktate begründeten seinen wachsenden Ruhm. Einige, wie die Untersuchungen zum Thema »Welcher Charakter eine Person zum Gerichtsschreiber qualifizieret« oder »Über den Staatslenker als Exponenten sittlicher Ideen«, vermehrten auch die Zahl seiner Feinde. Zwar konnten diese nicht verhindern, dass er eine Advokatur erhielt, erst Schöffe, dann Ratsherr, dann Bürgermeister wurde, dass der Kurfürst höchstselbst ihn mit Aufträgen ehrte, aber manches, was sie dem Vater nicht heimzahlen konnten, rechneten sie seiner Tochter an.

Sie hatte nicht aufzufallen, jedenfalls nicht unangenehm. Sie nickte also. Die Hochzeitsbitter …

»Ja, Kober. Gut.«

Die beiden jungen Männer wurden prächtig gekleidet. In respektvollem Abstand von einer Schar Kinder gefolgt, zogen sie am Tag vor der Hochzeit von einem der großen Bürgerhäuser zum nächsten. Sie klopften. Sie sangen. Sie stampften mit dem Bänderstab auf. Hausherr und Hausfrau gaben sich angesichts der Botschaft, dass »Herr Joachim Kober, der ehrenfeste/sie ersuche als seine Gäste« überrascht und geehrt und bekundeten ihrerseits ihre Freude darüber, dass Herr Joachim Kober und »die ehrbare und fleißige Jungfrau Judith Heinisch« sie am nächsten Tag bei Tisch haben wollten. Wonach sie, die ehrbare und fleißige Jungfrau, allerdings bald keine Jungfrau mehr sein würde, was aber niemanden außer ihr zu beunruhigen schien.

Solche Gedanken hatte sie zu verbergen. Freundlich musste sie sein zu den Mitgliedern der ratsfähigen Familien, den Schöffen, Richtern, kurfürstlichen Beamten. Zu Onkel Klaus Kober aus Potsdam, der, kaum dass er seiner Kutsche entstieg, heiße Milch, eine möglichst abgelegene Kammer und für sein Rheuma ein Katzenfell brauchte, und zu Tante Euphrosyne aus Fuchsberg, die weder eine Tante noch eine Euphrosyne war, wenn Euphrosyne »die Heitere« hieß, sondern die sehr ernste Frau eines Buchhändlers, der ihrem Vater manchmal Extrawünsche erfüllte, und der Ernst durchdrang sie deshalb so ganz, weil sie als Geschenk zu der Einladung gern bestickte Pantoffeln gehabt hätte, aber von einem modischen Kragen ereilt worden war.

Pritzwalk. Die Ratsherren der Stadt Pritzwalk.

Judith verbarg ihren Schreck, als sie am Morgen der Trauung, immerhin schon in ihrem weinroten Brautkleid, aus dem Fenster sah und das Gewimmel gewahrte. Paarweise, zu dritt, zu viert, in Gruppen und Grüppchen standen die Gäste vorm Haus. Verhohlen musterten sie einander, unverhohlen die Fassade des Hauses: die neuen Fenster des Erkers an der Ecke, die Bohlentür mit den blanken Beschlägen und dem Türklopfer in Gestalt dreier Würfel, die drachenköpfigen Radabweiser rechts und links von der Einfahrt, die Simon so lange mit Sand poliert hatte, bis sie glänzten wie Silber. Halblaut lasen sich die Ortsfremden die mit frischem Blau nachgezogene Hausinschrift vor: »Du stehest hier / vor was dir gefällt / kostet mich aber das meine Geld / hab ich geirrt / so hüte du dich / bin's nicht allein / dem's an Wissen gebricht.«

Den Fremden und den Jüngeren gebrach es an dem Wissen, dass außer der günstigen Lage – es war ein Eckhaus, von dem aus man gegen Westen die ganze Marktstraße einsah – auch diese Inschrift eine Rolle gespielt hatte, als Heinisch sich für dieses Haus und gegen den Kauf eines anderen entschieden hatte. Man stand und wartete und erkundigte sich.

»Wer ist der da?«

»Heinrich Kunow?«

»Nein, den kenn ich. Der andere, der Lange.«

»Der seinen Hut immer so ungeschickt zieht?«

Die wenigsten kannten Valentin Klein. Man kannte Heinrich Wordenhoff, den Doktor beider Rechte aus Hamburg. Sabellus Chemnitz, den Sechsten Generalsuperintendenten der Altmark, Doktor Joachimus Chemnitz vom Kurfürstlichen Kammergericht zu Berlin. Judith, von ihrem Vater feierlich vor die Haustür geführt, wusste, worauf es bei solchen

Auftritten ankam. Nur angesichts mit Haarnadeln misshandelter Bücher war ihr Vater imstande, etwas zu donnern von der Unvernunft aller Weiber und langen Haaren und kurzem Verstand. Sonst war er ein Verfechter der Frauen- und Jungfrauenbildung, der Begründer und Einrichter der Mädchenschule am Ort. Sie, seine Tochter, hatte durch ihre Haltung zu beweisen, dass das Lesen- und Schreibenkönnen ein Weib nicht verdarb.

Sie sah zu Boden. Schritt für Schritt ging es die Stufen hinab. Langsam führte der Vater sie Kober zu. Der strahlte. Der hatte ihr in den letzten Tagen geholfen, wo er nur konnte. Die Tische reichten nicht? Ein Wagen der Kobers fuhr am Schützenhaus vor und wurde mit Tischen und Bänken beladen. Die Tische reichten immer noch nicht? Auf einem der Kober'schen Speicher wurden von Kobers Arbeitern fünf wunderbare, dauerhafte Schragentische gebaut.

Nun stand sie vor ihrem Bräutigam, die Blicke gesenkt. Der Brautzug. Das Aufstellungnehmen. Das Glockengeläut.

Man setzte sich in Bewegung, voran die beiden Hochzeitsbitter in ihren prächtigen olivgrünen Röcken mit den roten Schärpen, dahinter, in schwarzen Chormänteln, die Kurrendeknaben, die sangen: »Wenn Mann und Weib sich gut verstehn/und unverrückt zusammengehn.« Und dann folgte, allerdings noch ziemlich verrückt zusammengehend, das Paar. Judith trippelte nach rechts und Kober nach links. Kober tat einen Sprung und Judith trat auf der Stelle. Schuld daran war Diso. Jemand – später stellte sich heraus, dass es die schlesische Elsbeth war – hatte den Hund auf die Straße gelassen. (»Dos Tier muss ock ooch a bissel merken vom Feste!«) Nun umsprang er Judith bellend und sich vor Wiedersehensfreude fast überschlagend.

»Diso! Pfui! Pfui, Diso! Aus!«

Dass eine Braut mit dem Jungfernkranz auf dem Kopf sich

schwanzwedelnd umtanzen lässt, schickte sich nicht. Dass ein Bräutigam auf dem Weg zum Altar immerzu »Pfui!« schrie, ging noch weniger an.

Die Knaben, vom Kantor drohend angesehen, sangen weiter: »Komm her, mit Fleiß zu schauen / du christenliche Schar / wie Gott ein Haus will bauen / dem fromm getreuen Paar.« Die christenliche Schar am Straßenrand, aus Handwerkern, Kleinkrämern, Tuchknappen, Ziegelstreichern und anderen armen Leuten bestehend, zeigte sich weniger von dem Gesang der Knaben als von dem kleinen weißen Hund beeindruckt, der sich knurrend und grollend mit allen vier Pfoten dagegenstemmte, dass der rothaarige Simon ihn auf den Hof zurückschleifte.

Damals fürchtete man sich in Pritzwalk noch nicht vor den Fliegen.

Es waren ja auch nur die üblichen da. Gar keine in der kühlen, dämmrigen Kirche, wenige im girlandengeschmückten, vom Essensdunst durchzogenen Saal. Kleine schwarze, kaum zu sehen unter der hohen getäfelten Decke. Leise summende, nicht zu hören in all dem Stimmengewirr, dem Teller- und Bechergeklapper, dem Umhereilen der Schenkjungen und Essensträger, dem Raunen, mit dem diese und jene schwer beladene Platte, von Männern getragen, begrüßt wurde. Ganze Spanferkel trug man herein. Kalbskeulen, mit gefüllten Artischocken umlegt. Pasteten aus Ochsenzungen und Pilzen. Karpfen und Hechte. Lämmer am Spieß. Aus den gebratenen Gänsen quollen goldgelbe Äpfel. Mit dem Steiß nach unten und zu je sechsen auf eine Platte gesetzt, dampften in Teig gehüllte Hähnchen und Tauben. Gekochte Hühner wurden mit Krebsschwänzen, Hammelkeulen mit Gurken, Presspköpfe mit Zwiebelringen serviert. Es gab mit kleinen Würstchen aus Schweinefleisch gefüllte Kaninchen. Es gab Schweineleber auf Hühnerhälsen. Es gab Eierkuchen mit Spargel und Hirn.

Und solange Judith denken konnte, gab es auch Unterschiede zwischen den Menschen. Immer saßen die Angesehensten oben im Saal und die Schullehrer wie Valentin in der Nähe der Tür. Wie sonst sollte man ordnen, wenn nicht nach Alter und Rang.

Judith, die sich inzwischen damit abgefunden hatte, dass sie die zu heiße Specksuppe mit Ingwer nicht auf jedem Teller persönlich kaltblasen konnte, lehnte sich zum ersten Mal an diesem Tage zurück. Alle hatten zu essen. Alle hatten zu trinken. Wenn man dem Augenschein trauen durfte, schmeckten ungesonnte Brote tatsächlich. Auch schien ihr Vater, der sich, den Wortfetzen nach zu urteilen, die sie ab und zu auffing, mit Richter Scheplitz aus Wittstock wieder einmal über dessen Kodifizierung des Brandenburgischen Gewohnheitsrechts unterhielt, die Angst vor der Einsamkeit nach der Heirat der Tochter in diesem Augenblick vergessen zu haben. Verstohlen, hinter der schweren, grünsamtenen Tischdecke verborgen, tastete sie nach Kobers Hand.

»Judith? – Hört mal!«

Kober, mit einer Kopfbewegung, deutete zu dem Tisch hinüber, an dem zwischen lauter Hausfrauen und Müttern Judiths unverheiratete Freundin Benigna Chemnitz saß.

Die Geistlichen, nicht weit davon, hatten gerade lautstark den Nutzen der Predigt erörtert. Der Subdiakon würde sie in Lenzen, der Archidiakon in Havelberg drucken lassen; und Benigna dachte ebenfalls über die Traupredigt nach. Der verborgene Mensch des Herzens, habe es darin geheißen, sei köstlich vor Gott. Wenn aber der verborgene Mensch des Herzens derart wortreich gepriesen werde, dann sei er doch gar nicht verborgen!

Und nun musste sie, die arme Benigna, die mit ihren dreißig Jahren zwar keinen Mann mehr, aber jeden Tag einen anderen Grund zum Nachdenken fand, sich von der kleinen Neufeld, die ihr gegenübersaß und zwar erst achtzehn war, aber ihr einen Mann und zwei Kinder voraushatte, über Bratenplatten und Salatschüsseln hinweg mit unangenehm heller Stimme darüber belehren lassen, dass das doch Spintisierereien seien und die wirklichen Probleme ganz andere! Das Geld! Die Krankheiten der Kinder und die Sorgen des Mannes! Während sie, Benigna, überhaupt nicht wisse, wie gut sie es habe. Während sie immer noch bei der Mutter im Warmen sitze und jeden Tag Zeit habe, über sich selbst nachzudenken!

Benigna, in ihrem einsamen Leben mit der Mutter nicht in die wirklichen, sondern nur in die unwirklichen Probleme verstrickt, nahm von da an am Gespräch nicht mehr teil. Dafür brach links vom Brautpaar ein lebhaftes aus. Kobers Vater, der Bürgermeister Balthasar Kober, hatte den anderen Herren gerade die Vorzüge der Mark banco erklärt und nun bestürmten ihn alle mit Fragen.

»Und die Amsterdamer Bank, sagtet Ihr, arbeitet so?«

»Ja, und ich sag Euch: Das funktioniert!«

»Und 1620 fängt die Hamburger an?«

»1619. Im nächsten Jahr schon!«

Es war ja nicht das erste Fest, an dem Judith teilnahm. Dass ihres Vaters alte Schwester, Jungfer Elisabeth Heinisch aus Parchim, sich nur an die weichen Speisen halten und sich am besten mit Elsbeth verstehen würde, war genauso vorauszusehen gewesen wie dass Benigna und die kleine Neufeld aneinandergerieten oder dass man beim Essen noch Hochzeitsgedichte verlas. Und wie immer verlangte man bald auch, zu tanzen. Wie immer verkroch sich dann Daniel Kunow nach hinten. Wie immer schlug Elsbeth dann etwas Schlesisches vor, »Sechs Wucha ver Ustern« etwa oder

»Wenn mer warn eia Himmel kumma«, was die fünf Spielleute aber beides nicht kannten. Und auch, dass Elsbeth dann abwinkte, sich wieder neben Tante Elisabeth setzte und beide heftig den Süßspeisen zusprachen, hatte es schon immer gegeben.

Man trommelte, flötete, geigte. Anna Schaum, eine kleine rundliche Frau mit Apfelwangen, summte die Tanzweise mit. Ihr Mann, der Bürgermeister Sigismund Schaum, fand, Hochzeitslieder seien nichts als Sinnen- und Hurengesänge. Das Summen brach ab, eine Freude erlosch, und auch das war nicht neu. Die Magenschmerzen des Buchhändlers waren genauso zu erwarten gewesen wie der Kommentar seiner Frau. »Mein Magen«, stöhnte er. »Mein Magen! Mein Magen! Das wird wohl vom unregelmäßigen Essen herkommen.«

»Oder vom regelmäßigen Trinken«, sagte spitz seine Euphrosyne dazu.

Auf jedem Fest brachen ein paar Krüge entzwei, kippte ein Leuchter, riss eine Girlande, wischte man eine Bierlache auf. Es war, wie sich's gehörte, alles wie immer.

Die Wahrheit ist: Sie bemerkten kein Zeichen.

Über die Gründe, die damals Judiths Vater bewogen, Valentin in sein Haus aufzunehmen, ist später von beiden viel nachgedacht worden. Judith hielt es für möglich, dass es schon ein alter Wunsch war, denn er, der Magister selbst, hatte erst mit einundfünfzig geheiratet. Siebenundzwanzig Jahre vor der Hochzeit seiner Tochter hatte er unbedingt einen Sohn zeugen wollen. Gewissenhaft hatte er damals die Ratschläge eines Buches befolgt, aß wochenlang nur trockene Speisen, trank wenig, verschaffte sich viel Bewegung im Freien. Auch hielt er sich, um sicher zu sein, dass sein Same die nötige Reife erlangte, von seiner jungen Frau mehrere

Wochen lang mannhaft zurück. Dann las er, auf der Bettkante sitzend, bevor er zum Zeugungswerk schritt, noch einmal genau nach, worauf es nun ankam: dass der Zeitpunkt der richtige sei, und vor allem, dass der Same auf die rechte Seite des Mutterleibes falle!

Aber entweder hatte Judiths Mutter sich damals verzählt und es war ihm nicht gelungen, ihr am vierten Tag ihrer monatlichen Zeit beizuwohnen, oder er hatte im entscheidenden Augenblick nicht mehr gewusst, wo rechts und links ist, jedenfalls war, was zur Welt kam, ein Mädchen.

Vielleicht aber hatte man dem Alten auf der Hochzeit dieses Mädchens nun auch lediglich eine Rechnung präsentiert: »Herr Magister! Die Einstellung eines vierten Lehrers habt Ihr durchgesetzt. Seit alters her stehen den Lehrern für das Singen der Brautmesse neun Silbergroschen zu. Und wie teilt man nun neun Silbergroschen durch vier?«

Oder es war die Fortsetzung seiner Bemühung, war er es doch damals, der nach dem Einsturz des Ratskornbodens über den nachgelassenen Sohn der verunglückten Klein'schen entschied. Der Kornboden gehöre der Stadt. Die Mutter sei in Diensten des Rates gestorben. Folglich sei das Kind, zumal es Begabungen zeige, auf Kosten des Magistrats aufzuziehen. Er war es gewesen, der dafür sorgte, dass der verwaiste Junge zu der kinderlosen Witwe Vyfken Kalkofen kam.

Oder es war die Erinnerung des Alten an die eigene Jugend, denn auch er war ja einmal Lehrer gewesen und hatte deren karge Besoldung und ihr Angewiesensein auf Freitische und Nebenverdienste am eigenen Leibe erfahren.

Oder nichts von dem allen traf zu und es ging ihm tatsächlich nur um die Bücher.

Wirklich fest stand nur eines: Nach Brautzug, Trauung und Geschenkübergabe, nach dem ersten und dem zweiten Hunger der Gäste, sah der Alte immer häufiger zum Tisch der Lehrer hinüber. Rektor, Konrektor und Kantor unterhielten sich, während Valentin immer noch aß. Er aß fleißig, hingegeben und mit äußerstem Ernst. Er löffelte, spießte, säbelte, schnitt. Er schlürfte, schmatzte, kaute und schluckte. Dass er beobachtet wurde, merkte er nicht.

Womöglich ahnte der Magister auch etwas von seiner Enttäuschung, denn vierzehn Tage vor jener Hochzeit war Valentin vom Studium zurückgekommen. Zum letzten Mal, hatte er bei seiner Abfahrt in Leipzig gedacht. Zum letzten Mal, dass er aufgehalten wurde am Tor, rennen musste durch die Hallische Vorstadt, abgekanzelt wurde in der Fuhrmannsherberge, weil er zum Aufladen der Fässer zu spät kam. Was er sich einbilde! Seine Arbeit wäre das Entgelt gewesen. Dann solle er das Mitfahren eben in barer Münze bezahlen! Zum letzten Mal, dachte Valentin, dass jemand so mit ihm sprach. Ein paar Tage nur noch. Wechselnde Fuhrleute, Wagen und Pferde. Zum letzten Mal in den Herbergen Holzteller und Holzlöffel für ihn. Bald schon, bald, stand ihm Zinngeschirr zu. Bald würden Kerle wie die, denen man an der neuen Zugbrücke bei Fehrbellin den Brückenzoll zahlte, ihn ehrfürchtig grüßen, statt zu grinsen, als er die Reihe der wartenden Wagen entlanglief, wobei sie Wetten abschlossen darüber, ob ihn noch jemand mitnahm. Zum letzten Mal, hatte er bei seiner Rückkehr gedacht. Bald war er in Amt und Würden. Bald, als Lehrer, gehörte er dem Ersten Stande der Bürgerschaft an.

Und das tat er nun freilich, wie er da aß, während die anderen redeten und des alten Magisters Blick auf ihm ruhte. Zum Ersten Stande gehörte er nun.

Nur, dass man ihn am Morgen gebeten hatte, bis die Braut aus dem Haus geführt wurde, auf die Knaben der Kurrende zu achten. Nur, dass man ihm dafür ein Geldstück zusteckte, das er verlegen ablehnte, das man ihm wieder zurückgab und das er, um dem Hin und Her ein Ende zu machen – »Nein, nehmt nur!« – »Aber nicht doch.« – »Aber doch!« –, schließlich auch nahm. Und dann formierte sich der Brautzug. Und dann hörte er hinter sich sagen: »Aber genommen hat er es doch.«

Zum Ersten Stande der Bürgerschaft, genauso wie die Bürgermeister und Ratsherren und Magister und Doktoren, gehörte er nun. Nur, dass Heinrich Kunow, Dietrich Wordenhoff und wen sonst noch im Festzug er aus den Jahren an der Lateinschule kannte, auch ihre Mütter in der Gästeschar wussten, während ihm ein Zuruf vom Straßenrand galt: »Valentin! Huhu! Hier bin ich!«

Die kleine, schmächtige Frau, die dort auf den Zehen stand, das Kinn über die Schulter ihres Vordermanns reckend und voller Aufregung darüber, ihren Jungen an der Spitze des langen Zuges zu sehen, war Vyfken Kalkofen, seine Ziehmutter, die es gut mit ihm meinte. »Viel Spaß, Velten!«, rief sie ihm nach. »Iss dich ordentlich satt!«

Und das tat er gerade, als plötzlich Heinisch am Tisch stand. Das Gespräch verstummte. Der Rektor setzte sich gerade hin. Der Kantor und der Konrektor sprangen auf. Nein, danke, er wolle sich nicht setzen. Mit Knollennase, Doppelkinn und beträchtlichem Bauch sah Heinisch freundlicher aus, als er zu Kantor und Konrektor war. Er wolle nur den jungen Klein etwas fragen. Bibliotheksarbeit. Zusätzlich zum Schuldienst. Ob er die wolle.

Valentin schluckte ein Stück Gänseleber hinunter. »Ja«, sagte er voller Freude. Und sah den Neid: An diesem Tisch hätten alle gewollt.

»Gut. Dann zieht Ihr als Stubenmieter und Kostgänger demnächst in mein Haus.«

Schon schob der Alte seinen Bauch wieder dem Saalende zu. Fast hatte er seinen Platz unter dem Pritzwalker Wappen erreicht, als etwas geschah, woran man sich noch lange erinnern sollte. An der Saaltür entstand ein Aufruhr. Teller schepperten, Knochen und Essensreste glitschten über die Dielen. Die Diener hatten die Frau zu halten versucht, aber sie riss sich los, rempelte einen Essensträger, einen Schenkjungen und Sabellus Chemnitz, den Generalsuperintendenten der Altmark, an. Es war eine der Küchenfrauen. Mit nasser Schürze und verrutschter Haube stürzte sie zum Pfarrherrn, den sie für zuständig hielt.

»Ein Zeichen! Draußen! Am Himmel! Ein Zeichen!«

»Wie?«

»Wer?«

»Was hat sie gesagt?«

»Wo sind die Leichen?«

»Wer musste weichen?«

Die Spielleute legten ihre Instrumente beiseite, Füße scharrten, Stühle wurden geschoben, eine Bank kippte um. Alles drängte, schob, quetschte und wollte nach draußen, den Kometen zu sehen, der die Stadt überzog. Die Wolkendecke der letzten Tage war auf einmal verschwunden. Ein breites bläulich-silbriges Band nahm fast ein Drittel des Nachthimmels ein. An seinem schmaleren Ende glühte ein großer, furchteinflößender Stern. Er war so hell, dass man ihn an den nächsten Tagen noch im Mittagslicht sah. Zuckende Strahlen sprangen von ihm auf und wurden in Richtung Schweif abgebogen. Die Küchenleute, die Hochzeitsgesellschaft, die Bewohner der umliegenden Häuser sahen sich und die Stadt plötzlich in anderem Licht.

Aber nicht der Komet war damals das Zeichen. Wenn man auf die am Himmel achtet, will man meist die auf der Erde nicht sehen. Magister Heinisch war damals trotz seines Alters und Bauches auf die Balustrade der Rathaustreppe gestiegen und hatte versucht, das Fest seiner Tochter zu retten.

»Freunde! Silentium!«

»Ruhe, Mensch! Lasst ihn doch reden!«

Sehr wohl, hörte man ihn, könnten solche Haar- oder Bartsterne, »aster cometes«, wie die Griechen sie nannten, auch Krieg, Seuchen, Hungersnot, Königstod und Katzensterben bedeuten, oh ja! Sehr wohl könnten sie, diese seltenen und dadurch uns so schrecklichen Lichter, auch Fehlgeburten, Feuersbrünste, Misswachs und Teuerung der Fische nach sich ziehen, aber nur – Aber nur!, sagte er und hob dabei seine Stimme –, aber nur, wenn sie nicht in den Ptolemäischen Tafeln standen, nur, wenn sie sich nicht klassifizieren ließen.

»Pritzwalker! Habt keine Angst! Dieser dort lässt sich klassifizieren. Er gehört in die Klasse ›pertica bifurcata‹. Er hat einen deutlich gegabelten Schwanz.«

Erleichtert sahen alle den gegabelten Schwanz. Wussten sie's doch. Freund oder Feind. Gut oder Böse. Entweder oder. Nur, was sich nicht klassifizieren ließ, war gefährlich.

Also brauchte man nicht mehr lange zu starren. Zwar gaben einem noch die englischen Tuche zu denken, die den eigenen Tuchhandel bedrohten. Zwar dachte man an den Kurfürsten noch, der sich neuerdings in die Ratswahlen mischte. Zwar kam man vom Hundertsten ins Tausendste, vom Brandenburgischen ins Böhmische: Ob es wahr sei, dass die Jesuiten aus Böhmen verjagt worden seien. Ob wirklich ein Heer der Stände unterwegs sei nach Wien. Aber unter all diesen Gesprächen ging man zurück in den Saal.

Wo die Feststimmung nur bei ein paar Alten dahin war. Wo die damals Jungen weiter tanzten und tranken. Wo niemand bemerkte, dass nur Elsbeth und Benigna sich um Judith gekümmert hatten, und wo, als die Nacht immer weiter vorrückte, die Spielleute immer erschöpfter wurden und das Bier schon zu wirken begann – wo niemand ahnte, was sie,

Judith, ja selbst noch nicht ahnte, damals, als die Scherze immer anzüglicher wurden, immer deutlicher auf die Brautnacht, die Beiwohnung, die ehelichen Werke anspielten: dass sie auch mit Valentin noch zu Werke gehen würde.

2

Schläft sie?
»Judith?«

Nein. Es geht wieder los: die Hochzeit, das Zeichen und dass niemand es ahnte.

Mir scheint, ihr Fieber nimmt zu.

Aber das Kühlen mit den Lehmumschlägen war eine gute Idee!

Was war das eben? Sie wird immer undeutlicher. Manchmal flüstert sie. Die Stimme klingt heiser. Wie?

»Nein, ich bin nicht Elsbeth, ich bin Sorka.« Ich bin die böhmische Dirne, wie dir vorgestern noch zu sagen beliebte. Die nicht aus Böhmen kommt, sondern aus Mähren, was nun aber egal ist, in Sachsen hat man uns auch immer »die Böhmen« genannt, die Vornehmeren sogar auf Französisch: la bohème. Was gleichbedeutend war mit Heruntergekommenen, Gesindel, Lumpenpack, Habenichtsen. Und das waren wir am Ende ja auch.

Wir hatten zur Ausreise nur wenig mitnehmen dürfen. Wir fuhren auf Nebenstraßen, übernachteten in Ruinen und nasskalten Wäldern, immer mit jähem Erwachen, Aufrichten im Stroh, erschrockenem Blick. War da was? Ein Hufschlag? Waffenklirren? Kommandos? Immer auf der Flucht vor den kaiserlichen Patrouillen, die, obwohl wir gültige Papiere hatten, von uns »beschlagnahmten«, was sie nur konnten. Schon hinter Kolín, als wir uns entscheiden mussten: ins sächsische Pirna oder ins polnische Leszno, war uns der Unterschied nicht mehr wichtig: Mähren, nicht Böhmen! Der böhmische, nicht der mährische Adel! Die böhmischen, nicht die mährischen Stände! Der böhmische, nicht der mährische Aufstand!

Dabei hatten auch wir in Mähren damals auf den protestantischen König gehofft. Auf weitere freie Religionsausübung. Auch wir hörten von den sich häufenden Zwischenfällen, Donauwörth, Prag, mit Besorgnis.

Die beiden Lager, die Katholische Liga, die Protestantische Union, standen sich schon im Jahr meiner Geburt waffenstarrend gegenüber, sagte mein Vater, und die freie Religionsausübung, die uns damals gerade erst gewährt worden war, weißt du …

Nein, weißt du nicht. Du bist noch immer mit dem Lebensbund und deiner Hochzeit beschäftigt, und wenn ich eben richtig gehört habe, ist jetzt Valentin dran.

Im Unterschied zu deiner wurde die Hochzeit meiner Eltern heimlich gefeiert. Die war nämlich vor der freien Religionsausübung, die uns dann auch nur für kurze Zeit erlaubt worden war.

Unsere Gottesdienste fanden in Waldverstecken, Schluchten und Berghöhlen statt. Als Pilz- und Beerensucher schlich man zum Traualtar. Als Reisigsammler kam zu uns der Priester. »Grubenheimer« nannten uns deshalb die Leute. Und wie froh sie waren, als sie keine »Grubenheimer« mehr sein mussten, sagten die Eltern. Als es endlich legal war, Mitglied der Unitas fratrum, der Brüdergemeinde, zu sein.

Jedenfalls haben auch wir, in den Brüdergemeinden in Mähren, Hoffnung auf einen evangelischen König gesetzt. Meine Eltern würden die Inbrunst, mit der ich dem König anhing, schwerlich geduldet haben, wenn sie nicht, zumindest am Anfang noch, mit ihm sympathisiert hätten.

Ich war erst zehn damals, weißt du.

Und wenn du den Kopf nun noch mehr anheben würdest, könnte ich dir auch wieder Wasser einflößen. Die Brandwunden heilen wieder, aber du musst trinken, viel trinken.

Ich war zehn damals, als ich jeder Zeitung nachjagte, jeder Nachricht, jedem Fliegenden Blatt. Vor allem belauschte ich eifrig die Großen. Sie glauben ja immer, man höre ihnen nicht zu, wenn man im Bäckerladen die Brote streng mustert, in Brunnennähe an einem Schürzenband knotet, beschäftigt scheint, wenn sie reden.

Ich besprengte sehr fleißig auf der Bleiche die Wäsche, weil ich von den Frauen dabei manches erfuhr. Ich bot mich an, dem Vater zu helfen. Die Papiere zu ordnen, die Werkstatt zu fegen. Es war neue Druckerschwärze gekommen. Der Vater sprach mit dem Lieferanten und ich hörte, der künftige König wisse noch nicht, ob er das Angebot der böhmischen Stände annehmen solle. Auch der Kaiser erhebe ja Anspruch auf den böhmischen Thron.

Das beschäftigte mich damals sehr! Der von den böhmischen Ständen gewählte neue König für Böhmen!

Deshalb klapperte ich auch nicht mit den Messern, sondern schob die Schublade leise zu. Der Pfalzgraf, den man gewählt habe, hörte ich, sei noch sehr jung. Seine Mutter habe ihm abgeraten, die Krone zu nehmen, seine Gemahlin ihm zu.

Ich stand am Schrank und bestrich Butterbrote für die drei Männer, die, von Kopf bis Fuß schwarz gekleidet, am Tisch in unserer Stube saßen. Sie sprachen mit unserer Mutter, die beschäftigt am Herd stand, denn ich war ja ihrer Meinung nach nicht in der Lage, eine einfache Suppe wie Kulajda zu rühren. Die Stube war groß. Sie sprachen laut. Der junge

König und seine Gemahlin. Ich nahm einen größeren Teller und schichtete die Butterbrote noch einmal um.

Eigentlich mochte ich die drei Schwarzgekleideten nicht besonders. Sie kamen oft, aber da sie Hutterer waren, Männer, die sich nach den Lehren eines schon verstorbenen Jakob Hutter richteten, auf großen Höfen lebten, wo allen alles gemeinsam gehörte (auch die Frauen, behauptete Jura, mein Bruder), galt es bei ihnen als unschicklich, der Mutter oder mir in die Augen zu blicken. Sie sahen uns nie an.

Die Suppe, die die Mutter ihnen in die Schüsseln füllte, die Butterbrote, die ich in die Tischmitte stellte, schienen ihre Ansprüche an Schicklichkeit aber wohl zu erfüllen. Der Jüngste bekleckerte sich mit der weißen Kulajda. Der Dicke hatte im Handumdrehen zwei Brote verdrückt. Und ich tat, als ob ich die Blicke der Mutter nicht ganz verstand: Ich setzte mich auf den Hocker am Fenster und dachte nicht daran, zu verschwinden.

Bis dahin wusste ich von den Hutterern nur, dass ihre handwerklichen Fähigkeiten vom mährischen Adel sehr geschätzt wurden. Nun erfuhr ich von ihren Verbindungen nach Deutschland. Die Schriften, die sie bei uns im letzten Jahr drucken ließen, waren für den Versand nach Deutschland bestimmt. Ihre Verbindungen reichten offenbar bis nach Heidelberg an den pfalzgräflichen Hof, denn sie wussten, was die Gemahlin des Pfalzgrafen sagte. Als dieser immer noch zögerte, die böhmische Krone anzunehmen!

»Lieber mit einem König jeden Tag Sauerkraut essen als mit einem Pfalzgrafen jeden Tag Braten.«

»Sie ist eine englische Prinzessin«, sagte der eine. »Die Tochter von König Jakob.«

»Der Herr widersteht den Hoffärtigen«, sagte der andere.

Einmal pro Woche kam zu uns die Reitpost. Ungeduldig wartete ich damals immer, bis der Vater seine *Zeitung auß*

Deutschlandt / Welschlandt / Frankreich / Böhmen / Hungarn / Niederlandt vnd anderen Örtern Wöchentlich zusammen getragen endlich ausgelesen hatte, nutzte den Augenblick, da er mich beim Abendessen für eine Schularbeit lobte, »Meine Tochter schrieb die beste Arbeit in Latein, hörte ich?«, und erbat mir die beiden großen gehefteten Bögen.

»Und was willst du damit?«

Ich gebe zu, dass er mich sonst Klügeres fragte.

»Darauf schlafen«, ließ sich kauend Bruder Jura vernehmen, »weil wieder etwas über ihren Abgott drinsteht.«

»Jedem das Seine. Dem einen Knödel, dem anderen Bildung.«

»Du hast doch selber Knödel gegessen!«

»Aber nicht vier!«

»Kinder«, mahnte die Mutter, »ihr sollt euch nicht streiten.«

Ich weiß noch, wie ich mich mit dem Abräumen, Abwaschen, Herdversorgen beeilte und dann auf der Ofenbank neben dem Fenster, wohin ich mir einen Leuchter mitnehmen durfte, keinen Blick mehr hatte für den Sternenhimmel über dem Tal und die verschneiten Dächer von Stramberg.

Ich war nicht da. Ich war in »Heidelberg am Neckar-Fluss«, wie es unter einem der Holzschnitte stand. Ich reiste mit. Ich befand mich in einem Zug aus Dienern, Läufern, Leibwachen, Reitern, Kutschen und Wagen und begab mich mit dem künftigen König auf die Reise nach Prag. Ich ritt bei den mitreisenden Fürsten. Ich stieg wie der König, der künftige, aus der Kutsche, als ihn an der böhmischen Grenze feierlich der böhmische Adel begrüßte.

Graf Šlik begrüßte den König auf Deutsch, der Herr von Roupova die Königin auf Französisch.

Und der König, las ich, gab den Nächststehenden zur Begrüßung die Hand. Er gab seinen Untertanen die Hand!

Ich war erst zehn, aber dass das nie bei einem Habsburger vorgekommen wäre, dass nie ein Habsburger einem Untertanen die Hand gegeben hätte, das wusste ich. Was für ein König!

»Das stimmt«, sagte der Vater, »bei den Habsburgern galt das spanische Hofzeremoniell.«

Der König war schön. Der König war gut. Trompeten und Pauken waren das Mindeste, was er in Prag bei seinem Einzug verdiente! Sechshundert Edle, die ihn durch die Hauptstadt begleiteten! Reiter, Knappen und Dienerschaft! Glocken und Trommeln und wehende Fahnen! Ganz Prag geschmückt in Silber und Blau! Ach, wie gern hätte ich ihn selbst gesehen: zu Pferde, umgeben von blau-silbernen Knappen! Die Königin mit dem sechsjährigen Prinzen in einer Kutsche dahinter! Das Spalier der Bürger vom Strahov-Tor bis zur Burg!

Ich war überzeugt davon, dass auf der Prager Burg nun die Gerechtigkeit herrschte. Ein König, der den Untertanen die Hand gab! Ein König, der sich mühte, unsere Sprache zu lernen! Der mit dem Volk in der Moldau badete! Wie ein Bauernjunge auf Bäume kletterte! Der sogar das Volk in seine Prunkräume ließ!

War nicht Přemysl, bevor er der erste böhmische König wurde, vorher Bauer gewesen? Wurde nicht sein Bastschuh immer noch auf der Prager Burg aufbewahrt, damit die böhmischen Könige ihre Herkunft aus dem Volk nicht vergäßen?

Und nun also durfte das Volk seinen König besuchen. Es durfte die samtenen Vorhänge anfassen, die goldenen Uhren berühren. Es durfte sich in den Spiegeln besehen und auf die weichen Teppiche treten. Ja, es durfte sogar den jüngsten Prinzen auf den Arm nehmen, wodurch der hohe Säugling seine Schuhchen einbüßte. Seine Schuhchen? Und ein Mützchen fehlte ihm hinterher auch?

Das hielt ich für katholische Propaganda!

Mit zehn weiß man noch genau, was stimmt und was nicht stimmt. Was nicht stimmte, war für mich katholischen Ursprungs.

Die Eltern haben uns damals den Marsch der kaiserlichen Truppen nach Prag, so lange sie konnten, verschwiegen. Die breite Schneise der Verwüstung, die brennenden Dörfer, die gemordeten Menschen. Die Heimatlosen, die sie zurückließen. Die Kadaver mutwillig geschlachteter Tiere, die ihre Marschroute säumten.

Die Eltern haben uns den wachsenden Unmut der Prager verschwiegen, den zunehmenden Zorn des böhmischen Adels. Sie haben uns nicht erzählt, dass in Olomouc, als der König Mähren zu besuchen geruhte, die Behörden den Saal mit Soldaten füllten, um den König die Abwesenheit des Adels nicht merken zu lassen.

Mir fiel auf: Es kam keine Reitpost mehr.

»Ich habe die Zeitung abbestellt«, sagte der Vater. Er log nicht. Er hatte sie abbestellt. Onkel Libor, der Böttcher, bezog sie nun, und zwar auf des Vaters Kosten. Bücher werden in wasserdichten Behältnissen, also in Fässern, versandt. Er musste sowieso oft zu Libor.

Die Eltern achteten plötzlich darauf, dass wir nicht in der Nähe waren, wenn sie sich besprachen. Wenn die Mutter vom Markt Neuigkeiten mitbrachte, verschwand sie in der Werkstatt des Vaters. Ich durfte am Herd nun auch Selnjatschka und Kulajda rühren, denn die Mutter flüsterte am Tisch mit Kaufmann Vrbatý, einem Lutheraner aus Mladá Boleslav. Beide sahen besorgt aus. Es ging um den König. So viel hatte ich herausgekriegt. Etwas war im Gange.

Ich schob es damals auf jene Dinge, die angeblich nichts für mich waren. Sie würden erst für mich sein, wenn ich verheiratet wäre.

Ich tauschte mich darüber mit Jura aus. Über die tiefen Dekolletés der Königin, über die zugeknöpften Damen des böhmischen Adels.

Wir standen vor den Setzkästen. Es gab einen Großauftrag. Wir halfen fast täglich. Der Vater und Pavel und Franta, unsere beiden Gesellen, waren hinten an der Presse mit dem Andruck beschäftigt. Jura nahm einen Satz auseinander und wickelte die Schnüre auf, ich sortierte die Lettern. Dass unsere Mutter im Flur stand, bemerkten wir nicht.

»Und dein König schreibt ihr jeden Tag einen Brief!«

»Erstens ist es auch *dein* König und zweitens: Was soll daran falsch sein.«

»Na hör mal! Im siebten Ehejahr! Und wenn man sich jeden Tag sieht! Da schreibt man nicht mehr!«

»Und bis zu welchem Ehejahr darf man noch schreiben?«

»Sag mal, Mädchen, bist du so dumm oder tust du nur so! Das hat was mit ihrer Unkeuschheit zu tun! Sie ist immerzu schwanger!«

»Von den Briefen?«

Plötzlich sah ich Jura genauso erröten, wie es angeblich die Königin beim Lesen der Briefe tat. Er hatte unsere Mutter entdeckt.

»Kinder, woher wisst ihr denn das alles?«

»Ich nicht. *Er* weiß alles!«

Schadenfroh zeigte ich auf Jura. Der hätte das Gesagte gern ebenso verbrannt wie die Königin ihre schamlosen Briefchen. Er wisse es von seinem Freund Hýnek, erklärte er. Hýnek habe einen Vetter in Prag und der habe eine Nachbarin, deren Neffe auf der Burg in den Räumen der Königin die Öfen betreute.

»Ach so. Na gut. Kommt essen. – Jeroným, Pavel, Franta, das Essen ist fertig.«

Ich sah die Mutter zur Presse treten und dem Vater schnell

etwas zuflüstern. Der warf einen kurzen Blick auf Jura und mich. Dann saßen wir alle in der Stube am Tisch und nach dem Gebet sagte uns der Vater die Wahrheit.

»Am Weißen Berg, Kinder, nicht an unserem, bei Prag gibt es auch einen Weißen Berg, am Weißen Berg bei Prag standen vor ein paar Wochen die Soldaten des Königs viermal so vielen des Kaisers zur Schlacht gegenüber. Und die Soldaten des Königs, die im Grunde schon vorher am Ende waren, die schon wochenlang keinen Sold mehr bekommen hatten und hungern mussten ...«

»Das ist nicht wahr!«

Ich hatte es geschrien. Alle erstarrten. Noch nie wurde in dieser Stube der Herr des Hauses der Lüge geziehen!

Er log aber nicht. Mein Vater log nie.

Von den Soldaten des Königs waren damals tatsächlich welche Hungers gestorben. Andere hatten ihren Sold bei den Bauern in den Dörfern um Prag mit Waffengewalt und auf eigene Faust eingetrieben. Wieder andere hatten nichts dagegen gehabt, dass der König, um an Geld für seine Armee zu gelangen, Juden und Katholiken zu verfolgen begann.

Der König, sagte der Vater, bat die reichen Prager um Geld. Die hatten aber erstens schon zwei Jahre zuvor Kriegsanleihen gezeichnet und zweitens mochten sie den König nicht mehr. Empört, weil er seinen kalvinistischen Priestern erlaubt hatte, Madonnen und Reliquienschreine aus dem Veitsdom zu werfen und Kruzifixe, Statuen, Bilder, sogar den Cranach-Altar zu vernichten, empört auch, weil er, als sei das noch nicht genug Gotteslästerung, sogar einen Tisch mit zwölf Stühlen in den Chor stellen ließ und sich selbst das Abendmahl auszuteilen erfrechte, empört, ja entsetzt, weil er ein Kreuz von der Karlsbrücke stürzen ließ, weil er das Grab des heiligen Wenzel aufbrechen lassen wollte, weswegen die Bürger dort Wachen aufstellten, aufs Höchste über diesen König empört, gaben die Prager ihm kein zweites Mal Geld.

1620, einen Tag vor meinem elften Geburtstag, wurden die Truppen des evangelischen Königs von denen des katholischen Kaisers besiegt.

Während der Nordwesten Prags schon fest in der Hand der Sieger war und ein mehrwöchiges Metzeln und Plündern begann, bei dem niemand mehr gefragt wurde, ob er evangelisch oder katholisch, königs- oder kaisertreu war, raffte man auf der Burg schnell das Allernötigste zusammen. Acht Wagen musste man zurücklassen, weil sie sich an einer Ausfahrt verkeilten. Fast hätte man auch den jüngsten Prinzen, den hohen schuhlosen Säugling, vergessen. Die galanten Bücher der Königin vergaß man. Die wurden später von errötenden Prälaten gefunden.

Und während in Prag das große Morden in Schwang kam, waren König und Königin auf der Flucht.

Und wir dann auch bald.

Wir aus den evangelischen Gemeinden in Mähren.

Aber du kannst ruhig Böhmen sagen, es macht mir nichts aus.

Wie kriege ich bloß dein Fieber runter?

Außerdem frage ich mich, ob es dich trösten würde, wenn du wüsstest, wie in Prag danach das Denunziantentum blühte.

Es sind damals viel mehr Leute angezeigt worden, als der König Anhänger hatte!

Die Rache des Kaisers war gründlich.

Graf Šlik hat dem König die Hand gegeben? Sie wurde ihm abgehackt. Er hat sich zum Vertreter des böhmischen Adels gemacht? Er wurde gevierteilt. Seine Körperteile bekamen die Hunde zum Fraß.

Und der? Hat gegen den König gesprochen? Raus mit der Zunge! Und der? Hat im Rathaus die Krönungskleinodien ...? Hängt ihn im Rathaus am Fensterkreuz auf!

Mit dem Kaiser zog auch ein strenges Zeremoniell wieder ein: Zuerst richtete man die Adligen, dann die Akademiker, zuletzt die einfachen Bürger. Das Hängen, Köpfen und Handabschlagen begann früh um fünf und dauerte ganze vier Stunden. Es fand auf dem Altstädter Ring statt. Seine Majestät haben dabei manchmal geweint. Der Henker verbrauchte vier Schwerter. Ein gewisser Diviš, ein einfacher Ratsschreiber, der nur das Pech gehabt hatte, den Auftrag ausgeführt zu haben, den er damals bekam: den König im Namen des Vierten Standes zu begrüßen, wurde dafür in gebückter Stellung mit der Zunge für zwei Stunden an den Galgen genagelt.

Für den Fall, dass in Prag immer noch jemand, was Recht und Unrecht betraf, nicht der Meinung des Kaisers war, patrouillierten während der Exekutionen auf dem Altstädter Ring siebenhundert sächsische Reiter durch Prag. Während der Hinrichtungen in der Nähe des Kaisers zu sitzen war eine Ehre. Auch Verwandte der Hingerichteten wurden dieser Ehre teilhaftig. Geehrt sahen sie zu, wie der Henker die abgeschlagenen Köpfe ihrer Onkel, Neffen und Brüder emporhob, wie er sie in die eisernen Körbe legte, in denen man sie an den Altstädter Brückenturm hängte.

»Und wozu hängt man sie daran?«

Mein Bruder hatte, was unsere Tante erzählte, offenbar noch nicht so richtig begriffen.

Damals wussten wir noch nicht, dass die sich häufenden Besuche bei Verwandten und Geschäftsfreunden nur Vorwände waren. Dass der Vater bereits Geld transferierte. Dass er Fluchtwege auszukundschaften begann. Bei unserer Ankunft, als die Tante uns mit viel Getöse am Hoftor empfing – »Nein, ist das eine Überraschung! Ich fasse es nicht! Katka,

Jitka, Hýnek, seht doch mal, wer gekommen ist! Nein, wo kommt ihr denn her? Wann seid ihr denn aufgebrochen?« –, bei der Ankunft war ich noch stolz auf meinen Bruder gewesen: Er hatte sich gegen die Umarmung der Tante mit finsterem Gesicht und hängenden Armen verwahrt. Auch, als wir den Tisch, der abends auf der Tenne improvisiert worden war, aus der Nähe sahen, waren wir beide uns einig. Von Weitem sah er reichlich gedeckt aus. In der Nähe erwiesen sich die vermuteten Speisen als Bretter, auf denen überflüssige Geräte wie Dochtscheren und Feuerzeuge lagen, als leere Teller, die für Schalen, und leere Teller, die für Knochen bestimmt waren, als viele Gegenstände und wenig zu essen.

Die beiden Hühner, die wir mitgebracht hatten, waren zwar gekocht worden, ich wusste es, ich hatte sie vor dem Herd der Tante ja ausgenommen, aber wir entdeckten sie nicht. Dafür entdeckten wir Sülze und Kümmelbrot. Das Brot war in Scheiben geschnitten und die Scheiben waren geviertelt, sodass man viermal zugreifen musste, um eine zu haben. »Greift zu! Eva! Jeroným! Jura, Sorka, greift zu!«

Als die Tante von den Hinrichtungen sprach, entdeckte ich den Hühnertopf am Ende der Tafel. Dort saß aber niemand. Später würde die Tante ihn bedauernd abtragen. »Ach, davon hat niemand gegessen …«, jetzt stand sie auf, um uns zu zeigen, wie Leute gevierteilt wurden.

»So«, sagte sie und stand gegrätscht vor den Wagenrädern und Dreschflegeln an der Scheunenwand. »Und die Arme so.« Sie breitete ihre Arme aus, schräg nach oben. »Und den Ratsschreiber haben sie *so* angenagelt.« Sie bückte sich, streckte die Zunge heraus, hielt den Kopf schief und legte überhaupt, wie ich fand, für durchnagelte Zungen, abgeschlagene Körperteile und rollende Köpfe eine gewisse Begeisterung an den Tag.

Also, was du gestern mit Valentin erlebt hast, falls du es erlebt hast, das mit dem Feuer ging so schnell und ich weiß ja nicht, ob ihr euch noch gesprochen habt oder nicht, aber wenn – das habe ich schon mit zwölf Jahren erlebt.

Wie Leute versuchen, ihr Gesicht zu wahren und gleichzeitig ihre Interessen.

Ich erinnere mich noch genau an unsere letzte legale Versammlung. Danach war die Brüdergemeinde verboten.

Ich erinnere mich, wie ich zwischen Mutter und Jura saß, links von der Mutter saß unser Vater. Der Saal im Brüderhaus in Stramberg war bis auf den letzten Platz voll. Die Unruhe in ihm nahm immer mehr zu. Und ich erinnere mich, wie nicht mehr die Gräfin Bathory, von der es hieß, dass sie auf ihrer Burg in Čachtice in Mädchenblut bade, und nicht mehr dieser verrückte Kaisersohn, dieser Don Julius de Austria im böhmischen Krumlov, der seiner Geliebten die Ohren abschnitt und die Augen ausstach, sondern unser armer Lehrer Poliačik plötzlich als ein Abbild beispielloser Verrohung dastand!

Weil er einen Schüler geohrfeigt hatte!

»Er hätte ja auch die Schläfe treffen können!«, rief jemand. »Oder die Halsschlagader!«

»Mein Sohn hätte ja auch dumm werden können von dem Schlag!«

Ich, die ich wusste, dass der Vater von Radek auf Schläfen und Halsschlagadern keine Rücksicht nahm, wenn er seinen Radek versohlte, ich, die ich außerdem wusste, dass Kubik auch vorher schon dumm war, kam aus dem Staunen damals nicht mehr heraus.

Der Lärm im Saal steigerte sich.

»Ruhe! Ruhe bitte, liebe Schwestern und Brüder!« Onkel Miroslav am Tisch der Ältesten vergrößerte den Lärm mit seiner Handglocke noch. Ich bat die Mutter, etwas sagen zu dürfen, schließlich sei ich Zeugin. Kubik gehe in meine Klasse und ich sei ja dabei gewesen, als er unseren Lehrer zur Weißglut trieb.

»Ruhe bitte, es kann immer nur einer reden! Ruhe bitte!«

»Nein, Sorka!« Die Mutter hielt mich energisch zurück. »Es hat keinen Sinn. Ich erklär es dir später.«

Unser Lehrer Poliačik vorne war fassungslos. Er stand vor dem Tisch der Gemeindeältesten und immer, wenn er etwas zu sagen versuchte, wurde er durch Zwischenrufe unterbrochen. Auch die Ältesten wurden immerfort unterbrochen. Wo kamen all diese frechen Leute denn plötzlich bloß her!

Poliačik, der arme Lehrer Poliačik, dessen dunkler Bart echt war und nicht aus ausgerissenem Schamhaar wie jener, den sich die Gräfin Bathory umband, bevor sie den jungen Mädchen in die Geschlechtsteile biss; Poliačik, der sich sonst noch nie etwas hatte zuschulden kommen lassen und dem die Hälfte des Saales ihre Kenntnisse in Latein, Deutsch und Griechisch, in Mathematik, Geografie und Geschichte, in den Überlieferungen unserer Gemeinde, in den Fragen und Antworten unseres Katechismus verdankte: *Was bist du – ein Geschöpf Gottes, vernünftig und sterblich*; Poliačik, der arme Lehrer Poliačik, ein Geschöpf Gottes, vernünftig und sterblich, entschuldigte sich damals bei dem dummen Kubik vor der ganzen Gemeinde.

Aber es half der Ganzheit der Gemeinde nicht mehr.

Die Gemeinde zerfiel.

Viele hatten sich rasch über unsere hundertfünfzig Jahre alten Gemeinden eine neue Meinung gebildet. Andere hatten keine, aber teilten jene der Mehrheit. Manche erklärten bereits ihren Austritt. Frauen, die auf der Bleiche, am Brunnen, im Waschhaus immer das große Wort geführt hatten, wollten auf einmal gar nichts geführt haben. Überhaupt war niemand mehr führend gewesen. Alle waren nur mitgelaufen, hatten mitlaufen *müssen*. Und jahrelang gelitten dabei. Unter unseren Priestern gelitten, unter unserem Bischof gelitten, unter der Synode in Fulnek gelitten. Männer, die sich früher einmal zum Vorbeten drängten, beteten bereits der neuen Obrigkeit nach. Noch ehe das Edikt des Kaisers forderte, katholisch zu werden oder außer Landes zu gehen, hatte die Mehrheit schon die Seite gewechselt.

Nicht nur damals auf dem Heimweg, auch später noch, als Stramberg schon dem Kardinal in Mikulov unterstellt war, als aus Ivančice die Nachricht kam, Gundakar von Liechtenstein habe die Schule der Brüder verboten, als wir aus Holešov hörten, man habe das Bruderhaus den Jesuiten übergeben, haben wir noch von jener Versammlung gesprochen.

»Eure Mutter«, sagte der Vater, »hat recht. Es ging nicht um Poliačik und seine Gründe. Die Leute *wollten* ihm gar nicht vergeben. Weder ihm noch den Gemeindeältesten. Es ging auch nicht um die Ohrfeige und die Vetternwirtschaft. Es ging darum, möglichst viele Fehler zu finden. Sie *brauchten* die Fehler ihrer Autoritäten.«

»Aber warum denn, Vater?«

»Weil sie damit vor sich eine Rechtfertigung hatten.«

»Für ihre Abkehr?«

»Für ihren Austritt aus der Gemeinde.«

3

Es war an einem Markttag, an dem Valentin zu Judith ins Haus kam. Vyfken hatte es sich damals nicht nehmen lassen, ihren Ziehsohn bis zu Heinischens Haus zu begleiten. Es war später Nachmittag. Die ersten Bauern der umliegenden Dörfer und von ferner herkommende Händler verließen Pritzwalk bereits, aber noch immer füllten Fuhrwerke aller Art, Menschen, Viehzeug und Lasten die Straßen, waren Wirtshäuser und Ausspannungen gefüllt und der Straßenlärm größer als sonst. Mühsam, einen Korb in der Hand, den Valentin auch gut noch hätte allein tragen können, schob sich Vyfken mit ihm durchs Gedränge.

»Guten Tag, Trine Strehlen.«

»Dank dir, Müllern.«

»Ja, Euch auch, Riemännin.«

Sie drehte den Kopf nach rechts, bis ihre Halswirbel knackten, denn der hinkende Pankow links, der sie vor Jahren um einen viertel Taler betrogen hatte, sollte merken, dass sie ihn nicht sah. Sie balancierte hausnah an Stufen entlang und wand sich zwischen langsamer Gehenden hindurch, immer sich vergewissernd, dass Valentin noch hinter, vor oder neben ihr war, blieb plötzlich stehen, um ihm einen verdrehten Gurt seiner Kiepe zu richten, und legte überhaupt Wert darauf, vor aller Augen als seine Mutter zu gelten.

Sie, das würde ihre Haltung auch wenig später vor Heinischens Haustür ausdrücken, sie, Vyfken Kalkofen, hatte ihn nicht zur Welt gebracht, das nicht, aber ganz unbeteiligt war sie daran auch nicht gewesen. Immerhin war sie es, die ihn als Erste erblickte. Die als Erste seine ungewöhnliche Größe sah, ihn abnabelte, badete, den roten Fleck an seiner Stirn mit der Nachgeburt bestrich, was das sicherste Mittel war, dass er verschwand, die seine Finger und Zehen zählte, meldete, dass ihm nichts fehle, er alles habe, was er brauche, und zwei Haarwirbel am Hinterkopf auch noch, was besondere Klugheit versprach. Vom Sternbild Skorpion wollte Gertrud damals nichts hören, das sei heidnisches Wissen. Aber geglaubt hatte sie's gern: Ihr Erstgebornes sei ein besonderes Kind.

Ein bisschen mitgeboren, das sollte jeder begreifen, der es mit ihr zu tun bekam, hatte sie den jungen Mann neben sich schon, der in seiner schwarzen Kleidung und dem kegelförmigen Hut mit der schmalen Krempe noch größer wirkte, als er ohnehin war. Jetzt musste sie wieder vor ihm gehen, um einem von zwei Ziegen gezogenen Karren mit Kohlköpfen Platz zu machen. Ihre eigenen Kinder hatten immer nur wenige Tage gelebt, das letzte, ein Mädchen, sogar nur wenige Stunden, aber auf Valentin, als er klein war, hatte sie oft aufgepasst, hatte ihn bei sich in der Kate gehabt, auf dem Hof, an der Hand, war zigmal hinausgelaufen, um sich am Zaun zu vergewissern, dass er nebenan, vor der Ziegelhütte, für die seine Eltern die Miete gerade so aufbringen konnten, weil sie auf dem Hof einer stinkenden Gerberei stand, dass er da immer noch spielte, in den gelben Schleimpilzen stocherte, die auf den alten Bottichen blühten, an der Abflussrinne Borkenstückchen von Eibenholz schwimmen ließ, am Gerberbaum stand und den Gesellen zusah und jedenfalls nicht bei den Lohgruben hockte, nicht bei den Eimern mit Beizkot, dass er dem Meister aus dem Weg ging und den Hof nicht verließ, denn dahinter, rechts vom Tor, war das Ufer der Dömnitz.

In der Breiten Straße mussten Vyfken und Valentin einen Tafelwagen, auf dem sich ein Käfig voller schnatternder Gänse befand, an sich vorbeilassen. Schöne Erinnerungen verbanden sich für Vyfken mit dem kleinen Jungen, der Valentin gewesen war. Wie der Dreijährige einmal selbstvergessen auf Vyfkens Hof tanzte, alles singend, was sie und Gertrud und Barthel ihm beigebracht hatten, »Nun lob, mein Seel, den Herrn« und »Schlaf, Kindchen, schlaf«, »Christ ist erstanden« und »So gehet es itz in Dummhausen zu/da melkt man den Hofhund und sattelt die Kuh«, wonach er sich langsamer drehte, überging zu einer bekannten Melodie, nur sang er nicht »Ein' feste Burg ist unser Gott«, sondern mit seinem betörend klaren Stimmchen so laut er nur konnte: »Wenn Knecht und Magd beso-hoffen sind/und in dem Keller liehi-hi-gen.« Gertrud und sie, die ihn vom Fenster aus beobachtet hatten, sahen sich an. Von ihnen hatte er das jedenfalls nicht.

Valentin hatte den Vater mit vier und die Mutter mit fünf verloren. Sein Vater, der lange Barthel, der im Winter Schneekehrer und im Sommer Ackerknecht war, tauchte eines Abends nicht zur üblichen Zeit am Ende der Gasse Achter der Mauer auf, das heißt dort, wo die Gasse, die als ein einseitig mit Schuppen, Scheunen, Ställen, Buden, Katen bebauter Ring an der Innenseite der Stadtmauer Pritzwalk umschloss, ihren Bogen nach Süden machte und wo Valentin ihn, ungefähr da, wo auch die Tuchmacherstraße auf die Stadtmauer stieß, abends immer als Erster sah. Er saß auf dem Feldstein am Tor. Er beschattete wie jeden Abend mit der Hand seine Augen, aber keine Gruppe erschien. Keine Männer, die Sensen und Rechen geschultert, standen schwatzend noch kurz an der Ecke. Die Gasse mit Kuhlen, Furchen und Rinnen, Spuren der Asche, Holz und Lohe liefernden Wagen lag still in der Sonne. Auch das Vieh hatten die Hirten der Stadt schon gebracht. Zu Mahlers das Schwein, zu Tante Vyfken die beiden Ziegen. Er war gespannt, was der Vater ihm diesmal mitbringen würde – wieder einen schönen Stein? Er hatte schon viele! Ein Vogelei? Eine Häherfeder? Oder wieder ein Tier? Einen dunklen, fast schwarzen Moorfrosch? Eine Maus, eine Kröte, einen ganz besonderen Pilz?

»Sieh mal, wie ein Fliegenpilz, mit weißen Punkten, nur blaugrün, das ist ein Grünspanträuschling, mein Junge.«

»Sieh mal, eine Wechselkröte. Sie hat grüne Flecken. Und sieh mal, was für schöne goldene Augen sie hat!«

Die Mutter, im Gegensatz zum Vater und ihm, hatte für schöne goldene Augen nichts übrig. Die Mutter schreckte nachts neulich auf. »Barthel! Du hattest den Igel doch wieder aussetzen wollen!«

»Hab ich ja auch. Er ist mir nachgelaufen.«

Oder sie rief aus der Vorratsecke: »Barthel, hier liegt eine Schlange im Steintopf. Sie ist dir nachgelaufen, nehme ich an.«

Die Mutter hatte was gegen Tiere. Auch die Blindschleiche durfte bei ihnen nicht wohnen.

An jenem Abend aber, als Valentin wartete und wartete, gab es keine Blindschleiche, keinen Igel und keinen metallen blau in der Sonne glänzenden Pilz. Es gab keine Vogeleier, keinen Frosch, keine Kröte und keine Feldmaus mit Rückenstreifen. Schon am Schrei des Jungen hatte Vyfken gehört, dass etwas nicht stimmte. Mit nassen Händen war sie hinausgerannt und so, zwischen zwei Männern, hatte man ihr auch einmal ihren Berend gebracht. Noch während sie ihnen das Lattentor aufriss, ihnen Barthels Werkzeug, Rechen und

Sense, abnahm, während sie Gertrud half, ihn auszuziehen und ins Bett zu bringen, hoffte sie, Gertrud möge erspart bleiben, was sie damals durchgemacht hatte. Aber als Barthel den Becher mit Tee nicht mehr selbst halten konnte, als seine Hände kribbelten, sein Kopf schmerzte, ihm übel wurde, ihr Salbeitee mit Kümmel nur seinen Brechreiz verstärkte und auch ihr Fieberkleeaufguss gegen seinen Kopfschmerz nicht half, tat sie, was Gertrud wollte, und holte den Bader. Dann, als der kam und nach kurzem Blick auf die blauroten Hände des Kranken Gertruds Mehlvorrat zu sehen verlangte, klaubte sie den erschrockenen Jungen aus der Ecke am Herd, nahm ihn auf den Arm, redete ihm zu, dass der Bader jetzt helfen wolle und Platz brauche, und nahm ihn mit sich, damit er bei den Krämpfen, die, wie der Bader gesagt hatte, bald einsetzen würden, das Jaulen und Heulen seines Vaters nicht hörte.

Übrigens war es nicht das Mehl, das Gertrud vorzeigte. An jenem Tage, stellte sich später heraus, hatte man das Mittagbrot für die Knechte vergessen. Barthel hatte hungrig Ähren gerauft – ohne hinzusehen, was er zerkaute. Auch ein anderer hatte damals Mutterkörner gegessen, kam aber, anders als Barthel, mit dem Leben davon.

Gertrud war nach dem Tod Barthels verschuldet. Bader, Totengräber, Glockenläuten, Grabgesang – alles, alles kostete Geld. Als sie vom Getreideschippen auf dem Kornboden hörte, für das Frauen bei gleicher Leistung nur die Hälfte des Lohnes der Männer erhielten, aber auch das war mehr, als sie für Waschen und Putzen bekam, lief sie zum Kornmeister, um sich zu bewerben. Der musterte sie, prüfte Größe, Arme und Hände und stellte sie ein. Ihre Schulden waren bezahlt, als der Kornboden einbrach. Unter dem zu hoch belasteten Boden knickte ein Stützbalken gerade dort, wo sie schippte.

Vyfken, die an dem Apriltag, an dem der Ratskornboden einstürzte, in Giesensdorf bei ihren Verwandten war, hörte erst am nächsten Tag bei ihrer Rückkehr am Stadttor vom Unglück. Der Sohn der Toten?

Ahnungslose Torwächter, neugieriges Volk zu Fuß und auf Rädern. Sie hat einen Sohn? Und keine Verwandten in Pritzwalk? Na, dann werde er wohl im Armenhaus sein. Oder bei den frommen Beginen vielleicht?

Noch nie war Vyfken so schnell durch die Straßen gerannt. Sie merkte nicht, dass ihre Pantinen auf Steinen kippten und auf Kohlstrünken glitten. Sie merkte nicht, dass ihre Haube verrutscht war und die Kiepe, dieselbe, die nun Valentin trug, randvoll jetzt mit Kleidung und Büchern gefüllt, in der damals aber nur ein halber geräucherter Schinken kollerte, den ihre Schwägerin ihr mitgegeben hatte, ihr beim Rennen die Schulter wundscheuerte. Im Armenhaus, wo es dunkel war und sie sich an einem Balken stieß, wusste man aber von nichts. Die Beginen am Wittstocker Tor vermuteten den Jungen im Haus der Predigerwitwen. Eine der beiden Predigerwitwen, die in der Mitte der Stadt in dem stattlichen Haus nicht weit vom Rathaus wohnten, sah über Vyfkens Schultern auf den Trümmerhaufen, aus dem man Ziegel und Balken und, soweit das möglich war, auch das Getreide zu bergen im Begriff war, und hätte ihr gern die verrenkte Tote und das Toben des Jungen noch näher beschrieben. Wie er biss, mit Füßen trat, kratzte und spuckte. Sie sage es ja, nicht jeder könne Kinder erziehen, aber Vyfken hatte »Pfarrhaus« gehört, rief nach rückwärts noch »Danke« und rannte schon an der Kirche vorbei.

Von dem, was der Pfarrherr ihr damals erzählte – von Ablenkungsmanövern, bestehend aus Butterbroten, Warmbier, gutem Zureden, der Androhung von Prügel und der Bilderbibel, mit der man am erfolgreichsten war, von den biblischen Namen, die der Junge behielt, richtig aussprach und auch am Morgen noch wusste, von seinen Gebeten, die er vor dem Einschlafen sprach und die auf ein gutes Gedächtnis hinwiesen, übrigens auch auf fromme Eltern, denn »Lieber Gott, mach geschwind/dass ich werd ein frommes Kind« und »Die Kühlein itzund nicht mehr muhn/die Schweinlein nicht mehr quieken tun/so lass auch mich zu schlafen eilen/lieber Gott, wach du derweilen« kenne auch er, der Pfarrherr, aber »Ruhe und Stille/ist Gottes Wille/das in mir, Herr, auch erfülle« habe er zum ersten Male gehört und auch, was danach noch kam, denn es sei noch ein Weilchen so weitergegangen, ratternd, schnell, in festem Ton, nicht ein einziges Mal stockend, keinen Augenblick zögernd, »Der Tag nimmt ab/ach schönste Zier/Herr Jesu Christ bleib du bei mir/Es will nun Abend werden/Lass doch dein Licht/auslöschen nicht/bei uns allhier auf Erden«, in diesem Tempo etwa –, von alldem, was der Pfarrherr ihr damals erzählte von Sprechtempo, Gedächtnis, Talent und Merkfähigkeit, hatte Vyfken nicht einmal die Hälfte gehört.

Sie hatte, brennend vor Angst, dass die Obrigkeit etwas anderes verfügen könnte, nur darauf gewartet, sagen zu können, was ihr am Herzen lag: dass sie den Jungen haben, dass sie ihn zu sich nehmen würde, dass sie nicht wolle, dass er ins Armenhaus komme.

Der Pfarrherr damals war ziemlich verblüfft.

Armenhaus? Daran sei doch auch gar nicht gedacht! Magister Heinisch, dem, wie gesagt, an diesen neuen Satzungen zum Schulbesuch sehr gelegen sei, würde … Man brauche nur ihre Zustimmung. Man könne ihr das Kind ja nicht gegen ihren Willen aufhalsen.

Nur wenige Wochen nach dem Unglück hatte sie dann im Rathaus die Urkunde unterschrieben.

In einem getäfelten Raum, an einem langen Tisch in der

Mitte, der von vielen Stühlen mit hohen Lehnen umgeben war, saßen Heinisch, der Pfarrherr und einer, den sie nicht kannte. Ein Vierter, neben einem Schreibpult, verlas ihr ein Schriftstück. Für so und so viel Gerste im Jahr, so und so viel Roggen und so und so viel Groschen gebe der Rat der Stadt Pritzwalk ihr den nachgelassenen Sohn der im Dienste des Rates verstorbenen Klein'schen in Pflege bis zu seiner Volljährigkeit.

Je näher Vyfken und Valentin dem Stadtinnern kamen, desto mehr nahmen Lärm und Gedränge zu. Auf dem Marktplatz hatte inzwischen endgültig das Abbauen der Stände begonnen. Man fuchtelte mit Gestänge, fing Zeltbahnen auf, rollte Decken zusammen, schraubte Buden auseinander. Man kehrte Abfälle zu Haufen und füllte, was zu verfüttern war, in Kisten und Körbe. Den Rest schob man in die Mitte des Platzes, wo ihn die Knechte des Marktmeisters später verbrannten. Dazu riefen Männer- und Frauenstimmen durcheinander, gellten Kinderschreie, wieherten Pferde, bellten Hunde, quiekten Schweine, klang Holz auf Holz und Eisen auf Eisen. Hier bockte ein Esel. Da kamen zwei Wagen von Schaustellern schlecht aneinander vorbei. Valentin und Vyfken bogen zwar gleich hinter dem Rathaus nach links, aber auch dort hätte man zu diesem Zeitpunkt sein eigenes Wort nicht verstehen können, was Valentin gut fand, er versuchte auch keins.

»Ich ziehe doch nicht fort, ich ziehe doch nur ein paar Straßen weiter«, hatte er Vyfken am Morgen zu trösten versucht. Da blickte sie, am Tisch sitzend, plötzlich ins Leere, hielt den Löffel vor den Mund, aber nahm ihn nicht. »Ich komm Euch auch besuchen, so oft es geht.«

Danach stand ihr Mund keinen Augenblick still. Ob er das dünne Kamisol auch eingepackt habe. Und was für ein niedliches Kind er gewesen sei. Ob er ihr noch einmal Holz hereinhole. Aber er solle es nicht in den guten Sachen tun, denn was werde der Magister Heinisch sonst denken, wenn sein schwarzes Wams mit Harz befleckt sei, und ob er eigentlich wisse, dass er sich fast einmal in den Finger gehackt und wie er damals in die Dömnitz gefallen und wie krank er war nach dem Tod Liese Mahlers'.

In die Dömnitz *gefallen* war er damals nicht.

Gestoßen worden war er, was er ihr, wie so vieles, nicht sagte, denn die Ratsherren der Stadt Pritzwalk hatten ihm zwar das Schulgeld erlassen, aber nicht auch den Spott ihrer Söhne. *Velten Kleen / hädd Schiet am Been. / Hädd'n awleckt / hädd em god smeckt.* Er sagte ihr damals nicht, dass er der Einzige war, der keine Stiefel besaß.

Er sagte ihr später auch nicht, dass ihn Liese Mahlers zu beschäftigen begann. Am Tage lernte er lateinische und griechische Grammatik, paukte er lateinische und griechische Vokabeln, las er lateinische und griechische Autoren. Abends hackte er Holz, machte er Späne, damit sie es beim Anzünden leichter hatte, leimte er die Bank für die Wassereimer, half er ihr Wäsche legen und Wolle wickeln und lehrte sie das Gründungsjahr Roms. »753 vor Christus, Mutter Vyfken, das kannst du dir ganz leicht merken: Sieben fünf drei / kroch Rom aus dem Ei.«

Oder er erzählte ihr, dass Joachim Kober schon wieder eine Tracht Prügel vom Rektor bezogen hatte, weil er nicht nur ein Katapult mitgebracht hatte, sondern auch den Accusativus singularis von »puella« nicht wusste. »Obwohl er jedem Mädchen – puella heißt Mädchen – durch das Schulfenster nachsieht.«

Ich sehe ihnen nicht nach, sollte das damals heißen. Was Vyfken auch überzeugte, die zur Riemännin sagte: »Der? Nee, der lernt nur. Der denkt gar nicht dran!«

Wenn sie gewusst hätte, wie oft er dran dachte!

Vyfken wusste auch nichts von den Pausengesprächen, an denen er sich nie beteiligen konnte. Sie wusste auch nichts von den Aufträgen, die immer nur er, nie ein anderer Schüler, bekam.

»Valentin, geh doch mal und sag der Frau Rektor …«

»Valentin, ich brauch wieder neue Haselruten.«

»Valentin, du hilfst mir nachher den Honig rühren.«

Und ganz und gar nicht wusste Vyfken, dass Liese Mahlers damals, bevor sie starb, und da musste sie also schon schwanger gewesen sein, sich auch an ihn herangemacht hatte, im November, spät nachmittags, als es schon dunkel war, und vor allem war es ziemlich kalt.

Er war aus der Schule gekommen und fror. Die zusammengeschnürten Bücher unter den Arm geklemmt, die Hände in den Taschen, tief in seine Jacke verkrochen, hatte er sie zuerst nicht gesehen. Es war auf der Nordseite der Kirche. Er wollte gerade über die Breite Straße, als sie plötzlich neben ihm lief.

»Na, Euer Hochverfroren? Soll ich Euch wärmen?«

Dabei hatte sie ihn mit der Hüfte angestoßen und ihm die Hand in den Nacken gelegt und die Anrede »Euer Hochverfroren« hatte ihn zum Lachen gereizt und der Stoß an seine Lenden und die Hand in seinem Nacken und die Worte an seinem Ohr, »Keine Angst, du musst nichts bezahlen«, hatten ihn zu anderem gereizt und er war weggelaufen, so schnell es seine dicken Socken, mit denen er in den Pantinen rutschte, erlaubten. Und ein paar Wochen später war Liese tot.

Man fand sie am Tag nach Neujahr. Sie lag erfroren in einem leeren Schweinestall in der Gasse Achter der Mauer, nicht weit von ihren Stammkunden, den Hirten der Stadt und den Gerbergesellen, entfernt.

Das Kind zwischen ihren Schenkeln, noch an der Nabelschnur hängend, war in einer Blutlache festgefroren. Von den Männern, die die Leiche bergen mussten, kannte jeder die Liese angeblich nur flüchtig.

»Ein christliches Begräbnis? Nein, Frau, das geht nicht.«

Ihre Schwester lief weinend den ganzen Tag vom Pfarrhaus zum Rathaus und wieder zurück.

»Ich sag Euch doch: Das geht nicht.«

Aber irgendwann ging es dann doch. Am Rande des Friedhofs vorm Buchholzer Tor, dort, wo der Durchgang zur Ziegelschneiderei ist, wurde die Liese mit ihrem Söhnchen begraben. Und auch nicht, wie zuerst angeordnet worden war, sang- und klanglos, sondern mit Glockenklang und mit Knabengesang. Zwar war es nur die kleinste der Glocken, jene, die »Misericordias domini cantago« hieß, *Ich will singen von der Barmherzigkeit des Herrn,* und von der Barmherzigkeit des Herrn sang auch nicht die gesamte Kurrende, sondern nur ein einziger Schüler, nur Valentin Klein, doch sang er so gut er nur irgend konnte, keine Angst, du musst nichts bezahlen, sang er viel mehr, als zwischen Kantor und Schwester vereinbart war, sang er: »So wahr ich lebe, spricht dein Gott/mir ist nicht lieb des Sünders Tod.«

Außer ihm standen noch der Diakon, Lieses Schwester, deren Mann und drei Neffen und eine Nichte der Toten am Grab, dazu eine Begine, die Liese Mahlers nicht kannte, die aber zu jeder Beerdigung ging. Der Tag war frostklar. Es wehte ein scharfer Ostwind, in dem der Hauch vor den Mündern in der Kälte zerging. Und Valentin sang: »Gnad hat dir zugesaget Gott/von wegen Christi Blut und Tod.«

Der Diakon, der an ein Versehen glaubte, machte ihm ein Zeichen: Genug, Junge, kannst aufhören. Die Männer zogen ihre Mäntel fester um sich, die Frauen ihre Tücher. Die Kinder traten auf der Stelle. Und Valentin merkte diesmal nicht, wie sehr er, trotz des schwarzen Chormantels über der Jacke, schon fror.

Dass du musst sterben ist dir kund/verborgen ist des Todes Stund.

Wie nahe er an den folgenden Tagen der eigenen Todesstunde gewesen war, erfuhr er erst hinterher. Da saß er schon im Bett, aß Hühnersuppe und begann, sich Schritt für Schritt zu erholen.

Er habe fantasiert, erfuhr er von Vyfken. Er habe tagelang in immer wieder gewechselten, immer wieder schweißnassen Laken und Kissen gelegen, halb aufgerichtet, um besser atmen zu können, und den Arzt, den Stadtphysikus, für den Bürgermeister Magister Heinisch gehalten.

Dass sie den Physikus geholt hatte, war Stadtgespräch. Gabriel Schumacher! Den Studierten! Pritzwalks teuersten Arzt in die Gasse Achter der Mauer!

Von ihren Gebeten wusste er nichts. »Lieber Gott, nimm ihn mir nicht. Bitte, bitte, nimm ihn mir nicht. Du hast doch schon Berend und meine fünf. Du hast doch schon seine Eltern. Bitte, lass ihn noch leben!«

Denn sie liebte ihn doch so! Sie war doch auf ihn so unsagbar stolz!

Zu den alljährlichen öffentlichen Examen der Schüler kam sie rechtzeitig, setzte sich ganz nach hinten und sah den Ankommenden, die sie im Stillen gönnerhaft kommandierte, voller Vorfreude zu. *Ja, setz dich man mit deinem Alten.* Dies zur Frau des Kaufmanns Ottlinger, die dreimal den Rock glattzog, bevor sie neben ihrem Manne Platz nahm. *Jaja, Küsschen rechts, tätscheln links, das wird ihm nachher auch nicht viel helfen.* Dies zur Bürgermeisterin Anna Schaum, die ihren Heinrich verabschiedete, bevor sie ihn Richtung Podium schob. Solcherart, stumm, wies sie Kaufleute, Ratsherren und deren Kinder zurecht. *Ja, beeil dich, du wirst gleich dein blaues Wunder erleben!* Voller Vorfreude sah sie den Pfarrherrn die Bühne besteigen, während unten die übrige Geistlichkeit Platz nahm, sah sie in den Reihen vor sich die schwarzen Rücken der Männer, weiter hinten in Tuch, weiter vorne in Taft die schulterbreiten Kragen, weiter hinten mit glattem Rand, weiter vorne mit Spitzen die Hauben der Frauen, aus purem Leinen hinten, bestickt oder mit bunten Fäden durchwirkt weiter vorn. Die meisten waren Eltern der polternd und durcheinanderredend auf dem Podium in zwei Reihen Aufstellung nehmenden Schüler.

Stille trat ein. Der Rektor trat an den Bühnenrand. Er eröffnete das Examen, begrüßte die Geistlichkeit, begrüßte den regierenden und den alten Rat, begrüßte die Gilde- und Viertelmeister, begrüßte den Syndikus und den Physikus, »Auch begrüße ich heute ... und ganz besonders herzlich begrüße ich auch ...«. Vyfken begrüßte, dass es dann endlich losging.

Nach einer Stunde war eingetreten, was sie vorher schon gewusst hatte. Man war bei der letzten Fragerunde, bei der es auf Schnelligkeit ankam, und immer war Valentins Stimme zu hören. Er stand in der hinteren Reihe und fiel durch seinen braunroten Haarschopf auf, und vor allem durch seine Größe.

»Wie heißt die Regel dazu?«

»Der fünften Wörter auf e-ess/sind alle etwas Weibliches.«

»Und wie baue ich eine Rede auf?«

»Exorsus narro, seco, firmo, refuto, peroro.«

»Deutsch?«

»Ich leite ein, teile ein, begründe, zeige das Gegenteil und komme zum Schluss.«

Man kam auch in diesem Jahr wieder zum Schluss, dass

der Preis für das beste Examen, ein Buch und zwei Silbergroschen, an den Schüler Valentin Klein gehen müsse.

Man klatschte. *Ja, klatscht nur.* Voller Genugtuung sah Vyfken nach vorn. *Ihr gut gekleideten Muttis, ihr! Ihr Vatis mit Amtsketten und Bäuchen!*

Valentin musste nach vorn treten und sich verbeugen. Der Pfarrherr verkündete vom Podium, der beste Schüler sei Valentin Klein. Man überreichte ihrem Jungen das Buch, dann das Geld. Pfarrherr und Rektor, die anderen beiden Lehrer, und Kameraden schüttelten ihm da oben die Hand. Danach lud der Pfarrherr zum Beisammensein ein, das Bier, wie immer, sei frei, die Bratwürste kosteten wenig. Valentin kam die Stufen herunter. Die Leute erhoben sich. Die Eltern nahmen ihre Söhne in Empfang. Er schob sich zu ihr durchs Gedränge.

»Das ist meiner«, sagte Vyfken zu der jungen Frau, die neben ihr saß. Sie kannte sie nicht. Vielleicht war sie zugezogen oder sie hatte zum ersten Mal einen Jungen dabei.

»Das ist meiner, der Preisträger. Das ist mein Sohn.«

Die Frau aber schien Vyfken zu kennen. Sie war, an Vyfken gemessen, noch jung, um die dreißig vielleicht, und wichtig sei nicht nur Bildung, belehrte sie Vyfken, wichtig sei vor allem auch Herzensbildung. Und dann machte sie auch gleich von ihrer Herzensbildung Gebrauch: »Aber es ist nicht Euer *richtiger* Sohn, so viel ich weiß, oder?«

Und doch: So ein Stich war verschmerzt, wenn Vyfken Valentin sah! Seine braunroten Haare, die Sommersprossen, die leuchtenden braunen Augen, mit denen er sie anstrahlte, die beiden Hasenzähne, die er entblößte beim Lachen.

Strahlend nahm er ihre Hand. »Da!«, sagte er und legte die gewonnenen Silbergroschen hinein. »Für Euch!«, sagte er. »Ich hab ja das Buch!«

Und dann zog er sie, die schon stand, wieder auf die Bank

nieder. Sie musste die eine Seite des Buches halten, damit er ihr das Frontispiz zeigen, den Titel vorlesen, darin blättern konnte. Es hieß *Albertinis Welt – Tummel- und Schauplatz.*

Natürlich erinnerte Valentin sich. An seine Eltern zwar nicht mehr, über sie wusste er nur, was ihm Vyfken erzählte. Aber er erinnerte sich an Wintermorgen im Bett, oben in der Kammer, während er unten in der Kate Vyfken herumpoltern und den Herd heizen hörte. Er erinnerte sich an einen Gang neben Vyfken durch nasses Herbstlaub. Sie hatte etwas Schwarzes an und er hielt ihre Hand. Er erinnerte sich an viele Weihnachtsabende, an denen sie durch die Kälte nach Hause gingen, während man Weihnachtslieder vom Kirchturm blies, wonach sie dann einen unerhörten Luxus genossen: Am Heiligen Abend gab es immer Ente!

Und er erinnerte sich an Nicht-mitspielen-Dürfen und Nicht-mitreden-Können, an einen hinterhältigen Stoß, der ihn in die Dömnitz beförderte, und an Sprechchöre, die ihn verfolgten: *Velten Kleen/hädd Schiet am Been.* Er erinnerte sich an das Wäscheaufhängen bei der Frau Kantor und an schmerzende Muskeln nach dem Rühren von Honig. Er erinnerte sich daran, dass Vyfken seine Kleider öfter als üblich wusch, man an ihm aber trotzdem noch die Gerberei zu riechen behauptete. *Velten Kleen/hädd Schiet am Been.* Valentin wusste, was er hinter sich lassen wollte, als er Pritzwalk hinter sich ließ.

Das war vor drei Jahren, mit sechzehn, gewesen. Da war Vyfken neben ihm gelaufen wie jetzt. Bis Giesensdorf, bis zu ihren Verwandten, hatte sie ihn begleitet. Sie hatten ihm nachgewinkt, Vyfken, ihr Bruder, die Schwägerin, deren Kinder. Dann, nach einer Wegbiegung, hatte er auch Giesensdorf hinter sich, das dem Rat der Stadt Pritzwalk gehörte. Jetzt fängt ein neues Leben an, schwor er sich.

Dabei: Die Abschiedsrede des Pfarrherrn hätte ihn warnen können! Dass er seiner Vaterstadt für das Stipendium zu danken habe. Dass er als Student fleißig zu sein, ordentlich zu sein und sparsam zu sein habe. Dass er sich nicht beim Spazierengehen antreffen lassen solle, sondern eher bei einem ehrlichen Zuverdienst. Dass man ihn auch in Leipzig im Auge behalten werde. Dass man sich das Recht nehme, andere Studenten nach ihm zu befragen. Dass ihm das Stipendium auch wieder genommen werden könne, wenn sich herausstelle, er habe mehr in Mädchenaugen als in Mitschriften, mehr in Bierkrüge als in Bücher geblickt.

Das alles hatte er, als er damals loszog, vergessen. Zum ersten Mal Pritzwalk hinter sich lassend. Zum ersten Mal in die Welt.

Die Welt, auch wenn sie in strahlender Sonne lag, war der Sommerweg nach Havelberg über Klenzenhof, Reckenthin, Hoppenrade gewesen; waren gelb-weiß blühende Wiesenraine und grünende Saat; waren Backöfen, Dorfteiche, zischende Gänse und bellende Hunde. In der Welt gab es Scheißkerle wie jenen Aumühle. Am Dom in Havelberg, hatte ihm der Pfarrherr gesagt, solle er nach einem Fuhrmann namens Aumühle fragen. Aumühle werde ihn nach Dessau mitnehmen, wofür er ihm unterwegs zur Hand gehen müsse.

Aumühle saß den ganzen Weg bis Dessau in den Schankräumen der Herbergen, während er ihm »zur Hand ging«. Sich um die Pferde kümmern musste, die Ladung, den Wagen. Während er in Scharlibbe neue Ringe für die hinteren Lissen besorgte, damit das Seitenbrett wieder besseren Halt bekam, wobei er, wie in Hohengöhren, wo er, Valentin, Wagenschmiere kaufen musste, das Geld, das er auslegte, ihm wiederzugeben vergaß, vermutlich erkennend, dass Valentin noch zu schüchtern war, es zu fordern.

Das Bewusstsein seiner Kenntnisse und Fähigkeiten war

ihm damals ein Schutz. Die abschätzigen Blicke der Wirte, die ihm Scheune oder Futterkammer als Schlafplatz zuwiesen, prallten daran genauso ab wie die verächtliche Geste, mit der Aumühle ihm beim Abschied den Ranzen zuwarf, oder die gleichgültigen Gesichter aus den schnell an ihm vorüberfahrenden Wagen.

Hinter Delitzsch hielt dann doch einer an.

Nicht ganz, aber doch so, dass er hinten aufspringen konnte.

Er kämpfte sich zwischen blökenden Schafen nach vorn, um dem Mann auf dem Kutschbock zu danken. »Von Dank hab ick schon 'n ganzen Sack voll«, sagte der, aber rückte für ihn auf dem Kutschbock zur Seite.

»Wohin willst du denn überhaupt?«

»Nach Leipzig.«

»Und was bist du für einer?«

»Student.«

Das Bewusstsein dessen, was er für einer war, dass er es ihnen noch zeigen würde, die ihn allesamt unterschätzten, ließ ihm beim Anblick der Großstadt das Herz schneller schlagen. Mauern, Tore, Türme und Dächer, das war sie, die große Stadt Leipzig, das war sie, die Welt.

»Könnt Ihr mir sa...« Nein, konnte man nicht. Nach der Studentenbörse, in der er wohnen sollte, das sei billiger, als sich eine Stube zu mieten, war ihm vom Pfarrherrn eingeschärft worden, hatte er damals ein paar Stunden gesucht. Es gab mehrere, was er vorher nicht wusste. Die in der Ritterstraße roch appetitlich nach Essen, aber die Bayern, die dort wohnten, hatten für ihn nichts übrig. Die in der Nikolaistraße hatte er später wieder verlassen. Nicht, weil ihm der dritte Stock und die Stube mit den sechs Betten nicht zugesagt hätten. Auch nicht, weil die Hausordnung nicht zu erfüllen gewesen wäre: die Haustür im Winter um neun und im

Sommer um zehn Uhr abschließen, die Tische und Bänke nicht beschädigen, nicht saufen, nicht rauchen, nicht Karten spielen. Auch »unmäßiges Zechen und unanständiges Schreien«, las er damals, waren verboten. Auch »das Tragen von Waffen und Frauen auf den Stuben«. Er zog wieder aus, weil er Ruhe zum Lernen brauchte. Weil er mit den Kommilitonen so wenig wie möglich zu tun haben wollte.

In prächtigen Bildern stellte er sich damals seine Zukunft vor Augen. Diese Bilder, Valentin als Ratsherr, Valentin als Professor, Valentin als Generalsuperintendent, wurden nicht im Geringsten beeinträchtigt durch die klägliche Figur, die er schon am ersten Leipziger Morgen abgab, als man, nach der Immatrikulation mit feierlichem Einzug der Professoren, Eid und Zepter und Dekan, die Studienanfänger ins Ballhaus lockte, wo man sie warten und einzeln eintreten ließ. Ehe sie sich in dem Raum, in dem sonst nur die Bälle und Schläger aufbewahrt wurden, orientieren konnten, waren sie schon auf einem Stuhl festgebunden. Man verunstaltete ihnen mit stumpfen Scheren die Haare. Man rieb sie mit Stiefelwichse und Ziegelmehl ein. Man nahm ihnen das Geld und die Kleider weg und warf ihnen Lumpen zu. »Wir sind die Schoristen«, sagte der Anführer der Untäter, ein gewisser Graf, der nur so hieß, keiner war, als er zu ihnen in die Halle trat, wohin man sie nach dieser Behandlung gebracht hatte, »und ihr seid die Pennäler. Was seid ihr?! – Ich höre nichts?!«

»Penn-nä-ler«, erklang es in jämmerlichem Chor. Der Kleine, der vorhin einen blauen Samtanzug getragen hatte, saß in einem ihm viel zu großen Leinenwams da. Der Kraushaarige hatte kein krauses Haar mehr, sie hatten ihn wie ein Schaf geschoren. Der schlanke Blonde, der Valentin schon bei der Immatrikulation aufgefallen war und den er für ein adliges Söhnchen hielt, blickte finster aus seiner schwarzroten Bemalung. Valentin sah ihn die Lippen zusammenpressen. »Sprich lieber mit«, raunte er ihm zu. »Nein«, sagte der Blonde verächtlich und wandte sich von ihm ab.

»Noch einmal. Was seid ihr?«

»Penn-nä-ler!«

»Sehr schön. Und was machen die Pennäler? – Na? – Ich sag's euch. Sie dienen. – Sie dienen den Schoristen ein Jahr, sechs Monate und sechs Tage. Also? Was macht ihr von heute an? Wir ...?«

»Wir dienen den Schoristen ein Jahr, sechs Monate und sechs Tage.«

»Depositio« nannten die das, Absetzung, Niederlage. Für ihn, Valentin, war's damals keine.

Schäbige Kleidung, wie sie die anderen bekamen, trug er schon, man nahm ihm die seine nicht weg. Sein Geld befand sich in verschiedenen Verstecken, sie hatten nur gefunden, was ein Räuber finden sollte. Sein Haar – rechts einzelne Strähnen, links gar nichts mehr – würde wieder wachsen und die Schlimmsten von denen würde er sich auf jeden Fall merken: Krüger, Kleinschmidt, Graf, von Rauschenberg, von Lepke und Eggers.

Er sei hart im Nehmen, sagten sie später von ihm. Da war er schon selbst Schorist, ohne allerdings sich bedienen zu lassen. Kleider und Stiefel säuberte er wegen der Geldverstecke lieber selbst, Bier holen lassen musste er nicht, denn er trank Wasser und Tee, und mitschreiben lassen musste er auch nicht. Im Gegenteil. Er kopierte, was er selbst mitschrieb, stellte Exzerpte und Konspekte her und machte daraus ein Geschäft.

Es sprach sich schnell herum: Die Konspekte, die er erstellte, ersparten das Lesen von Büchern. Auch seine Preise waren akzeptabel: ein viertel Groschen pro hundert Seiten, jedes angefangene Hundert zählte als ganzes. Bald kannte man ihn in der Ratsbibliothek am Gewandhaus besser als den eigenen Hausmeister, weshalb man ihn dort einmal bat, nach dem Schloss der Hoftür zu sehen, und beim Buchhändler im Gewölbe unten im Kurfürstenhaus verdiente er auch noch etwas, denn für den lieferte er einmal wöchentlich mit einer Eselin die Bestellungen aus.

Bald hatte er die Börse verlassen können. Er mietete sich eine Dachkammer in der Kupfergasse, lernte und las und lernte und las – auch das, was ihm Spaß machte, deutsche Gedichte zum Beispiel: »Wie sie herumber schwantzen/mit Hoffart und Finanzen«. Theobald Hoeck. Er merkte sich auch die Namen der Dichter.

Die eigene Kammer bei der Witwe Klewe war in Leipzig sein einziger Luxus gewesen. Er genoss kein Schürzenstipendium, keine Scharmante, kein Studentenliebchen oder wie sonst man so sagte. Er ging nicht ins Ballhaus, nicht zu anderem Sport, nicht in die Bier- und Kuchengärten von Connewitz, Stötteritz, Reudnitz. Er lernte nicht tanzen und nicht Jenischen vom Kotzschenberger, Franken- vom Elsässer Wein zu unterscheiden. Weder ging er zum Jagen ins Rosenthal, noch wanderte er zum Fischen an die Elster oder die Pleiße. Auch das Verprügeln von Stadtwachen, das Verprügeln von Handwerksburschen, das Verprügeln von Bürgern, das Verprügeln von Kommilitonen, das Verprügeln von Nachtwächtern und was Krüger, Kleinschmidt, Graf, von Rauschenberg, von Lepke und Eggers sonst noch für Abwechslung kannten, machten ihm keinen Spaß.

Aber Leistung, jawohl.

Die würde die Bilder von Valentin als Ratsherr, Valentin als Professor, Valentin als Generalsuperintendent wahr machen. *Euch werde ich's zeigen! Euch werde ich's noch zeigen!*

Er sparte, wo immer er konnte, erbat sich vom Buchhändler altes Papier, löschte bei Vollmond die Kerze und mischte sich Tinte aus Schlehen, Eisenvitriol und Alaun immer selbst. Aber er leistete sich glänzende Beurteilungen, Anerkennungen, Belobigungen und Preise. Er leistete sich, einen Vortrag über Schwarmgeister in der Kirchengeschichte ohne schriftliche Stütze zu halten. Er leistete sich, bei allem Ernst – der ja stets einer misslichen Lage entsprang, wenn kritische Geister ihrer Zeit einen Spiegel vorhielten, indem sie von besseren Zeiten zu schwärmen begannen – seine Kommilitonen zu unterhalten. Die saßen im Collegium Paulinum gedrängt. Die amüsierten sich, als er sagte, dass Benedikt das abendländische Mönchstum »erfunden habe«. Dass es verkam und der Cluniazenser bedurfte, um zum Beten und Arbeiten zurückzufinden, man es mit dem Beten aber dann übertrieb, und zwar so sehr, dass man nicht mehr zum Arbeiten kam. Weshalb es nur richtig gewesen sei, das Kloster von Citeaux zu kreieren, die arbeitenden Zisterzienser, die aber dann auch zum gesteigerten Arbeiten der Laienbrüder bedurften. »Das hat man ja oft«, sagte er. »Die Namhaften ernten den Ruhm und ihre Hauptarbeit machen dienstbare Laien.«

Alle, bis auf den Professor, hörten ihm angelegentlich zu. Der Professor Wiegand, neben Valentin, der vor den Versammelten stand, über sein Pult gebeugt, war in anderen Angelegenheiten beschäftigt. Er schrieb und schrieb und hob erst den Kopf, als Trampeln, Trommeln und Klopfen ihm das Ende der Rede anzeigten. Zu Ende? Aha. Soso. Hm, hm. Er bat Valentin um seine Notizen.

»Ich hab keine, Herr Professor.«

»Wie! Ihr habt keine!«

»Ich habe mir keine Notizen gemacht. Ich habe mir überlegt, was zum Thema zu sagen ist, aber mir keine Notizen gemacht.«

»Das ist despektierlich!«

Für einen Moment herrschte Stille im Raum, dann erhob

sich ein Raunen und Flüstern. Der schlanke Blonde, der Valentin schon bei der Immatrikulation aufgefallen war, der sich bei der Depositio nach Valentins gut gemeintem Rat von ihm abgewandt hatte und von dem Valentin inzwischen wusste, dass er aus Franken kam, einen Vater am kaiserlichen Hof hatte und Echter von Mespelbrunn hieß, stand auf, sagte, es sei sicher nicht in Kleins Absicht gewesen, den Professor in seiner wichtigen Arbeit zu stören und in ungebührlicher Weise dessen Aufmerksamkeit zu erzwingen. Es sei Klein offensichtlich, und er denke, da stimmten die Kommilitonen ihm zu, nur um den Glanz der freien Rede gegangen, und was den Inhalt betreffe …

Der Professor schnitt ihm das Wort ab. Es gehe hier nicht um den Inhalt. Es gehe um ein zutiefst despektierliches Verhalten. Und das Ganze brachte Valentin am Ende des Semesters das Prädikat »in subtilibus fidei dogmatibus rudis« ein, *in feineren theologischen Fragen unbewandert*, und dem Professor Valentins tiefe Abneigung, die sich unter anderem auch in der Namensgebung für das Fohlen äußerte, das die Eselin des Buchhändlers geboren hatte und bei dem die Magd am Nachmittag kniete. Sie rieb das Neugeborene mit Strohwischen trocken. Der Buchhändler, die Ellenbogen auf die hölzerne Brüstung gestützt, blickte zu ihr ins Stroh hinunter.

»Wie soll der Kleine denn heißen?«, fragte die Magd.

»Wiegand«, schlug Valentin, der gerade von seinem Vortrag kam, vor.

Nein, Vyfken wusste nicht alles. Dreimal in jenen drei Jahren, immer zu Ostern, hatte ihn die Stadt Pritzwalk nach Hause beschieden, weil sie es für richtig hielt, seinen Wissensstand vom Pfarrherrn prüfen zu lassen. Wie hatte sie sich dann immer gefreut! Wie gern hatte sie immer gehabt, dass er ihr mittags im Hof oder abends am Herd von Leipzig, den großen vier, fünf Stockwerke hohen Häusern, den Handelshöfen mit den zwei Ausfahrten, so gebaut, dass die Fuhrwerke nicht wenden mussten, der Waage am Brühl, den Ausländern, den vornehmen Kaufmannsherbergen erzählte.

Vom Esel namens Wiegand erzählte er nicht. Und auch nicht von jener Buchhändlersmagd, Juliana Magdalena mit Namen, die aber nur Magda gerufen wurde, mindestens zehn Jahre älter war als er und verheiratet – was er anfangs nicht wusste. Von Anfang an hatte Magda sich, wenn er aus der Stadt von seinen Liefergängen zurückkam, um die Eselin zu kümmern. Einmal, er hatte das Tier gerade wieder in den Stall geführt und Magda noch geholfen, den hölzernen Tragsattel abzunehmen, fragte sie ihn, warum er immer noch bleibe. Nie gehe er gleich. Immer sitze er noch ein bisschen bei ihr.

Das stimmte. Er saß auch in jenem Moment wieder bei ihr. Das heißt: Er saß mit einem Buch neben der Stalllaterne, während sie den kleinen grauen Wiegand mit getrockneten Hagebutten verwöhnte, und er suchte krampfhaft nach einer Antwort, denn er wollte nicht sagen, dass die Laterne im Stall ihm zu Hause eine Kerze ersparte.

»Na! Nun warte doch!«, sagte sie zu Wiegand und zu ihm: »Habt Ihr kein Mädchen?«

Das ging sie nichts an!

Und dann ging es sie doch etwas an oder er sie oder sie ihn – im Nachhinein war das nicht mehr zu klären. Da wusste er nur noch, dass es mit seiner Eigenständigkeit plötzlich vorbei gewesen war, oder vielmehr, dass es mit ihr ganz plötzlich angefangen hatte, mit der Eigenständigkeit, partiell und auffällig, in ganz besonderer Gegend.

Jedenfalls verriegelte Magda danach noch öfter die Stalltür, sagte ihm eines Tages auch, dass ihr Mann sechsunddreißig Jahre älter sei als sie, »Und wie alt bist du? Achtzehn?«, und dass es dann ja Zeit sei, dass eine ihm beibringe, wie man die Lanze einlege.

Davon sagte er Vyfken nichts.

Und von seinem Schmerz, als er aus allen Wolken fiel, auch nichts. Von seinem harten Aufprall auf dem Boden der Tatsachen, bei dem all die prächtigen Bilder – Valentin als Ratsherr, Valentin als Professor, Valentin als Generalsuperintendent – sich in ein Schreibpult, eine amtliche Miene, ein Vorsprechen im Dekanat und eine Korrespondenz mit der Stadt Pritzwalk auflösten. Nur der unterste akademische Grad, nur das Bakkalaureat, war gebührenfrei für solche wie ihn. Schon das Magisterexamen wollte ihm seine Vaterstadt nicht bezahlen.

Er schrieb nach Hause, bekam abschlägige Antwort, schrieb noch einmal: Die Antwort darauf klang gereizt. Sie war auch nicht mehr von Baumann, dem alten Pfarrherrn, sondern von Weber, einem neuen, unterschrieben.

Er hatte Vyfken nichts von seinen Versuchen, die Wirtin, den Buchhändler, Echter von Mespelbrunn, ja selbst Magda, die Buchhändlersmagd, zu einem Darlehen zu bewegen, erzählt, nichts davon, wie er in seiner Dachkammer die Bücher an die Wand warf, an die Dachsparren, auf die Dielen, wie er darauf herumtrampelte, sie zerriss und sie dann tagelang hinterher wieder mühsam zusammenflickte, Blöcke in Buchdeckel passte, ausgerissene Seiten einklebte, heulend, weil gemäß den Statuten des ihm verliehenen Stipendiums, so stand es in dem Brief, er sich nach dem bestandenen Bakkalaureat seiner Vaterstadt unverzüglich zur Verfügung zu stellen habe. Eine Stelle für ihn sei bereits gefunden. Man brauche ihn an der Schule.

Beim Abschied von der Weltstadt, denn Leipzig war für ihn eine Welt, hatte er sich damit zu trösten versucht, dass er als Lehrer immerhin zum Ersten Stande in Pritzwalk gehöre.

Dass es nur noch ein paar Tage seien, wechselnde Fuhrleute, Wagen und Pferde, er zum letzten Mal in den Herbergen Holzteller und Holzlöffel bekomme, denn bald schon, bald, stünde ihm Zinngeschirr zu. Bald wäre er immerhin in einem Amt.

Und dann war die Amtseinführung gekommen, eine Veranstaltung, die er sich ähnlich wie die Immatrikulation gedacht hatte, mit geringerer Teilnehmerzahl vielleicht, dem Rat, der Geistlichkeit, den künftigen Kollegen, aber doch feierlich, mit einem Eid. Jede Gilde, jede Zunft hatte einen. Selbst der Scharfrichter musste schwören. Jedem Tuchknappen nahm man den Schwur ab, dass er »aus gutem deutschen Geblüt und ehrlichen Herkommens« sei!

Ihm aber, nachdem er sich schon gewundert hatte, dass man ihn dazu ins Pfarrhaus bestellte; ihm, der es verschlossen fand, wartete, davor auf und ab ging, dann durch den Torweg, der offen war, auf den Hof, aber auch dort war das Haus verschlossen, er ging von einem Fenster zum anderen, schirmte mit den Händen das Gesicht seitlich ab, konnte trotzdem nichts im Innern erkennen; ihm, als er es noch einmal mit Klopfen versuchte, wurde plötzlich die Tür aufgerissen und keifend unterstellt, er wecke die Kinder. Die aufgeweckten Kleinen hängten sich an die Röcke der Pfarrfrau. Sie lugten aus Türen, huschten den Flur entlang und wurden von ihr wieder über das Haus verteilt: »Ab in die Betten! Ihr ab in die Küche! Und du wieder ab nach oben!« Er musste fürchten, dass nicht nur die Kinder mit einem Klaps auf den Hintern und »Ab!« irgendwohin, sondern auch er ab nach Hause befördert werde. Da bog mit einer Mistkarre aus dem Torweg ihr Mann um die Ecke.

»Ihr seid Valentin Klein?« Er stellte die Karre ab, zog die Schürze aus, wusch sich in der Regentonne die Hände, und die Amtseinführung bestand dann in einer in seiner Amtsstube abgehaltenen Belehrung des Inhalts, dass er, Valentin, als Schulverwandter, wie seine Stellung offiziell heiße, da man ihn ja in der Schule verwende, dass er als Schulverwandter sein Gehalt zwar von der Stadt beziehe, er aber mit dem, was er lehre, ihm, dem Pfarrherrn, unterstellt sei. Ferner, dass er der Jugend mit gutem Beispiel vorangehen müsse, also nicht bunte oder geschlitzte Kleider zu tragen habe, sondern schwarze Röcke, denen der Geistlichkeit gleich. Und dass er, der Pfarrherr, gebeten worden sei, ihn zu Herrn Joachim Kober zu schicken.

Auf diese Weise war er dann zu der Ehre des Hochzeitsbitters gekommen, hatte er an der Hochzeit teilgenommen, hatte er sie alle gesehen, morgens, vor Heinischens Haus, zu dem sie nun unterwegs waren, Vyfken und er, im Gewühl nach dem Jahrmarkt, dem Strom der auswärtsfahrenden Wagen.

Dort, unter dem Erker, hatte er sie alle gesehen, *wie sie herumber schwantzen / mit Hoffart und Finanzen*; wie sie ihn musterten, wer war denn der; wie sie dafür, dass er auf die Kurrendeknaben achtgab, ihm eine Münze zusteckten, die er zurückwies, die sie ihm aufdrängten, um dann zu sagen: »Aber genommen hat er es doch.«

Ein Scherenschleifer schob seinen Karren an ihnen vorbei. »Pass doch auf!«, schimpfte Vyfken, denn er hatte ihren Korb gestreift, den sie besorgt musterte, er war aber noch heil. Der Lärm hinter ihnen, Quieken, Lachen, Rufe – »Achtung! Pass auf! Hier ist er!« –, kam von einem ausgebüxten Schwein, das man einfing.

Sie kamen dem Haus immer näher. Valentin konnte die neuen Fenster im Erker erkennen, die blaue Hausinschrift auf dem gelb gestrichenen Balken schon lesen: »Du stehest hier / vor was dir gefällt …« Und dann stand er wirklich vor was ihm gefiel. Denn außerordentlich hatte ihm, dass Heinisch auf ihn zukam, gefallen. Dass der Mann, den sie alle kannten, beobachteten und belauerten, der Mann, der den Prozess der Spiegelhagener Bauern gegen den Rat der Stadt Perleberg gewonnen hatte und den der Stadt Freyenstein gegen die Vettern von Rohr, dass der berühmte Bürgermeister David Heinisch, der Magister, zu dem sogar der Kurfürst seine Zuflucht nahm, als es um den heiklen Prozess gegen die Mörder des Dietrich von Quitzow auf Rühstädt ging – dass dieser Mann vor aller Augen den ganzen großen Festsaal durchquerte und zu ihm an den Tisch kam.

Sie waren gleich da. Er verbarg seine Freude vor Vyfken. Die sah sicher mit anderen Gefühlen als er die drachenköpfigen Radabweiser rechts und links von der Einfahrt, die Bohlentür mit den blanken Beschlägen daneben, den Türklopfer in Gestalt dreier Würfel.

Verloren ist ein' Sach' erst, wenn wir sie beenden, erinnerte sich Valentin seines in Leipzig verfassten Gedichtes.

Doch halten wir sie aus und halten wir fein still,
So kann des Höchsten Hand, wenn es der Höchste will,
Auch Fall verkehr'n in Flug und unser Unglück wenden.

Auch Fall verkehr'n in Flug! Genau! Das war es! Wenn in dieser Stadt noch jemand sein Unglück wenden konnte, dann Heinisch, und im Grunde hatte er das schon, indem er ihm die Bibliotheksarbeit anbot, getan. Er, Valentin, würde fleißig sein. Er würde zeigen, was in ihm steckte. Heinisch hatte Beziehungen, die zum Hof und Gott weiß wohin reichten.

Valentin, an jenem Markttag damals, dachte an Heinisch. Er dachte nicht an Kober, mit dem er zur Schule gegangen war, nicht an Judith, die er nur vom Sehen kannte. Er dachte an Heinisch und dessen Möglichkeiten. Er stand vor der Tür, auf dem Rücken die Kiepen, neben sich Vyfken, die schon mit der Faust klopfen wollte. »Nicht doch«, hinderte Valentin sie. »Dafür ist doch dieses Ding da.« Er hob den Türklopfer, die drei eisernen Würfel. Und dann waren die Würfel gefallen.

4

Judiths Freude hielt sich in Grenzen, als sie die beiden vor der Tür stehen sah. Sie war bei der schlesischen Elsbeth, als der Türklopfer dröhnte. Alles in Elsbeths Stube war von Jahrmarktseinkäufen bedeckt. Zu den Schachteln, Körbchen und Kästchen, aus denen Elsbeth Marzipan und kandierte Früchte kosten, eine Kette bewundern, einen Armreif probieren und eine neue kleine Uhr belauschen musste, die nicht nur ticken, sondern auch noch eine Melodie zirpen konnte, zu all den Hauben, Kragen und Bändern auf Elsbeths Bett, Truhe, Hocker und Fensterbank hatte Judith aus ihren Räumen auch noch ein paar Kleider geholt, deren farblichen Zusammenklang mit den gekauften Neuigkeiten sie prüften, angetan von dem blauen Kleid mit dem hellblauen Band, skeptisch, was das gelbe und die weiße Haube betraf, entsetzt von dem rosa Band dazu, das ging ja nun gar nicht, und den Kragen mit der breiteren Spitze sollte Judith lieber zu dem blauen Kleid nehmen. Elsbeth hatte nach Judiths Anweisungen Bänder zu Rosetten gebunden, »Weiter oben, Elsbeth, am Ellenbogen«, Hauben aufgesetzt, Tücher umgelegt, eine Perlenkette mal so und mal so durch Judiths dunkles Haar geschlungen, und wie das aussah, nee … Zu Elsbeths Zeit trug man Ketten am Hals, nicht im Haar!

»Nun hab ich genug«, sagte Judith, als alles durchprobiert war. Das fand Elsbeth schon lange, vor allem, was Judiths Kleidung betraf. Sie räumten Truhe und Fensterbank leer, warfen alles aufs Bett. Judith suchte etwas zwischen den Schachteln und Kästchen. »Nanu? Hier ist es ja doch nicht? Ich komme gleich wieder!«

Elsbeth schüttelte den Kopf, denn wozu brauchte der Mensch, wenn sich alle vierundzwanzig Stunden des Tages an einer ablesen ließen, noch eine zweite Uhr? Wozu musste die zirpen? Wozu brauchte man silberne Riechkapseln, wenn die Kräuter auch in ledernen rochen? Wozu beim Essen neuerdings Gabeln? Gabeln waren zum Vorlegen da! Fürs Essen hatte der Herrgott dem Menschen eine Hand mit fünf Fingern gegeben! Eine fünfzinkige natürliche Gabel! Und in diesem Haus spießte man künftig das Fleisch vorm Kauen erst einmal auf! Nee, nee. Elsbeth rollte Bänder auf, legte Kragen zusammen, stapelte Hauben auf Hauben. Da kam Judith mit einem Trinkgefäß, einem irdenen Töpfchen, zurück.

Es war etwas kleiner als Elsbeths Hand. Es war braun und glasiert, braun und glänzend! Es wurde sofort als Bunzlauer Braunzeug erkannt.

Auf Elsbeths Freude war Judith ja gefasst gewesen, darauf, dass sie nun gleich wieder weinte, nicht. »Nee, doasde an miech do gedoacht hoast!« Elsbeth stammte zwar aus dem niederschlesischen Goldberg, doch Bunzlau, wo allein auf der Welt man diese »Tippel«, wie Elsbeth statt »Töpfchen« sagte, in ihrer warm braun glänzenden Vollkommenheit richtig herzustellen verstand, war nicht weit von Goldberg gelegen. »A Bunzeltippel! Wer hoat doas denn verkooft!« Judith musste berichten. Von einem Ehepaar mittleren Alters, er etwas jünger als sie. Von dem Mann, der Seifert heiße – »In Goldberg hat's ooch Seiferts!«, rief Elsbeth begeistert –, der Frau, die aus Gräflich Kunzendorf stamme, vor der Ehe habe sie Ulbrich geheißen. Von Töpfen, Backformen, Backschüsseln, Schalen, Topfsieben, Eierbechern, von Kannen, Gurken- und Heringstöpfen. »Und dann hatten sie noch solche kleinen. Für Schmalz und Honig und Marmelade.«

»Die heeßen Krausen!«

Und im nächsten Herbst kämen sie wieder. Vorher seien sie in Perleberg, dann kämen sie wieder nach Pritzwalk, und heute führen sie nach Havelberg weiter, wohin sie jetzt wohl schon unterwegs seien.

Elsbeth war begierig auf Nachricht aus Schlesien. »Ich hätte dich geholt, Elsbeth, aber sie waren ganz am Ende der Reihe, und als wir hinkamen, hatten sie das meiste schon eingepackt und bauten ihren Stand gerade ab.«

Dass Kober, um es gelinde zu sagen, etwas verwundert war, als sie die Topfhändler auszufragen begann, sagte sie nicht.

»Und das ist auch für dich.«

In einer großen flachen Schachtel, die sie vorher beiseitegelegt hatte, präsentierte sie Elsbeth ein Lebkuchenherz.

»Und doas weeß dein Mann ooch?«

»Er hat es ja ausgesucht!«

Die Fältchen um Elsbeths Augenwinkel vermehrten sich. Auch Judith lächelte. Nun war es wohl wieder gut.

Denn nach Judiths Hochzeit war nichts gut. Schon, als noch aufgeräumt wurde, war alles seltsam und schwierig. Über Pritzwalk stand der Komet. Er war so hell, dass man ihn auch im Mittagslicht sah. Wenn man ihr auch nichts sagte, so wusste Judith doch Bescheid. Die Leute, die im Rathaussaal leere Fässer rollten und leere Tische schoben, die auf Leitern stiegen und die Embleme, Wappen und Girlanden abnah-men, die Fenster kitteten und Stühle leimten und das herabgetropfte Wachs von den Leuchtern kratzten, während man unten im Hof das zerbrochene Rosenspalier wieder aufrichtete, in der Küche daneben die Pfannen, Töpfe und Bratroste scheuerte und draußen auf dem Platz die Lachen von Erbrochenem mit Sand bedeckte, brachten den Unstern mit ihr in Verbindung.

Erst als sich herumsprach, dass der Komet auch an anderen Orten zu sehen war, über Leipzig stand in Gestalt eines Drachens, über Regensburg in Gestalt eines Schwerts, über Stettin und Kiel als bläuliche Flamme, beschloss auch sie selbst, dass es nicht an ihr liegen konnte.

Aber dann musste das Gefühl, dass sie, Judith, für Elsbeth offenbar nichts mehr richtig machen konnte, dass, wann immer sie als Dritte dazukam, Ulla, die Magd, und Elsbeth verstummten oder dass in der Küche, die sie nun, zugegeben, seltener betrat, oft ein eisiges Schweigen herrschte, wo doch früher immer Gespräch und Gelächter gewesen waren – dann musste das andere Ursachen haben.

Außer Pferden, für die der Stall vergrößert, und Wagen, für die eine neue Remise gebaut werden musste, hatte Kober auch noch Jenne, eine Köchin, mitgebracht. Zu Jenne, einer Frau mehr breit als hoch, mit rundem Bauch, runden Brüsten und rundem Gesicht, gehörte außer Anton, ihrem Mann, der meist nicht da war, weil er Kober kutschierte, auch noch Robert, der jüngste Sohn der beiden. Robert, um die zwanzig und äußerlich stattlich, war Kind geblieben in Verstand und Gemüt. Freundlich, fleißig und gehorsam war er. Es war eine Freude, ihn bei der Arbeit zu sehen. Dass er mit Pferden ganz besonders gut umzugehen verstand, war so bekannt, dass man ihn manchmal holte. »Robert, es gibt Schwierigkeiten. Kannst du mal kommen?« Staunend sah dann eine Menschentraube, wie Robert nickend und mit mahlenden Kiefern langsam auf irgendeinen aufsässigen Gaul zuging, was dauerte, denn er ging ganz langsam, blieb auch oft dabei stehen, aber am Ende tat der Gaul, was man wollte. Dann nahm Robert strahlend ein Stück Wurst, ein Stück Kuchen oder eine kleine Münze entgegen und wiederholte noch lange: »Feines Pferd, feines Pferd, feines Pferd«, den ganzen Heimweg über, was niemanden störte.

Störend war nur, galt sein Lob einer Frau. Bei Grüßen aus Frauenmund hielt er in jeglicher Tätigkeit inne, sah leuchtenden Blicks der ihn Grüßenden nach, lallte: »Feine Jungfer, feine Jungfer, feine Jungfer«, und gewann nur sehr mühsam seine Fassung zurück.

Ulla und Elsbeth hielten es für harmlos, ihn so oft wie möglich zu grüßen, aber es dauerte nicht lange, da beschwerte sich Jenne bei Judith. Wutentbrannt, Judith hatte gerade zusammen mit einem Ratsdiener den Saal inspiziert, ihm die Schlüssel ausgehändigt, eine Quittung bekommen und kam nun nach Hause, stand Jenne im Torweg, sie musste auf Judith dort gewartet haben, und legte, hochrot im Gesicht, auch gleich los.

»Guten Tag, Jenne«, unterbrach Judith streng.

Aber darum ging es ja! Von wegen guten Tag! Sie habe keinen guten Tag mehr, seit sie in diesem Hause sei. So gehe das auf keinen Fall weiter. Das sehe sie sich nicht mehr länger mit an. Sie habe die Nase voll. Das sage auch Anton, ihr Mann. Und wenn Judith nichts unternehme, werde sie diese Schandtippe verklagen …

»Welche Schandtippe denn?« Judith lachte nicht. Sie ließ die Dielentür auf. »Nun komm erst mal rein.«

Dieser Aufforderung hätte es nicht bedurft, denn die schimpfende Jenne blieb ihr ohnehin auf den Fersen. Sie gebe ja zu, schnaufte sie und stand dabei mitten in der Diele, wo Judith beschloss, ihren Korb später auszupacken, sich rücklings an den Tisch lehnte und Jenne zuhörte, sie gebe ja zu, dass es ihrem Robert an Verstand etwas fehle, das sage auch

Anton, ihr Mann. Aber ihre anderen Kinder seien allesamt wohlgeraten. Die hätten es alle zu etwas gebracht und jeder Christenmensch trage sein Kreuz. Ihrem Robert, auf den sie deshalb nichts kommen lasse, der ein liebes Kind sei und vor allem nicht so faul wie diese dummdreiste Magd und nicht so frech wie diese alte Schandtippe, habe der Herr dafür seinen Pferdeverstand gegeben, über den mancher in dieser Stadt schon froh gewesen sei, das wollten wir mal nicht vergessen, und das sage auch Anton, ihr Mann, und ihr Leben lang hätten Anton und sie, ihr ganzes Leben lang bisher, den Kobers gedient. Immer sei man mit ihnen zufrieden gewesen. Auch mit Robert, dem man nie irgendwie zu nahe getreten sei, nie! Aber in diesem Haus hier ...

Nachdem Judith noch in derselben Stunde ihren Hausknecht, den rothaarigen Simon, befragte, der aber nichts gehört und nichts gesehen haben wollte, er habe die ganze Zeit im Garten den Nussbaum zersägt, sah Judith es einen Tag später selbst.

Sie saß im ersten Stock am Fenster der Schlafstube, um ein neues Band in den Vorhang zu ziehen, als sie Elsbeth unten über den Hof gehen sah. Elsbeth trug eine Schüssel voller Abfälle unter dem Arm und Judith sah, wie Roberts Züge sich aufhellten, wie er innehielt im Fegen, strahlend, auf seinen Besen gestützt, Elsbeth auf ihrem Weg zum Misthaufen nachsah. Judith sah ihn auch den Mund bewegen, während Elsbeth mit geleerter Schüssel weiterging in den Garten, und sie öffnete leise das Fenster. »Feine Jungfer, feine Jungfer, feine Jungfer«, wurde da laut.

Als Elsbeth mit Küchenkräutern zurückkam – Robert hatte seine Fassung gerade wiedererlangt –, grüßte sie, nun hörbar für Judith, noch einmal: »Guten Tag, Robert!« Dann war Elsbeth wieder im Haus verschwunden und Robert stand noch immer da, von der feinen Jungfer begeistert, der feinen

Jungfer, feinen Jungfer, feinen Jungfer, und fand aus seiner Freude nicht wieder heraus.

Judith ließ Schere und Maßband fallen und ihre Vorhänge Vorhänge sein. Sie knallte die Tür, fegte die Galerie entlang, die Treppe hinunter, durch den Gang, in die Küche und rief mit scharfer Stimme: »Elsbeth!«

»Nu?« Elsbeth wusch Petersilie am Spülstein. Freundlich drehte Elsbeth sich um.

»Augenblicklich entschuldigst du dich bei Jenne dafür, dass du den Robert hänselst. Jetzt! Sofort!«

Der Krug zersprang. Die Petersilie fiel in den Spülstein. So schnell, wie Judith hereingestürmt war, war Elsbeth aus der Küche verschwunden.

»Und das gilt auch für dich, Ulla!« Ulla stand am Tisch, litt ausdrucksvoll unter der Schärfe des Rettichs, den sie rieb, und war die Verwunderung selbst: »Ich hab doch gar nichts gemacht!«

Elsbeth kam danach nicht zum Essen. Man wartete ein wenig. Dann musste Ulla sie holen. Judiths Vater, als Elsbeth sich setzte, grußlos und mit niedergeschlagenen Augen, sah Judith fragend an. Die zuckte die Achseln. Elsbeth sagte nach dem wie immer vom Magister gesprochenen Tischgebet auch nicht »Amen«. Ulla brachte die Suppe, man aß. Jenne brachte den Karpfen, man aß. Nur Kober, der von den günstigen Wollpreisen sprach und davon, deshalb seine Reise nach Berlin zu verschieben, schien nicht zu sehen, wie Elsbeth dasaß. Mit einem Gesicht, als hätte nicht der Karpfen, sondern sie eine Zitronenscheibe im Maul.

»Was ist denn los, Elsbeth?«

Nach dem Essen war Judith der Sache damals auf den Grund gegangen. Als sie auf ihr Klopfen keine Antwort bekam, hatte sie unaufgefordert Elsbeths Stube betreten und die alte Kinderfrau, bäuchlings auf dem Bett leise schluchzend, gefunden. »Was ist denn los, Elsbeth? Komm, nun sag mir doch mal, was wirklich los ist.«

Sie setzte sich auf den Bettrand und tätschelte der Alten den Rücken. Sie wartete, sagte nichts mehr, ging auch nicht weg. Dann war Elsbeth bereit, sich zu setzen.

»Komm, Tränchen abwischen.« Das hatte Elsbeth zu ihr immer gesagt, als sie noch klein gewesen war. Sie tupfte mit ihrem Tuch auf Elsbeths faltigen Wangen herum.

Dass diese Jenne eine ganz schreckliche, herrschsüchtige, rechthaberische Person sei, erfuhr sie dann. Dass man das ja schon an dem Anton sehe, denn warum sei der wohl so selten zu Hause! Dass das auch Ulla schon gesagt habe und Simon auch, da könne sie fragen, und dass sie, Elsbeth, sie, die in dieser Küche schon die Breichen für Judith gekocht und Fläschchen für Judith gewärmt, in der sie mit ihr Ostereier gefärbt und Plätzchen gebacken und Judith alles gelehrt hatte, was sie ihr irgend beibringen konnte, dass sie, Elsbeth, in dieser Küche nun nichts mehr zu sagen habe, »reene goar nischte mehr!«, und sechsundzwanzig Jahre sei sie schon hier. Vor sechsundzwanzig Jahren habe sie ihr schönes Schlesierland verlassen, weil sie es damals nicht über sich brachte, den Witwer mit seinem Kinde im Unglück zu lassen. Im Unglück, in das er sie einmal selbst gestürzt hatte, als er das Goldberger Gymnasium verließ. Sechsundzwanzig Jahre lang sei sie nun hier. Große Festlichkeiten habe es hier früher gegeben. Sie, Elsbeth, denn Judith war damals noch klein, habe das fremde Gesinde ganz allein dirigiert! Und nun habe sie auf einmal nichts mehr zu sagen! Wenn sie backen wolle, sei der Herd stets besetzt! Aber ihr Kuchen scheine ja auch keinem in diesem Hause zu fehlen! Sie habe es so satt. Das Leben hier sei unerträglich geworden! Aber wohin solle sie gehen! Sie könne ja nicht einmal kündigen! Sie wisse ja nicht mal wohin!

Es hatte dann einer langen Unterredung bedurft zwischen Judith, Elsbeth und Jenne. Es hatte einer Flasche des besten Kräuterschnapses bedurft, die dabei in der Tischmitte stand, wie Simon Ulla berichtete, nachdem er einmal Feuerholz brachte. Sie sprächen da drin über die Kindheit.

»Wessen?«

»Weiß ich nicht. Nur über die Kindheit.«

»So, wie du deinen Robert beschützt«, sagte Judith derweilen in der Diele, »hat Elsbeth mich beschützt, als ich klein war. Damals unterstand ihr die Küche.«

Es hatte eines genau ausgearbeiteten Küchenplans bedurft, der Elsbeths Regierungsgewalt für Montag, Mittwoch und Freitag und Jennes für Dienstag, Donnerstag und Samstag festlegte, während die Sonntage halbiert wurden, Jenne vor dem Mittag kochte und Elsbeth nach dem Mittag backte. Es hatte, wozu Judith auch die Männer instruieren musste, eines streng gleichgewichteten Lobes von Prignitzer Sauerfleisch und Schlesischem Himmelreich, Pritzwalker Biersuppe und Liegnitzer Lerchen bedurft und vor allem mehrerer Sonntage, an denen sich das ganze Haus mit Schlesischem Streuselkuchen vollstopfte, Kober kein Abendbrot mehr wollte, Anton ächzend auf seinem Bett lag und Jenne, die am meisten aß, blaurot im Gesicht wurde, bis Elsbeth es wieder glauben konnte, dass Judith sie liebte.

Das »Bunzeltippel« war der Endpunkt ihrer Versöhnung.

Einträchtig wie in früheren Zeiten hatten sie, als der Türklopfer dröhnte, auf den von Judiths Kleidern freigeräumten Fensterbänken einander gegenübergesessen. Judith erzählte vom Markt. Wie voll es gewesen sei, wie verstopft die Straßen. Wen sie gesehen und gesprochen, was sie erlebt und beobachtet und wie Kober ihr einen Wunsch nach dem anderen erfüllt habe. Wie er auch gekauft habe, was sie nicht wünschte, denn es mache ihm Spaß, habe er gesagt, sie zu verwöhnen. Und wie er es den ganzen Nachmittag getan habe. Sie verwöhnt und verwöhnt und dann sich selbst mit grünen Seidenstrümpfen und einem neuen Sattel gleich mit.

Und wie sie auch von Fremden angesprochen und zu ihrer Heirat beglückwünscht worden sei. Wie die Peetzin, Elsbeth kenne sie doch?, ihr gestattet habe, sie Margarethe zu nennen, man müsse ja deshalb nicht gleich Du sagen. »Sie ist dreiundneunzig!«, sagte Judith. »Aber *gleich* sagen wir nicht Du!«

Es dämmerte. Die Marktstraße leerte sich. Nur noch vereinzelt fuhren Wagen stadtauswärts. Elsbeth lächelte. Es war wirklich wie früher.

Außer den Berichten von Tischen, Ständen und Buden, von Feuerschluckern, Possenreißern, Bärenführern und einer Jungfrau aus Giesensdorf, die keine mehr war, weshalb, »stell dir vor, Elsbeth«, die Knechte des Marktmeisters sie so lange verfolgten, bis sie sie im Gedränge vor dem Podium des Baders, wo beim Zähneziehen Hochbetrieb war, aufgreifen konnten, wo sie ihr vor allem Volk ihre beiden unehelichen Kinder vorhielten, sie des Marktes verwiesen und ihr Strafe androhten für den Fall, dass sie sich noch einmal mit offenen Haaren, wie eine ehrbare Jungfer, blicken lasse, außer den Geschichten von Hochbetrieb, Verwöhntwerden, Sätteln, grünen Seidenstrümpfen und Marktverweisen und was Judith sonst noch so alles erzählte, verstand Elsbeth auch, was sie *nicht* erzählte. Was sie nur andeutete. Was hier und da flüchtig aufschien: dass so ein Jahrmarkt sich in Kobers Begleitung ganz anders ausnahm als in Begleitung der Freundin Benigna, mit der Judith immer vor ihrer Heirat dort gewesen war.

Hatte sie sich an dem Stand mit dem Marzipan mit Benigna immer mühsam nach vorn kämpfen müssen, machte man Kober und ihr willig Platz. War sie mit Benigna gönnerhaft bis wohlwollend gegrüßt worden, grüßte man sie mit Kober jetzt äußerst respektvoll, und den langhaarigen Kerl an den Kletterstangen erkannte sie fast nicht mehr wieder! Kein unverschämtes Grinsen mehr wie beim Jahrmarkt vor Petri und Pauli, kein abschätzender Blick mehr wie auf sie und Benigna. Statt der Bemerkung über die Nützlichkeit einer Stange zwischen den Beinen eine tiefe Verbeugung mit gezogenem Hut. Eine Geste zu den Stangen hin, ob der Herr es versuchen wolle ...? Ähnliches hatte seinerzeit auch Elsbeth erlebt. Es war ein Unterschied, ob man verheiratet war oder nicht, nur Frau oder die Frau eines Mannes zu sein.

Am meisten Zeit, sagte Judith, habe sie wieder für ihren Vater gebraucht, und Kober sei dabei so geduldig gewesen!

Die Sammlung ihres Vaters von Fliegenden Blättern war umfangreich. Sie stand vor der Auswahl, wusste nicht, ob er die Abbildung eines Meerweibs schon hatte. Oder ob er nicht lieber statt des Kalbs mit den vier Augen das Schaf mit den zwei Hinterteilen gehabt hätte. Geduldig half Kober ihr suchen.

Wenn unser Vater – er sagte »Unser Vater«! – Tränen lachen könne über Affenmenschen, vielleicht würde ihn dann auch eine bärtige Jungfrau zum Lachen bringen? Oder wie sei es denn mit dem hier, dem Ichneumon? Den er, Kober, für ein Schwein halten würde, wenn nicht darunterstünde, dass der Ichneumon Schweine fresse, aber er fresse auch Mäuse, Käfer, Eidechsen »und das Tierlein Camelion«, lese er. Oder vielleicht finde man auch einen Holzschnitt von dem Tierlein Camelion? Oder das hier? Der Elefant, wie wär's damit?

Judith, vorgebeugt, betrachtete Menschenfresser, Zwerge und Riesen. Sie ging die politische Abteilung durch mit Spottversen auf allerlei Fürsten, kehrte dann wieder zu den Missgeburten mit überzähligen Köpfen und Schwänzen zurück, stand erneut vor den wilden Tieren, während Kober ihr über die Natur und die Eigenschaft des Elefanten vorlas, dass der Elefant keusch und schamhaft sei.

Das Tier, das sie vor sich sah, war gut gezeichnet. Es war unverkennbar ein Reh, obwohl es statt mit einem Gehörn mit einer knöchernen Krone geziert war. Es sei so zahm und freundlich gewesen, las sie, »dass es mit allem Volk auf der Straßen lauffet daher«. Sie habe sich zwischen dem dahergelaufenen Reh und dem schamhaften Elefanten lange nicht entscheiden können.

»Und was hast du genommen?«

»Den Elefanten.«

Damals, als Valentin ins Haus kam, war Judith mit der Neuordnung aller Dinge beschäftigt. Dazu gehörte der vergrößerte Haushalt. Dazu gehörte die Versöhnung zwischen Jenne und Elsbeth. Dazu gehörten ihr gesteigertes Ansehen und dass Kober selbst in ihrem Ansehen stieg. Ihr Vater hatte sie richtig beraten. Wie freundlich Kober gewesen war bei den Fliegenden Blättern. Die Schamhaftigkeit des Elefanten war allerdings nur das eine. Das andere war ihre eigene Schamhaftigkeit.

In der Hochzeitsnacht, als Kober sich sein Mannesrecht nahm, und zwar ziemlich schnell und prompt, sodass sie keine Zeit mehr hatte, zu überlegen, welche Vorkehrungen, außer das Kleid abzulegen, nun als Nächstes zu treffen seien, und vor allem ohne ein Wort über den Kometen oder die zurückbleibenden Gäste, denn außer ihnen war bloß noch Elsbeth gegangen –, und als hätte nicht eine Stunde vorher erst Elsbeth mit ihrem Riechfläschchen kommen und Benigna beschwichtigend und beruhigend auf sie einreden müssen, des Inhalts, dass sie, Judith, doch nun mal wieder zu sich kommen, dass sie sich nichts daraus machen solle, dass es Kometen schon immer gegeben habe und auch schon immer solche wie diesen, ja dass manche davon sogar als Glückszeichen galten, dass einer, »Caesaris astrum« genannt, im alten Rom sogar göttliche Ehren genoss –, in der Hochzeitsnacht, als Kober sie auch genoss, als er sich ihrer bemächtigte, wortlos und grob, und all ihre Träume zerplatzten: *Das* sollte es sein? *Darum* machte die Welt so viel Wesen? *Dafür* bezahlten leichtsinnige oder dumme oder wagemutige Jungfern mit der Angst vor Schwangerschaft und lebenslanger Verachtung? Was hatte sie sich bloß vorgestellt! Außerdem war es ihr entschieden zu hell. Der Komet half den heimkehrenden Hochzeitsgästen, das Geld für die Laternenträger zu sparen, und die Jungen, die niemanden heimleuchten durften, waren mindestens genauso ernüchtert wie sie, der jetzt zwar nichts mehr weh tat, aber dass es »ein Gefühl wie Weihnachten« sei, wie Kober sagte, fand sie nun gar nicht.

Wie lange dauerte die Weihnachtsfeier denn noch?

Es störte sie auch, dass das Bett wackelte und sein Kopfende an die Wand stieß mit Rabumm – Rabumm – Rabumm. Sie ahnte nichts Gutes. Dahinter schlief Elsbeth, von deren Durchtriebenheit Kober sich noch keinen Begriff machen konnte.

Und richtig! Als das Rabumm – Rabumm – Rabumm in ein rasches Bumm-Bumm-Bumm-Bumm-Bumm überging, ertönte hinter der Wand ihre Stimme.

»Kinderchen! Was macht ihr denn da?!«

Die Unannehmlichkeiten der Hochzeitsnacht hatten sich aber nicht wiederholt. Schon nach wenigen Tagen war Judith nicht mehr bereit gewesen, es Anna Schaum gleichzutun, von der man sich erzählte, sie habe ihrem Manne die eheliche Beiwohnung auf ein halbes Jahr untersagt.

Nicht, dass sie sich nicht auch noch eine Steigerung vorstellen konnte, ja, ihr Behagen, wenn Kober sich ihr näherte, zu ihr herüberkam, sie an sich zog, schien ihr geradezu bestimmt, sich noch ein bisschen zu steigern, aber sie hatte doch schon etwas mehr Verständnis für leichtsinnige oder wagemutige Jungfern. Sie konnte die Bäckerstochter in Wittenberg, wo Kober studierte, ein bisschen besser verstehen, die für das runde Ergebnis ihres Leichtsinns mit einer runden Summe abgefunden worden war. Nur konnte sie das keinem erzählen. Nicht mal Benigna, von der sie das mit der Bäckerstochter, dem runden Säugling und der runden Abfindungssumme überhaupt wusste.

Wenn es nach ihr ginge, dachte sie, würden die Weihnachtsfeiern nur aus dem Anfang bestehen. Aber Kober brauchte offenbar sein Ra-bumm.

Der Türklopfer! Judith zuckte zusammen. Elsbeth wollte aufstehen. »Nein, bleib hier.« Ulla war ja unten, Simon auch, und nein – die Männer waren alle auf dem Hof, denn das neue Pferd von gestern wurde mit dem neuen Sattel von heute gesattelt und Jenne und Ulla konnten aus der Küche nicht weg.

»Bleib sitzen, Elsbeth. Ich geh schon.«

Sie habe damals, erzählte Judith Valentin später, fast einen Herzschlag bekommen, als sie ihn und Vyfken vor der Tür stehen sah.

Denn sie hatte, dass er kommen sollte, vergessen! Sie hatte sich zwar merken können, wann der Jahrmarkt vor Matthäi war und dass neue Dienstboten immer Michaeli einzogen. Aber dass Valentin am Jahrmarktstag vor Matthäi einziehen sollte, weil der zufällig auch mit der Einführung des neuen Stundenplans in der Schule zusammenfiel und er den Dienstag immer schulfrei hatte, was in diesem Fall auch für seinen Umzug gut war, das nicht!

Valentin merkte von ihrem Schreck nichts. Er verstand

nicht, was sie sagte, denn hinter ihm und Vyfken rasselte einer der letzten Wagen Richtung Wittstocker Tor. Das rasch verborgene Erstaunen in ihrem Gesicht, das er sehr wohl wahrnahm, aber auf Vyfken bezog, fand er natürlich, war er doch neunzehn und wurde von seiner Mutter gebracht. Ihrer Geste entnahm er, dass sie eintreten sollten.

Auch Vyfken hatte damals von Judiths Schreck nichts bemerkt. Sie war schon in Küchen solcher Häuser beschäftigt gewesen, aber noch nie in deren Dielen mit ihrer getäfelten Pracht, auf ihren Treppen mit geschwungnem Geländer, geschweige denn auf Galerien und in anderen Räumen, gewesen.

Während Judith, als sie noch in der Diele waren, wo sie den beiden Platz anbot, sich über Elsbeths Neugier diesmal aufrichtig freute, weil sie so tun konnte, als sei deren Erscheinen auf der Galerie nur das Signal zu einer letzten Kontrolle – »Einen Augenblick bitte, ich geh nur mal nachsehen, ob alles in Ordnung ist« –, drehte Vyfken den Kopf wie ein Vogel: rasch, hierhin, dorthin, rechts, links, erfasste vom Fremden so viel sie nur konnte, die Konsolen mit den schönen Tellern und Krügen, den großen Spiegel in breitem Rahmen, einen Scherenstuhl, dessen Füße und Armlehnen in Löwenköpfen ausliefen, die Stühle mit Ziernägeln, den wuchtigen Tisch und die schweren Vorhänge vor den Türen, das schön geschnitzte Treppengeländer, die Galerie, die oben rundumlief und von der, soweit Vyfken sehen konnte, Türen abgingen, die Lampe über dem Treppenfuß in Gestalt eines Sterns.

Judith war mit raschelnden Röcken die Treppe hinaufgeeilt, hatte Elsbeth zugeraunt, was sie vergessen hatten und dass Elsbeth die beiden unterhalten solle, während sie oben das Bett beziehe. Jedenfalls war, als Valentin und Vyfken mit ihren Kiepen und Körben die Stube betraten, von Vergesslichkeit, Eile und Hast nichts zu sehen. Klein, traulich und hübsch lag sie da, die Kissen in dem Bett, das sogar einen Baldachin hatte, bezogen, das Fenster geöffnet, durch das die frische Abendluft kam, die hellgrau gestrichenen Dielen blitzblank. Ein Tisch, ein Stuhl, ein Schrank. Sogar ein Bord für die Bücher. Was wollte man mehr?

»Schön hast du's hier«, sagte Vyfken.

Mit bebender Stimme.

Judith ließ die beiden allein.

Und bei jenem ersten Abendessen damals, bei jener Mahlzeit, die der alte Magister gleich nutzte, Valentin wissen zu lassen, was ihn erwartete, denn zu der üblichen Bücherflut, die mit der Messe in Frankfurt bald steige, sei noch die durch den Kometen gekommen, die den Packtisch in der Bibliothek und einen Teil der noch freien Regale mit neuen, zum Teil noch unaufgeschnittenen, ja noch nicht einmal inventarisierten Büchern wie »Prognosticon anlässlich der Erscheinung des Haarsternes«, »Prodromus zum geschwänzten Stern« und »Christmäßige Betrachtung des Kometen« bedeckt habe, ganz zu schweigen von der »Anzeigung unserer Sünden durch Gottes Straf- und Warnzeichen«, dem »Kometen-Spiegel« und dem »Vermehrten Kometen-Spiegel«; überhaupt vermehrten sich die Kometenschriften für seinen Geschmack viel zu sehr; das werde er, Valentin, morgen früh sehen – bei jenem ersten Abendessen, jener Mahlzeit, da Valentin seinen von ihm sehr verehrten Magister Heinisch zwischen locker krumigem Brot und herrlich duftender Mettwurst respektvoll daran erinnern musste, dass er am nächsten Morgen nicht könne, da schreibe ihm der Stundenplan mehrere Schulstunden vor, bei jenem ersten Abendessen, jener Mahlzeit, da Judith außerdem von ihrem Vater noch wissen wollte, was ein Ichneumon sei, und Kobers neuer Sattel im Gespräch viel zu kurz kam, hätte niemand, beteuerte Valentin später, niemand, kein Mensch, kein noch so aufmerksamer Beobachter, auf ein später nicht enden wollendes Gespräch zwischen Judith und ihm schließen können. Ob ihm die Stube gefalle, fragte sie ihn.

»Ja.«

Ob ihm die Miete zu hoch sei.

»Nein.«

An Geschwätzigkeit, hatte Judith damals zu Kober gesagt, leide der neue Hausgenosse jedenfalls nicht.

5

Judith, hörst du mich? Du musst mithelfen, allein kann ich dich nicht aufrichten. Wie? – Ja, ja, der Lebensbund und Valentin, ich weiß. Aber aufsetzen musst du dich trotzdem. Vorsichtig, die Brandblasen dürfen nicht platzen. – Komm, du musst trinken, viel trinken.

Schließlich habe es damals ein Lebensbund sein sollen, ein Bund für das Leben und gegen den Tod – damit hatte Valentin sich gestern Abend rechtfertigen wollen. Wütend. Enttäuscht. Verzweifelt. Alles zur Waffe wandelnd, was sein Leben in ihrem Haus damals ausmachte, Tage, Nächte, heimliche Treffen, Grüße, Blicke, die Bibliothek! Angefangen von dem Tag, an dem Heinisch, ihr Vater, ihm die Bibliothek zum ersten Mal zeigte, die hellgrauen Schränke an den Wänden, den großen Packtisch rechts von der Tür, den kleineren Arbeitstisch in der Mitte des Raumes, und überall Bücher, auch auf den Fensterbrettern, Bücher stehend und gestapelt, Bücher geordnet und ungeordnet, Bücher verpackt und ausgepackt, Bücher noch zu systematisieren, zu inventarisieren, zu katalogisieren, Bücher zu beschriften und zu bekleben.

Und kaum, dass Valentin damals das System ihrer Aufstellung kannte, kaum dass er die Bücher zu Kurzweil und sittlicher Erbauung alphabetisch reihte und jene zu Studienzwecken nach Wissenschaften, wobei die Gruppe A für Philosophie stand, B für Historien, C für Kosmografie und so weiter, wovon Heinisch nur die Arzneikunde ausnahm, die unmarkiert stand, im vorletzten Schrank zwischen der Tür in den Nebenraum und dem Packtisch; kaum, dass er sich an die gelegentlichen und von dem Alten nie kommentierten Störungen gewöhnt hatte, die darin bestanden, dass, ohne zu klopfen, Judith hereinkam, mit rauschenden Röcken ihren Arzneischrank ansteuernd, und beim Abendessen erfuhr man dann, dass sie eins ihrer Kräuterbücher gebraucht hatte, um mit Petersiliensud Roberts Läuse oder mit Spitzwegerich Elsbeths Husten zu bekämpfen; kaum, dass er sich an Elsbeths Husten gewöhnt hatte und ihre ständigen Auseinandersetzungen mit Kuller, dem Kater, bei denen zuerst Kuller kreischte und am Ende auch Elsbeth; kaum, dass er Heinischens Vertrauen besaß und der ihm auch den stets verschlossenen Schrank öffnete, der verbotene Schriften enthielt; kaum, dass er Erfahrung in der Buchpflege besaß und wusste, welche Flecken man mit Salmiak, welche mit Brotkrumen und welche man besser gar nicht beseitigte, damit man kein Loch in die Seite machte; kaum, dass er wusste, in welchen Abständen die Ledereinbände gewachst werden mussten, wann in Frankfurt die Buchmesse war, wann der »Catalogus universalis« erschien; kaum, dass etwas in ihm nachgab, er Vertrauen fasste, er nicht mehr in allem der Beste zu sein brauchte, er nicht mehr alles wissen und alles können zu müssen glaubte, um sich Heinischens Freundlichkeit zu verdienen; kaum, dass er für möglich hielt, die gelte ihm selbst, dass er für möglich hielt, auch der Magister habe Freude an der gemeinsamen Arbeit, an den Gesprächen, die sich aus ihr ergaben, etwa wenn der Alte am Packtisch stand und ihn wissen ließ, dass es drei Kometen seien, nicht nur einer, und zwar habe man den ersten wegen der wochenlangen Wolkendecken nicht kommen sehen und die beiden kleineren mit bloßem Auge nicht erkennen können, aber alle seien sie aufgetaucht, als Jupiter, Sonne, Mond, Venus und Merkur unter der Horizontlinie standen, Mars und Saturn aber leider darüber; kaum, dass sie über Mars und Saturn sprachen, Kampf und Zersetzung, notwendige Prinzipien im Weltganzen, sicher, aber gefährlich ohne Beteiligung von Lebensenergie, ohne Fruchtbarkeit, Wachstum, Verstand und Gespräch; kaum, dass er es hatte, damals, vor zwanzig Jahren: Fruchtbarkeit, Wachstum, Verstand und Gespräch, da starb David Heinisch und er war wieder verwaist.

Es war nach dem Tode ihres Vaters, dass Judith zum ersten Mal Du zu ihm sagte. Wobei sie natürlich beim Ihr blieb: »Ich danke Euch, Valentin!«

Es war nach jenem Trauermahl, das stattfand, obwohl ihr Vater sich dergleichen testamentarisch verbeten hatte, keine Aufbahrung wollte, keine Wappen, keine Blumen, kein Trauergeschirr bei den Pferden, keinen Vorhangschmuck, keine Trauerkleidung. »Aber etwas«, hatte Kober gesagt, »müssen wir machen. Wir können die Leute nicht so vor den Kopf stoßen.«

»Er wollte es nicht.«

»Er wollte keine Grabplatte an der Friedhofsmauer, keinen Stein, keine Inschrift. Er hat uns Beisetzungsgeschenke und Trauerringe verboten. Obwohl ich das auch so ganz nicht verstehe. So ein Ring. Ganz schlicht. Nur aus Gold. Man muss das ja nicht so üppig halten. Vielleicht nur ein bisschen mit weißer Emaille. Ein gemaltes Skelett oder was sonst noch so passt. Aber von mir aus …«

Kober wandte sich vom Fenster, aus dem er gesehen hatte, wieder Judith zu, die am Tisch saß: »Nur *alles* weglassen können wir nicht. Judith! Schatz! Versteh doch! Es sind die Leute, mit denen wir leben! Freunde, Geschäftspartner, Förderer, Kunden! Wenigstens ein Trauermahl müssen wir bieten.«

Es war nach dem Trauermahl, das Judith sich bieten ließ, ja dessen Vorbereitung sie, die man in diesen Tagen nie weinen sah, obwohl sie geweint haben musste, denn ihre Augen waren beständig gerötet, dann sogar selbst übernahm.

Ihr Vater war gestorben, als Valentin in der Schule war.

Am Morgen, als Heinisch in die Küche kam, wo Elsbeth dem frühstückenden Valentin gerade einen Topf mit eingeweichtem Backobst hinhielt, »Schlesisches Himmelreich« koche sie heute, Backobst mit Rauchfleisch, er könne sich freuen, sah man den Magister zum letzten Mal lebend. Er bat um einen Schlaftrunk, sei die ganze Nacht auf gewesen, konnte sich mal wieder von seiner Arbeit nicht lösen. Er bat, ihm den Trunk in seine Stube zu bringen. Und nachdem er mit Valentin noch ein paar Worte gewechselt hatte, erst über seine Arbeit, »Von den Wurzeln des Denunziantentums«, als die er Geldgier, Rachsucht und zu große Anpassungsbereitschaft sah, dann über Valentins Stundenplan, welche Altersstufe er heute wie lange und worin unterrichte, war er wieder nach oben gegangen.

Dass Ulla mit dem Trunk dann vergeblich klopfte, dass sie, nach kurzem Warten und kräftigerem Klopfen, das Tablett mit Krug und Becher abstellte, Elsbeth holte, die als Einzige in diesem Haus keinen Zornesausbruch zu erwarten hatte, wenn sie den Magister zu stören wagte, denn dass er schlafe, wollte Ulla nicht glauben, das kenne sie, dann schnarche er, dass man es vor der Tür höre; dass es die schlesische Elsbeth war, die ihn fand, am Tisch sitzend, den Kopf auf der Tischplatte, die Tinte verwischt, die Feder noch in der Hand – das alles erfuhr Valentin erst viel später.

An jenem Vormittag erfuhr er nur von dem plötzlichen Abgang.

»Ich habe die betrübende Aufgabe, Euch allen den plötzlichen Abgang unseres hoch verehrten Magisters und Bürgermeisters David Heinisch zu melden.«

Damit war der Rektor in seine Klasse geplatzt. Und mit ihm der Konrektor, der Kantor, die Schüler der obersten Klasse, die sich zwischen die von Valentin unterrichteten Kleinen quetschen mussten, und kaum, dass sie saßen, verlangte der Rektor: »Steht auf!«

Und dann kam der Satz von dem plötzlichen Abgang.

Wonach Valentin auch der Verstand abging. Das ist doch nicht richtig!, dachte er dauernd. Das ist doch nicht richtig, während der Rektor verlangte, dass man ein stilles Gedenken einlege. Während die Schüler mit gesenkten Köpfen verharrten. Der Rektor ein Gebet sprach. Der Rektor das Gedenken für beendet erklärte. Die plötzlich Hereingekommenen die Klasse wieder verließen. Das ist doch nicht richtig!, während die Schüler ihm weiterhin eine Fabel des Aesop aufsagten, er auf sich bewegende Münder starrte, nickte, sich sagen hörte: »Der Nächste.« Das ist doch nicht richtig! Da muss ich einschreiten! Das darf ich nicht dulden!

Er brachte die noch verbleibenden Stunden zu Ende, ohne später sagen zu können, womit. Er trat aus dem Schulhaus, ohne den roten Backstein der Kirche, das Grün der Linden, den blauen Septemberhimmel zu sehen. Ich muss etwas tun. Gleich nachher würde er Heinisch aufsuchen. Er würde ihn um eine Unterredung bitten. Am besten gleich nach dem Essen, noch bevor er sich in seine Stube zurückzog! Wo er nämlich *nicht* schlief, wie er seiner Tochter immer versicherte, sondern auch nach dem Essen arbeitete: Ihm, Valentin, hatte er es einmal gestanden. Er würde ihm sagen, dass das zu zeitig sei, sterben mit achtundsiebzig! Dass vielleicht andere, wenn sie keine Aufgabe mehr zu erfüllen hatten, in diesem Alter gehen durften, aber doch nicht er, doch nicht Heinisch! Dass er, der Herr Magister selbst, ihn doch auf die Notwendigkeit der Minderheiten hingewiesen habe, die Notwendigkeit derer, die nicht machten, was alle machten, nicht sagten, was alle sagten, nicht so dachten, wie alle dachten.

Dass die Stadt Sodom doch geblieben wäre, was sie war, eine Stadt in fruchtbarer Gegend, wenn es wenigstens fünfzig solcher Männer wie Heinisch darin gegeben hätte. Oder wenigstens vierzig. Oder nur dreißig. Oder nur zwanzig. Oder nur zehn! Nur zehn, stehe in der Bibel – er, der Herr Magister, habe ihn selbst auf diese Stelle aufmerksam gemacht! –, nur zehn hätten damals genügt und Sodom würde es heute noch geben! Nur zehn solcher Männer wie Heinisch genügten, für die Mehrheit das Leben zu sichern! Er solle, würde er ihm sagen, sich das mit dem Gestorbensein doch noch einmal überlegen!

Und außerdem würde er ihm endlich auch sagen ...

Valentin merkte nicht, wen er anrempelte, sah nicht, unter welche Räder er beinahe geriet, roch nicht, in welchen Unrat er trat, hörte weder das Schimpfen des Kutschers noch das Wiehern der Pferde. Erst auf dem Hof, auf den er, obwohl er es gar nicht wollte, nur geraten war, weil der angekettete Diso kläffte und das Tor sperrangelweit offen stand, bemerkte er die Außenwelt wieder. Zwei fremde Frauen, beide schon älter, die Leichenwäscherinnen, waren ihm im Torweg begegnet. Robert, der Kämme und Lappen vergraben sollte, rief ihnen freudig »Feine Jungfern, feine Jungfern, feine Jungfern« nach. Und als Valentin den Tafelwagen des Sargtischlers erkannte, sank er auf die Bank unter dem Nussbaum und fing an zu heulen, und Robert, im Bemühen, ihn zu trösten, stammelte: »Feiner Lehrer, feiner Lehrer, feiner Lehrer«, und klopfte ihm die Wange wie einem Pferd.

Jenes Trauermahl, das Kober empfohlen hatte, »Gedächtnismahl« zu nennen, und das Judith und Valentin aus noch ganz anderen Gründen im Gedächtnis behielten, fand wenige Tage nach Gottesdienst und Begräbnis im Hause selbst statt. In der Diele war in Hufeisenform eine Tafel gedeckt. Die bemalten Teller und kunstvollen Gläser waren von den Konsolen entfernt, die Spiegel verhängt, die prunkvollen Vorhänge durch bescheidenere ersetzt worden. Es gab nur wenige Gänge. Sechs sollten genügen. Man aß und trank und dazwischen wurden Reden gehalten.

Man zeichnete den Lebenslauf des Verstorbenen nach, seine Kindheit im mecklenburgischen Parchim, seinen Schulbesuch im schlesischen Goldberg, seine Studien in Breslau, Jena und Wittenberg. Man erinnerte an seinen glanzvollen Aufstieg vom Lehrer zum Bürgermeister und Richter. An sein Eheglück mit Judith Chemnitz, das leider so kurz war, und dass daraus seine Tochter Judith hervorging. Man pries seine Unbestechlichkeit und seinen Gerechtigkeitssinn, erinnerte an die spektakulären Prozesse, die Spiegelhagener Bauern gegen den Rat der Stadt Perleberg, die Stadt Freyenstein gegen die Vettern von Rohr. Bürgermeister Benzin, der diesmal seine sechzehn Kinder zu Hause gelassen hatte, damit sie sich nicht wieder, wie bei Judiths Hochzeit, von fremden Tellern bedienten, erinnerte zwischen Gläserklirren und Tellerklappern an den Prozess gegen die Mörder des Dietrich von Quitzow, zu dem der Kurfürst höchstselbst David Heinisch aus Pritzwalk ins Richteramt rief. Der Rektor lobte Heinischens Vorbild als Lehrer. Seine pädagogischen Prinzipien gälten an der Schule noch immer. Und wer kenne nicht, sagte Richter Scheplitz aus Wittstock, während alle dem Hühnerfrikassee oder dem Bratfisch zusprachen, wer kenne nicht die »Neue practica iuris« oder den Anti-Machiavelli, jene großartige Schrift über den »Staatslenker als Exponenten sittlicher Ideen«!

Scheplitzens Rede, darin waren sich Judith und Valentin später einig, war schön. Wie er auf die vermittelnden Gaben des Verstorbenen, seine Frieden stiftende Haltung, seine diplomatischen Fähigkeiten, seine Versöhnungsbereitschaft verwies. Wie er einen Zusammenhang herstellte zwischen dem Trotzendorf'schen Gymnasium in Goldberg, den dort üblichen Schülergerichten und Heinischens späteren juristischen Erfolgen. Wie er das korrekte Latein betonte, über das bei diesen frühen rechtskundlichen Übungen in Goldberg die Lehrer wachten.

Auch Scheplitzens Blick auf Sigismund Schaum, stellten sie später fest, hatte ihnen gefallen, denn alle wussten, dass Schaum ein Lateingegner war.

Und die Störungen? Hatten sie nicht gestört. Weder die erste, da Elsbeth bei der Erwähnung Goldbergs in lautes Schluchzen ausbrach, noch die zweite, da sich an dem zornigen Hausknecht Simon vorbei vier schwarz gekleidete Männer den Einlass ertrotzten – eine Abordnung der Spiegelhagener Bauern, wie sich herausstellte, die zwar von Heinischens Tod, aber nichts von seinen letzten Verfügungen wussten, folglich einen riesigen Kranz mit sich schleppten, und wo waren denn die anderen Kränze, wo war denn das Bild des Verstorbenen? Sie suchten das Bild. Und legten den Kranz schließlich in der Mitte des Hufeisens nieder. Judiths Freundin Benigna, die neben Valentin saß, hatte den Blick von einer Leberwurst gehoben und fragte leise: »Und nun?«

Judith zeigte sich dem Vorgang gewachsen. Sie dankte den vieren. Sie sei zwar damals noch Kind gewesen, aber ihr Vater habe ihr von ihnen erzählt. »Ich bin mir dessen sicher, dass Eure Dankbarkeit ihn gefreut hätte. Es wäre in seinem Sinne, wenn Ihr noch bliebet. Simon wird Euch gleich Stühle bringen. – Jenne! Vier Teller!«

Was sie wirklich störte, und zwar zunehmend nach dem Erscheinen der Bauern, war das Gefühl, dass, je weiter das Mahl mit Fisch und Frikassee und Blutwurst und Braten und Käseauflauf und Eiercreme schritt, immer mehr die Falschheit aufkam.

Wobei nicht die Reden falsch waren, sondern die Redner.

Leute, die Heinisch Steine in den Weg gelegt hatten, wo sie nur konnten, sprachen nun von dem Glück, seine Weggenossen gewesen zu sein. Leute, die ihn, als er noch jung war, mit Schriften beauftragten, aber angemessene Honorare für unwichtig hielten, wollten sein Talent schon ermessen haben zu einer Zeit, als noch niemand ihn kannte.

Überhaupt, stellten sie, Valentin und Judith, später übereinstimmend fest, hatte man Heinischens viel gelesene Schriften alle irgendwie ein bisschen mitgeschrieben, seine berühmt gewordenen Prozesse mitgewonnen, sich mitentschlossen zu seinen Spenden – des Taufsteins, der neuen Schule, der Bibliothek.

Und die Bibliothek, die Heinisch als Bibliotheca publica der Stadt vermacht hatte, mit der Auflage, Valentin als Bibliothekar zu besolden und für sie ein eigenes Gebäude zu finden, war noch ein weiterer Grund für Valentins Entschluss gewesen, der Rederei ein Ende zu machen.

Später vermochte er Judith nicht mehr zu sagen, wann er den Entschluss denn fasste und ob's einer war. Ob nicht vielmehr sein Aufstehen, sein Klopfen mit dem Löffelstiel an ein Glas, sein Reden von selbst gingen, dass auch er dem Abgeschiedenen danke. Dass er ihm auch im Wortsinn ein *magister*, ein Lehrer, gewesen sei. Ihn unter anderem ein Gebet gelehrt habe. Das sei sehr kurz, darum schlage er vor, es mit ihm zu beten. Und dazu senkte er den Kopf und faltete unmissverständlich die Hände.

Nanu!

Was war das denn?!

Der Pfarrherr zog die Brauen hoch. Kobers Vater und Sigismund Schaum sahen sich an. Richter Scheplitz, bereitwillig, senkte den Kopf. Schon stellten auch andere die Gläser ab, legten die Messer hin. Na gut, wenn's denn sein musste …

Und dann sprach Valentin laut und deutlich und, wie Judith später fand, mit nicht zu überhörender Erbitterung in der Stimme:

»Ruhe und Stille
ist Gottes Wille.
Das in uns, Herr,
auch erfülle.
Amen.«

»Wumm!«, flüsterte neben ihm Judiths Freundin Benigna.

Denn danach war schlechterdings kein Reden mehr möglich. Es hätte eines Stärkeren als des eigentlich an der Reihe gewesenen Konrektors bedurft, so zu tun, als sei nichts gewesen. Er faltete, der Konrektor, danach mit enttäuschtem Gesicht seinen Stichpunktzettel zusammen, stand auf, um zu sagen, er möchte nun lieber auf seine Rede verzichten. Und auch die Folgenden verzichteten lieber.

Man sprach der Käsepastete mit Honig zu. Man löffelte die Eiercreme und griff nach den Nüssen. Man redete auch miteinander noch, und zwar meistens nicht zu Valentins Vorteil. Aber die Veranstaltung war dann doch bald zu Ende.

Man brach gemeinschaftlich auf. Judith, die nach Valentins Auftritt vor allem mit Elsbeth und Kober geredet hatte, gab bei der Verabschiedung das Rezept für die Eiercreme weiter. Nein, nein, das müsse Anna Schaum sich nicht aufschreiben. Auf einen halben Liter honiggesüßter Milch fünf Eier verrühren – das behalte sie so. Sie standen nicht weit von der Treppe.

»Und diese Masse über dem Feuer dann stocken lassen.«

Valentin ging vorbei. Judith sprach mit den Schaums.

»Danke. – Auf Wiedersehen. – Danke. – Besten Dank auch. – Kommt gut nach Hause.« Es dauerte noch, bis wirklich Ruhe einkehrte.

Aber dann, am Abend, als wirklich alles ganz ruhig war, die Gäste verschwunden, die Tafel abgeräumt, Teller und Gläser wieder auf den Konsolen, dann, als die Spiegel wieder die großen Fußbodenfliesen und die prunkvollen Vorhänge spiegelten und wirklich im ganzen Haus Stille herrschte und Valentin vor dem Schlafengehen noch einmal hinausgehen wollte, kam Judith im selben Moment aus der Küche.

Sie hatte nachgesehen, ob alles in Ordnung, die Lebensmittel weggeschlossen und die Herdglut mit Asche bedeckt war.

Am Fuße der Treppe trafen sie aufeinander. Er kam herunter, sie wollte nach oben. Die Kerze in dem rot verglasten eisernen Stern über ihnen brannte noch.

Sekundenlang schien es, als wollten sie aneinander vorbei. Aber Judith trat Valentin in den Weg.

Und eigentlich sagte sie gar nicht viel.

Wenn nicht die Stimme so anders geklungen hätte, so fremd.

»Ich danke Euch, Valentin.«

6

Verliebt man sich in Augen und Haar? In blaue Augen, die Judith noch nicht öffnen kann, Brauen und Wimpern versengt, die geröteten Lider geschwollen. In rotbraune Haare, eine lange, knochige Gestalt, größer als die anderer Männer, die unser Retter jetzt zu finden bemüht ist, da drüben in dem geplünderten Pritzwalk?

Verliebt man sich in das Rauschen von Röcken? In die Tritte von Schuhen ähnlich jenem, den man beim Aufräumen nach der großen Hochzeit fand, unter den Feuerspritzen im Gewölbe? In leichte Schritte, die auf der Galerie näher kommen, an der Tür zur Bibliothek vorbeiführen, und man weiß ganz genau, wer dort geht? In Tritte von Stiefeln auf der Treppe, das Zuschlagen der Bohlentür unter dem Erker, eine lange, schwarz gekleidete Gestalt, der man, gegen die Sonne im Osten blinzelnd, vom Erker nachsehen kann? In eine Baritonstimme in der Küche, wo jemandem etwas Metallenes aus der Hand fällt und ihr Besitzer es geschafft hat, in der Gunst beider Köchinnen gleichermaßen zu stehen? Montags, mittwochs und freitags ist Valentin Jenne gern mit Schüsselauskratzen behilflich; dienstags, donnerstags und samstags leistet er denselben Dienst Elsbeth; und sonntags strahlen beide, wenn er vor oder nach den Mahlzeiten bei ihnen am Herd hockt und Essensreste und Kuchenränder vertilgt.

Vielleicht sollte man außer dem Füttern von Hund und Kater auch das von Lehrern in der Küche verbieten.

Verliebt man sich in den Fleiß, mit dem einem jemand täglich neue Drucksachen bringt?

Per Post gekommen, von Boten gebracht, in Ledereinbänden oder in Pappe, meist auch mit einem Porträt des Verstorbenen, »Rede auf die Todesfeier des Magisters und Bürgermeisters David Heinisch«, »Rede bei der Trauerfeier für den Magister ...«, »Rede in den Tagen der Trauer ...«, »Trauerrede auf den höchst betrüblichen Hintritt ...«, und man starrt die Abbildung an, einen mit seinem Doppelkinn über der Mühlsteinhalskrause wuchtig wirkenden, streng blickenden Mann, in dem man jenen nicht wiedererkennt, der einem einmal versprochen hatte, damals, als man noch klein war, einen mitzunehmen zur Huldigung des Kurfürsten nach Wittstock, und man würde den Kurfürsten sehen, das Kurschwert, ihm vorangetragen, die knienden, schwörenden Untertanen, aber dann wurde nichts daraus, denn in der Stadt war die Pest und man durfte nicht reisen, am allerwenigsten zur Huldigung eines Fürsten, und der Vater hatte sie damals getröstet, sie auf den Arm genommen und war nach dem Ende der Pest mit Vyfken und ihr in das Hainholz gefahren, wo sie auf einer Decke im Grünen saßen und aus dem Korb herrliche Sachen verspeisten, und der Mann damals, der ihr die Geschichte vom Räuber erzählte, Heine Clemens, den es im Hainholz mal gab, bis kluge Männer wie der Vater ihn unschädlich machten, der sah anders aus, nicht streng, nicht wuchtig, nicht hölzern. Und sie starrte den Holzschnitt an. Das soll mein Vater sein? Das?

Verliebt man sich in jemanden, zu dem man das zwar nicht sagt, der das aber versteht?

»Also wenn Ihr mich fragt: Ich finde ihn überhaupt nicht ähnlich. Ich habe ihn anders in Erinnerung. Und Ihr wohl erst recht.«

Verliebt man sich in Bemerkungen wie diese?

Oder in einen Schönheitssinn, der es für notwendig hält, beim Abendessen den goldgelben Himmel zwischen dem dunklen Nussbaumgeäst zu erwähnen? Und ihn »himmlische Schönheit« zu nennen? Worauf Kober sich gegen einen Angriff verteidigte, der gar nicht stattgefunden hatte: »Also ich bin eher für die irdischen Dinge.«

Was nicht zu überhören war, wenn er von den Geldsorten sprach, die in Umlauf waren, und man solle sich vor gewissen Sorten Kleingeld hüten, neuen Münzen mit wenig Silbergehalt. Besonders wertlos seien jene, auf denen ein Jagdhorn abgebildet war. Sie sollten sich an die mit dem Zeichen »LM« halten.

»Leck mich«, sagte Elsbeth und Judith zog die Brauen zusammen, schüttelte den Kopf, aber lächelte.

»Liese Mahlers«, sagte Valentin und griff nach dem Bierkrug.

»Genau!«, sagte Kober. »Damit könnt ihr's euch merken.«

Er war nun der Hausherr. Saß an der Stirnseite auf Heinischens Platz. Drahtig, schlank, ja athletisch. Nichts, auch der Appetit nicht, mit dem er Ulla noch einmal seinen Teller hinhielt, weil er die Blutwurst mit dem Gerstenschrot liebte, ließ die Gestalt, die er einmal haben würde, erahnen.

Ihm fehlte der Schwiegervater nicht, aber Judith fehlte er, ihr Vater.

Während dem neuen Hausherrn Blutwurst mit Gerstenschrot schmeckten, brachte Elsbeth das Gespräch auf den Spitzbuben. Der beschäftigte die Nachtwächter schon seit Wochen.

»Nee aber ooch, su a Lerge!«

Denn es wanderten in Pritzwalk die Leitern des Nachts.

Kobers Leiter, die gewöhnlich längs der Mauer des Pferdestalls lag, lehnte am Morgen an Wordenhoffs Fenster.

Jemand musste sie geholt und dorthin getragen haben, ohne dass Diso in der Nacht angeschlagen hatte, Kunows Leiter lehnte bei Gartzens, Gartzens bei Schaums und Schaums bei der Witwe von Berend Rembken.

Auf die Witwe von Berend Rembken war Kober nicht gut zu sprechen. Die konnte ja gerne dabei sein, wenn Judith, wie es nach der Geburt eines Kindes üblich war, ein paar Frauen zu sich einlud. Er gönnte ihr auch von Herzen den süßen Branntwein, mit dem Judith ihre Gäste traktiert hatte. Aber dass man ihn immer noch darauf ansprach, weil es danach überall in der Stadt zu ärgerlichen Auftritten mit lallenden Weibern gekommen war, ging ihm entschieden zu weit. Die Witwe von Berend Rembken war dabei die Schlimmste gewesen!

Jenne, die Köchin, brachte eine Schale mit Pfirsichen und Trauben herein, rückte auf dem Tisch die Schüsseln und Teller beiseite und schaffte Platz.

»Eure Leiter zu Wordenhoffs«, überlegte Valentin halblaut, »Wordenhoffs zu Kunows, Kunows zu Gartzens, Gartzens zu Schaums, Schaums zu der Rembken ... das ist eine Linie, nicht ganz gerade, aber doch eine Linie. Von Osten nach Westen, quer durch die Stadt.«

»Also wer immer der Spitzbube war«, sagte er, »im Osten der Stadt hat er angefangen.«

»*Das,* Klein«, sagte Kober freudig und zeigte mit dem Messer, mit dem er gerade einen Pfirsich halbiert hatte, auf Valentin, »ist ein hervorragender Gedanke. *Das* werde ich bei passender Gelegenheit sagen!«

Ulla, die Magd, brachte den Säugling herein.

Verliebt man sich in männliche Beobachtungsgabe? In weibliche Fürsorglichkeit, die ein wollenes Mützchen abnimmt? »Ach, du schwitzt ja, mein Kleiner! Dir ist ja so warm! Komm, und das Jäckchen ziehen wir auch aus.« Die das Kind anlächelt, das mit den Ärmchen fuchtelt, das strampelt und kräht. »Na, du kleines Untier, du. Da staunst du, was? Und wer sind die hier alle? Guck mal, der Papa! Onkel Valentin! Oma Elsbeth …« Elsbeth, die ja nicht verwandt mit Judith war, aber nun trotzdem Oma sein durfte, faltete ihr Gesicht in tausend winzige Fältchen.

Verliebt man sich in die männliche Tatkraft, die zusammen mit Ulla im Hof einen Handwagen mit Kürbissen, Äpfeln und Asternsträußen belädt? Denn Valentin hatte die Aufgabe übernommen, mit seinen Schülern den Altar zum Erntedankfest zu schmücken.

Es wurde Herbst. Es wurde Winter. Im Herbst hatte Valentin einen Nachmittag mit seiner Ziehmutter Vyfken im Hainholz erwähnt, blühendes Heidekraut, viele Pilze. Und einen strengen Winter prophezeit, denn die Eichelhäher rotteten sich zusammen und machten auf schwache Singvögel Jagd.

Er sollte recht behalten mit Strenge und Winter.

An einem der Sonntage, da in der Liturgie das »Ehre sei Gott in der Höhe« weggefallen und der Altar mit einer lila Decke bedeckt war, denn es war wieder Advent, sah er, nachdem er sich von Vyfken verabschiedet hatte, die er jeden Sonntag besuchte, ein paar Enten. Er stand in der Gasse Achter der Mauer. Die Enten schwammen in den Löchern, die die Gerber ins Eis gehackt hatten.

Ihm fiel die Ente vom Vorjahr ein, eine andere Ente auf einem anderen Eis: auf dem Oberteich vorm Wittstocker Tor. Sie hatten, Heinisch und er, den ganzen Nachmittag theologische Schriften zu systematisieren versucht und Heinisch hatte sich plötzlich ins Freie gewünscht. Ob er Lust habe, mit ihm zu spazieren. Natürlich hatte er Lust! Es war ein Wintertag wie dieser, aber nicht schon dunkel wie jetzt, sondern es begann erst zu dämmern. Im Lycher Hals kamen ihnen mit Schlitten ein paar Kinder entgegen, aber vor dem Haus der

Beginen rollte man noch mächtige Ballen, die nicht zu einer Gruppe von Schneemännern, wie Valentin an sorgsam geformten Brüsten sah, sondern zu einer Gruppe Beginen zusammengesetzt werden sollten. Sie sprachen über Origenes und Cassianus und ihre Theorien vom mehrfachen Schriftsinn.

Ob das denn wirklich ein Fortschritt sei, die Bibel, wie er es in Leipzig gelernt habe, nur in *einem* Sinn, nur im Wortsinn, zu lesen.

»Prüft es doch«, sagte Heinisch. »Zum Beispiel an der Geschichte von Gottes Geburt. Maria, die mit Josef nicht verheiratet ist, bringt in einem elenden Stall ein Kind zur Welt. Hirten hören von Engeln, dass dieses Kind ihr Erlöser sei, und beeilen sich, vor ihm niederzuknien. Durch einen Stern erfahren gebildete Könige vom selben Kind und dass es etwas Besonderes sei und beeilen sich auch, vor ihm niederzuknien ...«

Der Alte machte eine Pause. Seine Beleibtheit hatte ihn schweratmig gemacht und der Gang durch den Schnee ihn erschöpft.

»Und wenn ich nun«, fuhr er mit weißem Hauch vor dem Mund fort, »diese Geschichte als ein Beispiel auffasse, wenn ich keinen Bericht darin sehe, sondern ein Gleichnis – was habe ich dann?«

»Eine Frau, aus aller menschlichen Ordnung gefallen.« Valentins Augen, während er sprach, wurden schmal. »Schwanger, obwohl nicht verheiratet, unterwegs zu einer Volkszählung, aber noch nicht gezählt, in Armut, ein Kind zur Welt bringend – nein, noch einfacher: Mann und Frau, die nur nach dem Gesetz nicht Mann und Frau sind, ein Kind, und dazu die Menschen, Arme und Reiche, Ungebildete und Gebildete, die von himmlischen, von kosmischen Kräften dazu angehalten werden, ein Neugeborenes für das Höchste zu halten.«

»Ja und? Was ist mit dem Gruß der Engel, dem ›Friede auf Erden‹?«

»Wenn wir ein Neugeborenes derart hoch achten würden, das Neugeborene, jedes Neugeborene, wenn wir das wirklich als das Allerhöchste, Allerwichtigste, Allerschönste ansähen, wäre es uns nicht mehr möglich, die Welt mit Krieg anzufassen.«

»Das wäre doch eine Erlösung, oder?«

»Und trotz des methodischen Unterschieds im Herangehen ist der Geist der Geschichte derselbe geblieben.«

Und da, damals, im vorigen Jahr, gerade als er sagte: »Vom gleichen Geist inspiriert«, sah er die Ente!

Mitten auf dem Oberteich. Reglos. Starr.

»Da ist eine Ente festgefroren!«, hatte er gerufen und Heinisch – mit einem »Wo?« – war herumgefahren, so erschrocken, so schnell, dass plötzlich zu sehen war, was dieser disziplinierte, ruhige, beherrschte Mann hatte, wenn er einmal die Beherrschung verlor. Erbarmen mit einer Ente.

Verliebt man sich in jemanden, der einem davon erzählt?

Du hast dich verliebt, Judith. So, wie man sich verläuft, verspricht, verschreibt – aber so hast du das erst später gesehen. Zunächst horchtest du auf, wenn man von ihm erzählte.

»Wie er ein Stück rohes Rindfleisch ansieht! Wie er es ›schön marmoriert‹ findet!« – Ulla, die Magd, klang nahezu empört!

»Die Gartzens haben sich neue Stühle kommen lassen und auch die Lehrer eingeladen, damit sie diese Sitzmöbel gehörig bestaunen. Ziernägel! Rosshaarbezüge! Helle, wohlgemerkt. Die Kantorin sagte noch: ›Da traut man sich ja nicht, sich zu setzen!‹ Valentin aber traute sich. Und nun trauen die Gartzens sich nicht mehr, auch Valentin einzuladen!«

Benigna, als sie es erzählte, kicherte und wollte wissen, ob er bei Judith auch so sei.

»Das kann ich nicht sagen.«

Zunächst konntest du damals nicht sagen, auch dir selbst nicht, warum du immer öfter ein Kräuterbuch brauchtest. Dann konntest du nicht sagen, dir nicht und ihm schon gar nicht, warum du immer länger in der Bibliothek bliebst, wo er am Tisch saß – vor Bücherstapeln, von denen er ein Buch nach dem anderen nahm, Verfasser und Titel in Kladden eintrug, oder wo er an den Schränken wirtschaftete, Bücher aus der vollen dritten in die halbvolle vierte Reihe versetzend, aus der vollen zweiten in die nun nur noch halbvolle dritte und so weiter, was er schon eine ganze Weile so getrieben haben musste, denn er schwitzte. Von seinem Mittelscheitel war nichts mehr zu sehen. Die langen rotbraunen Haare hingen ihm wirr ins Gesicht.

»Ich muss nur mal an meinen Schrank.«

»Der Stapel! Vorsicht, Judith!«

Von Vorsicht war erst später die Rede.

Zunächst glaubtest du, du bräuchtest ja keine.

Was war schon dabei, wenn du mit ihm über deinen Vater sprachst. Seine ersten Jahre in Pritzwalk. Seinen wachsenden Ruhm.

»Mit dem Dichter Prätorius war er befreundet. Wusstet Ihr das?«

»Mit Caspar Präorius? Dem märkischen Ovid?«

»Ja, er war nach Garcaeus Schulrektor, als mein Vater Konrektor war.« Und um deine Bildung zu zeigen, begannst du auch noch zu zitieren: »Doctrinae genetrix …«, den Vers von Pritzwalk als Gebärerin von Doktoren.

Und erschrakst. Über den Ton, in dem er ihn wiederholte. »Doctrinae genetrix!« Pritzwalk! Die Stadt, die ihn nicht einmal Magister werden ließ, geschweige denn Doktor!

Du hörtest ihm zu. Du hattest dabei das Gefühl, dass er dich schonte. Dass er versuchte, den Graben nicht zu tief werden zu lassen, der sich auftat zwischen Arm und Reich, zwischen ihm und dir.

Als wenige Tage später von einem Boten ein Brief abgegeben wurde, den Ulla dir aufgeregt brachte, denn es war ein Siegel mit einem Wappen darauf und du entziffertest als Absender einen adligen Namen, »Echter von Mespelbrunn«, und der Brief war an Valentin adressiert – nicht etwa an Kober! –, als wenige Tage später Kober und Valentin den Fall beim Essen besprachen, jenen Echter, wie er in Leipzig war, und Kober meinte, der könne doch, wenn sein Vater beim Kaiser sei, Valentin nützen, und dann schlug Kober ihm auf die Schulter: »Na, Klein, aus dem Dreck bist du raus!«, da sagtest du spitz: »Er ist nicht aus dem Dreck, er ist aus der Armut gekommen.«

Und er? Der früher als du begriff, was euch blühte? Der eine Neuerscheinung einordnen wollte, das Buch hin und her drehte, »Kurze, jedoch gründliche Beschreibung der ganzen Churfürstlichen Mark Brandenburg …« und so weiter, von einem Gottfried von Wernstadt, der ihm, wo es um die Bildung ging, aus dem Herzen sprach, in der Tat schien die Gelehrtheit in der Mark Brandenburg jetzt nichts mehr wert, der ihn aber, wo es um Keuschheit ging, schwer irritierte: Die Märker neigten zur Unkeuschheit nicht! – Und er, der demnach kein Märker war?!

Er bemühte sich, so sehr er nur konnte. Er rückte so nah an den Tisch, wie es ihm nur möglich war, damit sie, die sich über seine Schulter neigte, von seinem verschwiegenen Aufstand nichts merkte. Er saß da, so starr wie möglich, während ihn der Duft von Lavendel umgab, ein Busen seine Schulter berührte, eine Hand vor seinen Augen dazwischenfuhr und in dem Buch eine Seite zurückblätterte. »Nein, bitte, wann war das?«

»1326«, las er und: »3 000 Bewaffnete auf 27 Koggen und 25 kleineren Schiffen.«

»Und dann hat er die eroberte Insel zurückgegeben?«

»Bornholm, ja. So steht es hier.«

»Für einen Tanz mit der dänischen Königin ...« – Ihre Stimme klang bewegt.

Er bewegte sich nicht. Er saß steif, hielt die Luft an, denn der Busen auf seiner Schulter drückte noch mehr, vielmehr drückte gar nicht, machte gar nichts, machte etwas ganz anderes: Er war da! Er war so sehr da, dass jegliche Steifheit an Valentin zunahm.

»Für einen Tanz mit der dänischen Königin, ja. Und dafür ist Wittenborg ja dann auch im Jahr darauf in Lübeck enthauptet worden.«

Ihre Wange. Ihr Atem. Ihr ...

»Schreit Euer Sohn?«

Sie lauschte. Hörte nichts. Ging dann doch lieber nachsehen.

Er atmete auf, als er die Tür schlagen hörte. Er zog sich in den Nebenraum, der Heinischens Studierstube gewesen war, zurück. So würde er noch Zeit haben, falls jemand kam. Natürlich, es war Sünde. Aber wenigstens war er kein Mann, der um eines Weibes willen den Kopf verlor.

7

Zwischen der Straße der Sicherheit, die zur Gewissenlosigkeit führt, und jener des Zweifels, die in Verzweiflung mündet, einen dritten Weg zu finden ist nicht jedem gegeben. Valentin hat ihn gesucht.

So, wie ich ihn gesucht habe, damals, in Mähren, als das vorher Richtige plötzlich falsch war, das bisher Geltende nicht mehr gültig, und ich, wenn ich am Tisch saß und auf das Zeichen der Mutter zum Essen wartete, zwar noch wusste, dass ich auf der Seite der Wahrheit sein sollte, aber nicht mehr genau, wo die Wahrheit denn war.

Nur, dass die Gebete des Vaters einmal kürzer gewesen waren, wusste ich. »… und sei, Herr, auch mit unseren Feinden; schenk Weisheit denen, die uns zu regieren haben; verleihe ihnen den Mut zur Barmherzigkeit; bewahre unsere verfolgten Priester; stärke die Bleibenden; sei mit allen, die jetzt unverdient an den Bettelstab kommen …«

Der Vater betete. Das Feuer loderte. Die Stube wurde warm. Der Brei wurde kalt.

»… und schütze alle, die außer Landes gehen müssen.«

Dass wir die Wahrheit suchen sollten, wusste ich noch. Jan Rokycaný, dessen Bild ich in dem Buch gesehen hatte, aus dem der Vater uns vorlas, und nach dessen Predigten sich vor fast zweihundert Jahren die ersten Brüder zusammenfanden, hatte es genauso verlangt wie Jan Hus, von dem uns in der Schule Lehrer Poliačik erzählte. Wir hatten jene Worte an die Tafel kritzeln, in unsere Hefte schreiben, ins Griechische und Lateinische übertragen müssen.

»Kennt jemand die Quelle? – Sorka?«

»Es steht in der ›Auslegung des Glaubens, der zehn göttlichen Gebote und des Gebetes des Herrn‹.«

Dass wir die Wahrheit suchen und dass wir sie hören sollten, wusste ich noch, aber da, mit dem Hören, fing es schon an. Wir waren vor dem Essen zum Gottesdienst gewesen. Längst war die Brüdergemeinde wieder verboten. Längst fanden ihre Gottesdienste wieder, wie vor zweihundert Jahren, in Waldverstecken, Schluchten und Höhlen statt. Wir kamen und gingen getrennt, stellten Wachen auf, vereinbarten Zeichen, legten für alle Fälle verschiedene Fluchtwege fest, und dass unser Priester nur noch leise zitierte, dass »wahrhafte Christen die Wahrheit suchen, die Wahrheit hören, die Wahrheit lernen ...«, ging ja noch an, aber flüsternd zu singen!, einen Choral, vor dem einmal Europa gezittert hatte!, mit dem die Hussiten in ihre siegreichen Schlachten gezogen waren! »Die ihr seid die Streiter Gottes.« Und dabei diese Streiter Gottes zu sehen, die mit Pilzkörben in der Hand zum Gottesdienst schlichen! Während aus der Kirche, an der wir auf dem Rückweg vorbeikamen und die nun den Katholiken gehörte, ein kraftvoller, mehrstimmiger Gesang kam. Jura wusste auch seinen Freund Hýnek unter den Sängern, der jetzt keinen Vetter mehr in Prag hatte und eigentlich überhaupt keine Verwandten in Böhmen.

Unser Priester hatte gut reden! »... die Wahrheit suchen, die Wahrheit hören, die Wahrheit lernen, die Wahrheit lieben, die Wahrheit sagen ...« Schon sie mir selbst zu sagen wurde für mich zum Problem!

Unseren Nachbarn Vášek, der gelegentlich mit dem Dudelsack unter dem Arm zu Dorffesten zog und dem die Mehrstimmigkeit der Katholiken gefiel, ließ ich wissen, dass Gott diese Mehrstimmigkeit nicht wollte. Immer sei der Gesang unserer Gemeinde einstimmig gewesen. So wollte es Gott.

Weil immer noch hier und da herrenloses Kriegsvolk unterwegs war, durften wir uns nicht weit entfernen, saßen also am Sonntagnachmittag bei Vášek im Schuppen, wo Vášek den Feiertag heiligte, wie er sagte, indem er seinem Vergnügen nachging. Sein Vergnügen und das aller Imker in Stramberg waren die lustigen Bienenstöcke, die nur Vášek so gut zu schnitzen verstand: ein schmollendes Gesicht aus einem Stück Baumstamm oder ein lachendes oder erstauntes, mit offenen Mündern als Flugloch. Und er hatte dem Stamm schon Augen, Nase und Ohren gegeben, als ich von Gottes musikalischen Vorlieben sprach.

»Und woher weißt du, was Gott will?«, fragte Vášek.

Mein Bruder Jura, der nicht erkennen wollte, dass der neue Bienenstock ihm ähnlich sah, kam mir zu Hilfe, was ich ihm hoch anrechnete.

»Es kommt auf die Wahrheit an, nicht auf die Schönheit.«

Vášek glättete die Wangen und betonte an seinem Werk Juras Stülpnase noch. »Und was«, fragte er, »an der Schönheit ist Lüge?«

Und ich, statt die Wahrheit zu sagen, dass die Mehrstimmigkeit nämlich auch mir gefiel, dass ich sie mir aber nicht gefallen lassen wollte, gab damals die Ansicht unserer Mutter zum Besten: dass so ein Gesang Ausdruck menschlicher Eitelkeit sei. Dass die Musizierenden nicht das Gotteslob, sondern ihr Talent in den Vordergrund stellten. Und als Vášek sagte, das Talent sei doch von Gott – undeutlich, weil mit einem Messer zwischen den Zähnen –, fand ich das deutlich genug: Auch Vášek also verriet Gott, den Herrn.

Die Wahrheit suchen, die Wahrheit hören, die Wahrheit lernen, die Wahrheit lieben! Wahr ist, dass wir vorher keine Feindschaften kannten. Auch nicht in unserem Verhältnis zu den Katholiken, sollten wir doch nicht an die Kirche, sondern an Gott glauben, und auch nicht in unserem Verhältnis zu den Deutschen, das vorher kein gesondertes war, gehörten sie doch zu uns, waren sie doch Gemeindemitglieder.

Dass man uns Böhmische und Mährische Brüder nannte, was mir schon deshalb immer missfallen hatte, weil wir auch Schwestern waren und unser Bischof Komenský nicht wollte, dass man zwischen Jungen und Mädchen in der Wichtigkeit einen Unterschied machte, hatte nur mit dem Landstrich zu tun, den wir bewohnten, und zwar Deutsche und Tschechen gemeinsam. In unserer Gegend sprachen fast alle beide Sprachen. Alle pflegten die gleichen Bräuche. Alle gingen in die Schulen der Brüdergemeinde und lernten kostenlos Latein und Griechisch, und zwar Jungen und Mädchen gemeinsam. Die Geschichte des Großmährischen Reiches. Die vier mythischen Berge der Beskiden. Es gab Deutsche, die Vondráček und Kratochvíl, und Tschechen, die Rabenseiffner und Dienstbier hießen. Es gab lustige Ehen nicht nur zwischen Vášek und Margarete, sondern auch zwischen Wörtern wie dem deutschen »wandern«, das mit dem tschechischen »putovat«, was beides dasselbe bedeutete, das Wörtchen »vandrovat« zeugte. Immer wanderten wir oder putovali jsme oder jsme vandrovali im Winter durch den Schnee nach Stramberg hinunter oder man kam zu uns hinauf oder es ging für uns nur ein Stückchen Hang abwärts, wenn das Federnschleißen bei Margarete und Vášek stattfand. Und noch nie, wenn der Ofen Hitze warf, das Holz in ihm knackte, die Frauen am Tisch in der Mitte saßen, die Männer auf den Bänken entlang der Wände, war ein Satz gefallen wie: »Die Deutschen sind Schweine.«

Es war die tüchtige Ambroska, die das sagte.

Denn während sonst beim Federnschleißen immer die Scherze hin und her geflogen waren, man den abgehackten Daumen von Bohuš, das uneheliche Kind von Anka und andere Unglücksfälle des letzten Jahres besprach oder die Glücksfälle wie etwa den, dass die bucklige Miroslava aus Kocvínek nun doch noch einen Mann bekam, wenn auch nur einen ebenfalls schadhaften Schuster, während sonst gelacht wurde, gesungen – einstimmig natürlich – oder geschwiegen, wenn die blonde Libuše Poliačiková von den Wassermännern in den Flüssen und Teichen erzählte, die die Seelen der Ertrunkenen in kleine, sorgfältig beschriftete Töpfchen steckten, von denen sie schon viele Regale voll hatten, oder von der Mittagsfrau, der man an Sommermittagen in Stille, Glut und Feldern begegnete und die den Menschen die Kinder stahl, während man sonst von gestohlenen Kindern, dem Mädchenkrieg und den Zwergen in unserer Gegend erzählte, die so winzig seien – hatte die blonde Libuše immer behauptet –, dass sie in halben Eierschalen ihr Abendessen kochten, war man diesmal auf gestohlene Güter, die Kriegsfolgen und die ums Zwölffache gestiegenen Preise für das eigene Abendessen gekommen. Und jemand hatte gesagt, an der Münzverschlechterung sei auch dieser Liechtenstein schuld.

Ambroska, deren Mann im letzten Winter trotz vieler Einreibungen mit Hundefett an der Brustkrankheit gestorben war und die sich und die Kinder nun mehr schlecht als recht mit dem winzigen Laden durchbrachte, konnte nur bestätigen, was die Geschäftsleute schon wussten, was sich aber wohl noch nicht ganz herumgesprochen hatte: dass man das kursierende wertlose Geld nun zum Nennwert annehmen musste.

»Was ist das, ein Nennwert?«, wollte eines der kleineren Mädchen, die mit bei uns Frauen am Tisch saßen, wissen.

»Das ist der Wert, der auf der Münze genannt ist. Wenn ›fünf Taler‹ draufsteht, musst du die Münze für fünf Taler nehmen, auch wenn nur Silber für drei Taler drin ist.«

»Dann krieg ich jetzt nur drei Taler wieder, wenn ich jemandem fünf geborgt hab?«

»So ist es. Obwohl du fünf Geldstücke in der Hand hältst.«

»Hat das auch der Liechtenstein gemacht?«

Liechtenstein!

Da war er wieder, der Name! Liechtenstein, der einmal zur Brüdergemeinde gehörte. Liechtenstein, der erst Kaiser Rudolf diente und dann seinem Feind, dem späteren Kaiser Matthias. Liechtenstein, der sich lieber nicht dem evangelischen König, sondern dem katholischen Kaiser anschloss. Liechtenstein, der vom dankbaren Kaiser deshalb damit betraut wurde, die Aufständischen festzunehmen, ihnen auf kaiserlichen Befehl die Zungen zu durchnageln oder herauszuschneiden, die Hände abzuhacken, sie zu vierteilen, zu enthaupten, zu hängen. Liechtenstein, dessen Landbesitz immer größer wurde, weil er die Güter der Rebellen »sicherte«, wie er es nannte. Liechtenstein, der alle nicht katholischen Adelsgeschlechter auswies, sämtliche Pfarren mit alten oder neuen Katholiken besetzte und der dem Kaiserlichen Münzkonsortium vorstand. Liechtenstein. Ein deutscher Name.

Und der Name des Beamten, der Ambroska die amtlichen Bauunterlagen für den Umbau ihres Ladens nicht gab, weil er sie erst bearbeiten musste, war auch ein deutscher. Der Name des Bankinhabers, der ihr den Kredit nicht bewilligte ohne Bauunterlagen, war auch ein deutscher. Auch der Name unter der Enteignungsurkunde war deutsch.

Man hatte ihr im letzten Monat den Laden weggenommen, denn sie habe das Gebäude verkommen lassen.

»Ich sag's doch«, sagte Ambroska, zupfte mit uns Federn

am Tisch und vergoss keine Träne, »ich sag's doch«, sagte sie unheimlich ruhig, »die Deutschen sind Schweine.«

Und Vášek, unser freundlicher Nachbar Vášek, sprang auf, fast so weiß wie die Federn im Gesicht, die, denn er saß in der Nähe des Tisches, vom Luftzug durch die Gegend flogen: »Das nimmst du zurück!«

Er sah aus, als wolle er sie auf der Stelle verprügeln. Peter, der Böttcher, halb Deutscher, halb Tscheche wie Vášeks Kinder, versuchte ihn wieder auf die Bank zu ziehen. Auch Margarete hatte ihn beschwichtigen wollen: »Nein, Vášek, nein, so hat doch die Ambroska das nicht gemeint!«

Da sagte Ambroska: »Doch.«

Und führte eine Bemerkung an, die Vášeks Margarete über unseren Bischof Komenský gemacht haben sollte. Dass er ein Weichling sei. Dass er, statt seine Beziehungen spielen zu lassen, die, wie man wisse, bis nach Den Haag und nach Schweden reichten, zusehe, wie Tausende an den Bettelstab kämen. Wie Schlösser, Häuser, Handwerksbetriebe den Besitzer wechselten und halb Mähren schon in fremder Hand sei. Dass dieser Bischof nichts Besseres zu tun habe, als jetzt, in dieser Zeit, mit der Cyrillová Hochzeit zu feiern!

In dem Streit, der dann ausbrach und an dem sich alle beteiligten, erlebte ich zum ersten Mal, dass alle gleichzeitig recht haben konnten.

Und wo war nun die Wahrheit?

Jedenfalls ging mir schon lange, bevor ich Gehängte, Gepfählte und die Köpfe Enthaupteter sah, die Forderung, »dass wahrhafte Christen die Wahrheit verteidigen bis zum Tode«, zu weit. Ich machte noch mit. Half im nächsten November mit den anderen suchen. »Vášek! Vášek!« – Jura rief: »Vášek! Wo bist du denn?« – Margarete: »Vášek! Es hilft doch nichts.« Und diesmal fanden wir ihn hinter der Kuh, wo

Margarete ihn vom Melkschemel hochzog und auf den Hof bugsierte, ihn durch den Schnee vorwärtsstupste, in Richtung Schweinestall. »Vášek! Es hilft doch nichts.«

Ich machte noch mit. Ich war noch bei ihnen. Sah wie alle durch die Fenster der Küche zu, wie Vášek mit hängenden Armen zum Stall trottete.

Hinter uns warteten die leeren Kessel, Töpfe und Tröge, die sich erst füllen würden, wenn der Hausvater vor der zu schlachtenden Sau den Hut gezogen und sie dafür, dass wir sie töten würden, um Verzeihung gebeten hatte. Aber unweit von Hranice hatte einer unserer in den Wäldern sich versteckenden Priester, wie man sich seit Wochen schon zuflüsterte, in Notwehr einen umherstreunenden neapolitanischen Soldaten erschlagen. Was, während man die Schweinehälften an die Leitern hängte, während gehackt, gehauen und geschnitten wurde, offenbar nur mir noch zu denken gab.

»Sorka! Träum nicht!« Ich sollte dem dicken Ondra, Váseks Bruder, die Schüssel mit den Innereien abnehmen und sie unserer Mutter weiterreichen. Dann schälte ich Zwiebeln.

So konnte ich wenigstens den Tränenschleier dafür verantwortlich machen, dass sie mir alle so fremd vorkamen.

Glaubten sie wirklich, was man uns lehrte? Mussten wir wirklich, wie der Vater schon hatte durchblicken lassen, wegen unseres evangelischen Glaubens die Heimat verlassen? Obwohl wir doch auch als Katholiken an Gott glauben konnten?

Da zerrieb Ondras Frau Salz und Gewürze für den Wurstteig im Mörser. Dort holte unser Vater mit der Zange den heißen Stein aus der Esse.

»Vorsicht!«

Die Zange mit dem Stein fuhr durch die Stube zum Wassertrog, in den der Stein fiel. Das Wasser begann zu sieden und Margarete und unsere Mutter legten das Laken mit den Würsten hinein.

Wollten sie wirklich das alles hier nicht mehr? Den Wursteig kneten, im Kessel rühren, in der Mittagspause Wellfleisch und Sauerkraut essen?

Schon damals, als die Gebete unseres Vaters bei Tisch immer länger wurden, »... und sei mit allen, die jetzt unverdient an den Bettelstab kommen, sei mit allen, die nun außer Landes gehen müssen ...«, schon damals, als auch wir außer Landes gehen mussten, denn im Sommer 1627 wurde das Gesetz des Kaisers, das der Vater vorausgesehen hatte, erlassen: katholisch oder Emigrant werden, eines von beiden, schon damals, als wir uns noch ein letztes Mal in der Höhle versammelten, Gottes Führung auf unserem Weg zu erbitten, war ich froh, dass der Priester, es war ein neuer, ein fremder, Bruder Xylin, uns von den Brüdern aus Polen gesandt, dass Xylin das Hus-Zitat verkürzt wiedergab: »Hör die Wahrheit, sag die Wahrheit, verteidige die Wahrheit.« Wenigstens, dachte ich, nicht bis zum Tode.

Die Wahrheit!

Von der ich nicht mehr wusste, wo sie denn war.

Jura saß beim Vater auf dem Kutschbock, ich mit der Mutter hinten am Querscheit. Wir sagten nichts, warfen nur einen letzten Blick noch auf unseren Hügel. Das schwarze Balkenhaus, die Ställe, die Werkstatt. Sahen alles langsam im Hügel versinken, jetzt noch die obere Fensterkante, jetzt noch den Giebel, jetzt nichts mehr. Hörten das Schleifen unter uns rechts, denn der Vater hatte einen Radschuh untergelegt, war doch der schwer beladene Wagen bergab von den Pferden allein nicht zu bremsen.

Da hinten war Stramberg. Wir sahen noch den Turm der Burg, in der auch die aufständischen Wallachen ihren Kampf gegen den Kaiser verloren. Da waren die Täler. Die Ortschaften. Da waren die vertrauten Berge, der Holivák und der Puntík. Und wo war die Wahrheit?

Beim Vater, der ein in Leder gewickeltes Paket gegen den Willen der Mutter mitnahm?

»Jeroným, lass das hier!«

»Nein!« Der Vater schüttelte heftig den Kopf. »Nein, Eva. Das ist die Kralitzer Bibel!«

»Ja eben! Meinst du denn, wenn sie evangelische Priester umbringen, verschonen sie evangelische Drucker?«

»Es steht geschrieben«, sagte der Vater, »Psalm einundneunzig: ›Er kennt meinen Namen, darum will ich ihn schützen.‹«

»Und es steht auch geschrieben bei Jesus Sirach: ›Wer sich in Gefahr begibt, kommt darin um.‹«

Oder war die Wahrheit bei der Mutter, die ihm die sechs schweren Bände entriss und sie wieder zurück ins Haus tragen wollte? Aber der Vater holte sie ein und Jura und ich sahen uns ungläubig an. So konnte unsere Mutter auch sein? Die sonst immer so sanft und nachgiebig war, dass der Vater einmal lachend gesagt hatte, wahrscheinlich habe sie keine Galle?

Die Wahrheit, dass an diesen sechs Bänden acht Männer fünfzehn Jahre lang gearbeitet hatten, beeindruckte die fünf geharnischten Reiter, die sich als kaiserliche Patrouille ausgaben, nicht im Geringsten.

»Ach, was haben wir denn da!« Zwei hielten den Vater fest, die anderen drei durchwühlten den Wagen. Nachdem sie uns um das erleichtert hatten, was sie gebrauchen konnten, und wir den Wagen schon wieder besteigen durften, nur den Vater hielten sie noch, fiel ihnen noch mehr ein, das sie gebrauchen konnten. Der eine legte schon seinen Beinharnisch ab. Einer ging nach vorn zu Jura. »Komm mal her, mein Süßer.« Einer griff nach mir und nannte mich Täubchen.

»Faaahr!«, schrie der Vater Jura zu. »Fahr! Fahr! Fahr!!!« Und dabei riss er sich los und kam zu uns gerannt und geriet an den, der mich gewollt hatte. Der zu Jura wollte, kam dem andern zu Hilfe. Wir hörten »Faaahrt!« und Jura fuhr und wir sahen unseren Vater nie wieder.

Nein, ich hab deinen Valentin immer recht gut verstanden, wenn er mir von euren zwei Jahren erzählte. Ich wusste, wovon er sprach. Ohne Not ist es leicht, ein Gewissen zu haben.

8

Außerdem belastete die Lage, in der Valentin sich damals befand, kein Gewissen: ein junger Mann, neunzehn bei ihrer Hochzeit, der es genauso nötig hatte, sein Fleisch in einem Weibe zu dämpfen wie Kober, nur dass Kober ein Weib dazu hatte und ein Haus, das er einmal erben würde, und ein anderes Haus, Heinischens, das er schon geerbt hatte. Und ein gut gehendes Unternehmen mit Speicherarbeitern, Packern, Kontoristen, Agenten, Fuhr- und Ladeknechten dazu. Und Wagen, die nach Berlin und nach Teterow fuhren, nach Parchim, Lübz, Rostock, Frankfurt und Guben, »Doas ist beinahe scho Schlesien«, sagte die schlesische Elsbeth, mit Wagen, die einmal im Jahr sogar nach Süddeutschland fuhren, nach Augsburg!

Und dank seines Vaters, des Bürgermeisters Balthasar Kober, hatte er auch Beziehungen zum regierenden Rat. Dank seiner Mutter, die eine geborene Kunow war, auch Beziehungen zum alten Rat, dank seiner Judith Beziehungen zu den Chemnitzen, die sich mit den Kunows um den Rang der ersten Familie in der Stadt seit Jahrhunderten stritten. Und dank seiner Mitgliedschaft in Kaufmannsgilde und Schützenverein Beziehungen nicht nur zur Bürgerschaft, die wichtig sein würden, wenn es demnächst darum ging, ihn zum Schöffen zu wählen, sondern beiläufig auch zu Konrektor Pflücke,

Valentins Kollegen, der überall Mitglied war. Der Vorsteher des wurde und Ältester der und Schatzmeister hier und Schriftführer dort, der hier ein Töpfchen Honig verehrte und da zu Gevatter bat und der auf diese Weise auch immer alles erfuhr, der an billiges Gartenland kam und das Braurecht erwarb und die Erlaubnis, sich das Röhrenwasser ins Schulhaus legen zu lassen, wofür, nach Valentins Meinung, der Himmel ihn mit dem Gezänk der Frauen bestrafte, denn das Röhrenwasser floss durch zwei Küchen, erst die des Rektors, dann die des Konrektors, und bei Frau Konrektor kam auch manchmal Schmutzwasser an. Der Konrektor warf Valentin dessen Aufstieg vor. Valentin Klein sei nicht wegen besonderer Fähigkeiten, sondern nur durch die Protektion des alten Heinisch Bibliothekar der Stadt Pritzwalk geworden.

»Das weiß ich nicht«, sagte Kober. Er wollte die Bibliothek nur aus seinem Haus haben und hoffte, die Stadt werde möglichst bald geeignete Räume dafür finden.

Kober hatte aber auch Geduld und die Gabe, nicht im falschen Moment den Mund aufzumachen. Kober hatte ein gefälliges Aussehen, war von mittelgroßer, schlanker Gestalt. Seine dunkelbraunen, fast schwarzen Haare waren immer sorgsam in der Mitte gescheitelt und fielen in weichen Wellen auf die Schultern hinab. Er hatte ein kantiges Kinn, volle Lippen, eine längliche Nase und graue Augen von wachsam freundlichem Ausdruck. Dazu hatte er von frühester Kindheit an von seiner Mutter gehört, dass er nicht so unordentlich herumlaufen solle: »Merk dir: Wie du kommst gegangen/so wirst du empfangen.« Er kam deshalb immer in modischen Stiefeln gegangen, immer in Wams und Hosen nach neuestem Schnitt, in sand-, ocker- oder ziegelfarbenen Anzügen, in schwarzem Samtwams, das seitlich geschlitzt war, sodass man darunter ein kostbares Hemd sehen konnte, und überhaupt ging er nicht nur mit der Mode, sondern mit ihr auch den anderen voran.

Hörten die Pritzwalker auf, ihre Halskrausen stärken zu lassen, und ließen sie endlich über die Schulter weich fallen, sagte Kober gerade allen seinen weich fallenden Kragen Ade. Er war inzwischen zu Kragen aus Spitze, die auf ein Drahtgestell gezogen wurden und schräg um den Kopf herumstanden, übergegangen. War man, nachdem man auch bei Fremden diese Kragenart gesehen hatte, ebenfalls zu Drahtgestell und Spitze bereit, ließ Kober den Silberdraht gerade weg und breit lag die Spitze auf seinen Schultern.

Kober war freundlich, gutmütig und hilfsbereit. In ganz Pritzwalk kannte Valentin nur einen Menschen, der ihn nicht mochte, seine Ziehmutter Vyfken, der er gar nichts getan hatte. »Aber er schmeißt sich in die Brust wie ein Ferkel in den Dreck«, sagte sie bei einem von Valentins sonntäglichen Besuchen. Valentin hatte ihr Holz gehackt, brachte einen Korb voll Scheite herein und schichtete sie neben dem Herd.

»Aber das ist doch kein Grund«, sagte er.

Außerdem hatte Kober einen Hang zu gutem Essen, den man ihm damals noch nicht ansah, und eine Art, seine schwangere Frau anzusehen, die er mit einer Hansekogge verglich, dass die schlesische Elsbeth, die das zufällig hörte, Valentin mit extra viel Kuchenteigresten bestach, um von ihm zu erfahren, ob eine Hansekogge etwas Unkeusches sei.

Nur Elsbeth mit ihren Ratschlägen wie, dass man Steine an den Apfelbaum hängen solle, damit er sich schäme und im nächsten Jahr besser trage, dass man dem Federvieh den Tod des Hausvaters mitteilen müsse, was Aufgabe des neuen Hausvaters sei, die er, Kober, bisher nicht erfüllt habe, dass Judith nicht unter einer Wäscheleine hindurchlaufen dürfe, weil das Kind sich sonst die Nabelschnur um den Hals schlingen könne, und sich nicht vor Mäusen erschrecken dürfe, nur

Elsbeth mit allem, womit sie seine Judith erschreckte, ging ihm auf die Nerven – genauso wie Jenne, die Judith mit Malzbier und Brühe aus Rindsfleisch traktierte und ermutigenden Bemerkungen wie: Was reingekommen sei, komme auch wieder heraus.

»Noch so ein Wort und du kommst auch raus, Jenne. Ihr könnt gern wieder in die Schäperstraße zurück.«

Mit »ihr« meinte er auch Anton und Robert und mit der Schäperstraße das Haus seiner Eltern.

Diese hatten sich von der Nachricht, dass die Schwiegertochter schwanger sei, hocherfreut gezeigt. Seine Mutter hatte Judith in die Arme geschlossen und sie erst halb erstickt und mit verrutschter Haube wieder freigelassen. Schon zwei Tage später lieferte Tischler Gerloff auf seinem Tafelwagen ein Geschenk von ihr an, ein rot-weiß gestreiftes Faulbett, denn von nun an müsse Judith sich schonen. Und Kober, der sie mitnichten schonte, bis sechs Wochen vor der Entbindung dürfe man noch, sagte er, schimpfte, ermattet hinterher, wieder auf die alte Kinderfrau. »Deine Elsbeth hat aber auch immer was zu melden«, sagte er. »Warum hast du ihr denn erzählt, dass mein Vater für das Kind schon ein Konto eröffnet hat? So was braucht sie doch gar nicht zu wissen.«

»Warum nicht?«

»Hast du nicht gehört, was sie gesagt hat? Ach nein, da warst du grad draußen. Das könne sich auswirken, hat sie gesagt. Davon könne das Kind später hinter dem Geld her sein.«

Er sah nicht, wo das Unglück da lag.

Wo das Glück lag, das sah er.

Es lag im Bett, an das man ihn holte, nachdem eine Schar aufgeregter, mit Tüchern und warmem Wasser hin und her rennender Weiber ihn in seinem eigenen Hause ausgesperrt hatte. Es lag, mit Ringen unter den Augen und dunklem, über das Kissen gebreitetem Haar, erschöpft, aber lächelnd vor ihm und lebte noch, und es lag krebsrot und krähend in der Wiege daneben. Es lag – ausgewickelt, darauf bestand er – mit dem Glied, auf das es ihm ankam, die Ärmchen und Beinchen bewegend, vor ihm. Es lag ihm, das Glück, sogar auf der Zunge, die nach dem Freudenschnaps, den er bringen ließ, erst zu den Frauen, dann in die Küche, nicht mehr so schnell gehorchte, wie in ihm das Triumphgefühl sich breitgemacht hatte.

Es war der blaueste aller Septembertage. Er rannte durch die Bohlentür und über die Stufen aus dem Haus, um durch den Torweg gleich wieder zurückzurennen. »Robert! Den Apfelschimmel satteln! Robert, ich hab einen Sohn!« Er ritt persönlich zum Speicher, um seinen Arbeitern die Nachricht zu bringen. »Ich bin Vater geworden!«, meldete er und hielt sich am Seil eines Flaschenzuges fest. »Vater eines Sohnes! Und zwar eines Knaben männlichen Geschlechts!«

Am nächsten Tag, als er, wieder nüchtern, bei Judith am Bett saß, schlug sie ihm vor, das Kind David zu nennen – nach ihrem Vater, der dem Kind eine Bibel und eine kostbare Ausgabe der Aldinischen »Odyssee« hinterlassen hatte.

David, meinte er, könne ja der nächste Sohn heißen. Aber dieser sei der Stammhalter. Sei der Fortführer der männlichen Linie. Er müsse deshalb wie ein Kober genannt werden. Also Joachim wie er. Oder Balthasar wie sein Vater.

Er nahm ihre Hand und steckte ihr einen Ring mit einem blaugrünen Opal an den Finger. Ihr Vater hätte auch gern einen Sohn gehabt. Einen Fortführer seiner Schulreform, einen Nachfolger, aber das hing ja wohl nicht an den Namen.

Man einigte sich auf Balthasar David, wobei Balthasar der Rufname sein sollte, aber nannte das Kind bald schon Baltzer.

Wenn man Valentin glauben konnte, hatte Kober damals, Ende 1619, am Ende jenes Jahres, da im September sein Sohn geboren wurde, allen Grund, zufrieden zu sein.

Und zwar ganz im Gegensatz zu Judith, die trotz des Kindes das Gefühl, ihr fehle etwas, nicht loswurde. Der oft nicht recht gewesen war, dass der Vater bei Tischgesprächen Kober zurechtwies. »Da irrst du dich, Schwiegersohn. Von wegen deutsche Ordnung! Die Buchführung haben die Italiener erfunden. Saldo! Giro! Storno! Konto!« Die oft verstimmt gewesen war, wenn der Vater, bei Diskussionen mit dem Messer fuchtelnd, nicht achtgab. »Vater, passt auf, Ihr kleckert wieder!« Man kann sich doch nicht nach Krümeln und Fettflecken sehnen!

Martini kam. Jenne briet eine knusprige, mit einer Masse aus Ei, eingeweichtem Weißbrot, zerkleinerten Innereien, Muskat und Petersilie gefüllte Martinsgans. Kober war über zwei auslaufende Verträge erleichtert und würde mit dem Bankhaus Weiler & Essenbrücher in Berlin einen neuen schließen. Die Kurrendeknaben sangen vorm Haus und Judith warf ihnen aus dem Fenster Münzen hinunter. Die Adventszeit kam und mit ihr der Schnee. Anton musste die Kutsche mit dem Pferdeschlitten vertauschen, doch musste Kober nun seltener nach auswärts. Also saß Anton bei Jenne am Herd und spaltete die vom letzten Schlachten aufbewahrten Röhrenknochen der Schweinsfüße, deren Hälften man sich unter die Schuhe band, um mit ihnen über das Eis der Dömnitz oder der westlich vom Buchholzer Tor wie in jedem Jahr angestauten Roddahn zu schlittern. Auch Valentin wollte Schlittschuhe haben. Aber da hatte Anton schon alle verkauft und mehr als vier Eisbeine hatte kein Schwein.

Das Weihnachtsfest kam, zu dem man sich wechselseitig besuchte. Kober überraschte Judith mit einem Augsburger Schreibschrank, nicht, weil Weihnachten war, sondern weil er die kostbaren Intarsien und das raffinierte Ineinander von sichtbaren und unsichtbaren Fächern, geheimen Türen und sich drehenden Wänden für die Mutter seines Sohnes als einzig angemessen empfand. Nickend, den Kleinen an der Brust, hörte sie den anderen zu. »Merkst du, wie die Milch einschießt, wenn er schreit?« Die Frauen waren in diesem Raum unter sich. Hoffentlich klang ihre Stimme nicht auch so, wenn sie mit ihrem Kleinen sprach. Das Mädchen der Benzin schlief schon. »Sag mal, willst du nicht schlafen?«, sprach sie streng ihren Sohn an. »Sieh mal auf die Uhr, wie spät es schon ist.« Dabei deutete sie, den Blick nicht von ihm lassend, zur Standuhr hinüber. »Das versteht er doch noch nicht!«, sagte die Neufeld.

Immer hatte Judith ihrem Vater übel genommen, dass es zehn, elf Jahre lang, immer, wenn sie davon sprach, zum Heiraten für sie viel zu früh war. Immer war dazu noch Zeit gewesen. Und dann, von einem Tag zum andern, wie ihr bei der Morgensuppe mitgeteilt wurde, war es fast schon zu spät! Vor Matthias Chemnitz, den man immer noch den Miles nannte, obwohl es schon sein Großvater war, der wegen eines anderen Chemnitz in Harnisch geriet und mit der Armee Nikolaus Federmanns durch Südamerika ritt, vor diesem kleinen schmächtigen Burschen, der bestrebt war, aus dem Schandnamen Miles einen Titel zu machen, indem er Bücher wie »Kavallerie – Kriegskunst zu Pferde« las und von nichts anderem redete als von Schlachten, Scharmützeln, Belagerungen, Festungsbau, Rekrutierung, Strategie und Taktik und der Kunst des Krieges zu Wasser und zu Lande, hatte sie schon Benigna gewarnt. Auch hegte der Vater selbst, nachdem er dem Miles einen Abend lang zugehört hatte, Zweifel an seinem Einfall, doch wie er dann auf Kober gekommen war, wusste sie nicht.

Jedenfalls hätte sie es schlimmer treffen können. In den

gepolsterten Lehnstuhl geschmiegt, das schlafende Kind im Arm, während Benigna am Clavichord saß und Weihnachtslieder spielte, sah sie sich unter den anderen um. Katharina Witte dort neben dem blauen Ofen. Blond, hakennasig. Damals als Braut: »Na, mein Engel? Du bist wieder kaputt, was?« Jetzt engelt sich's wohl etwas zu viel, denn sie hat häufig Migräne. Sabina Gartz. Andere Seite des Ofens, am Fenster. Langsam und feierlich, wie sie alles erzählt, erzählte sie, wie sie, auch an einem Weihnachtsabend, ihrem Mann ihre Schwangerschaft offenbarte: »Mein Mann musste kotzen.«

Anna Schaum, so rotbackig wie die Äpfel vor ihr auf dem Tisch, aber nur dann lustig, wenn ihr Sigismund nicht anwesend war. Susanna Hecker. Die eine Kinderstimme bekam, wenn sie mit ihrem Matze sprach. Und die immer sagte, dass Matze sagt. Matze sagt, die Kälte im Mai habe dem Hopfen geschadet. Matze sagt, der Kurfürst werde seit seinem Unfall in der Sänfte getragen. Und damals, als sie ihren Ersten herumgehen ließ, durften alle Frauen das Kind nehmen, nur Benigna nicht, denn Matze sagt, die sei immer so ungeschickt und lasse den Kleinen womöglich noch fallen.

Es traf sich gut, dass Benigna das Clavichord gerade schloss. Sie kam zu dem Platz, den Judith ihr frei gehalten hatte, zurück. »Mir tut der Arm weh. Würdest du Baltzer mal halten?«

Benigna strahlte. Und hielt ihn dabei wie ein Dreipfundbrot. Und sagte dann, sie, ihre Freundin Benigna, die sonst alles wusste: »Also ich weiß nicht …«

»Was weißt du nicht?«

»Entweder war das eben ein Pup oder …«

Judith nahm ihr den Sohn wieder ab und beroch ihn. Es war kein Pup. Es war oder.

»Komm mit«, sagte sie. Und bot nach einer Weile im Nebenraum Benigna die frische Windel nebst gesäubertem Kind an. »Willst *du* ihn wickeln?« Worauf Benigna feuchte Augen bekam.

Es ging alles seinen Gang. Morgens, mittags, abends. Jenne in der Küche, Elsbeth in der Küche. Pritzwalker Biersuppe. Schlesische Mohnklöße. Am ersten Weihnachtstag Kobers Eltern zu Gast. Am zweiten zu den Großeltern Chemnitz. Dort nahmen ihnen Diener die Pelze ab und die Große Stube im ersten Stock war schon warm von Punsch und Gespräch.

Meine Güte, wie viel waren's denn diesmal! Henning und seine Frau, der Miles, Onkel Johannes mit Frau und Töchtern, Onkel Joachim, der eigentlich schon ihr Großonkel war. Sabellus und Nikolaus mit Frauen und Kindern. Auch der andere Onkel Joachim, der Kammergerichtsrat aus Berlin. Man saß um den großen Tisch herum, neben dem Ofen und an den Wänden entlang, rückte am Tisch aber zusammen und ein Diener brachte noch Stühle, damit Judith und Kober, obwohl sie beteuerten, satt zu sein, noch dies kosten und das probieren konnten, und Tante Rosina empfahl besonders den Schinken. Onkel Johannes räusperte sich.

Rosina duckte sich schnell auf ihren Stuhl zurück, denn wer auch immer soeben die Unvorsichtigkeit begangen hatte, ihren Eheherrn auf die Historie zu bringen – er wurde wütend, wenn man ihn unterbrach.

Alle, alle in dem großen, von vielen Kerzen erhellten Raum, auch Kober, der klagend »Nicht schon wieder!« flüsterte, hatten die Geschichte von den Chemnitzen schon x-mal gehört. Dass sie den Hinterpommer'schen Wenden entsprossen. Dass sie zu den ältesten adeligen Geschlechtern in Hinterpommern gehörten. Dass sie ihren Namen von dem wendischen »Kamienec« hatten. Und Judith stieß Kober unter dem Tisch vorsichtig an. »Hier, iss!« Sie schob ihm den Schinken zu, während alle es hätten mitsprechen können, dass »Kamienec« von dem wendischen Wort für Stein kommt, »kamen«, und dass so die Stammburg der Chemnitze hieß. »Sie war«, sagte der Onkel und lehnte sich, die altersfleckigen Hände auf den Armlehnen, zurück, »am Meeresufer gelegen. Später, als sich die Familie verzweigte, hausten die Chemnitze teils auf dem Lande, teils in Städten …«

»… und als die Kreuzritter Pommern mit Krieg anfassten …«, flüsterte Benigna, die wieder neben Judith saß und einen Pfefferkuchen nach dem anderen aß.

»… und als die Kreuzritter Pommern mit Krieg anfassten«, fuhr der alte Onkel fort, »schürten sie die Unruhe und den Streit zwischen Msciwin und Wratislav, den Söhnen Svatopluks des Großen, und die von Kamienec hielten es damals mit Wratislav, dem Jüngeren der beiden. Aber Wratislav verlor den Streit um Danzig, sein Erbteil.«

»So mussten sie außer Landes«, flüsterte Benigna.

»So mussten sie außer Landes«, sagte der Onkel. »Und so sind sie denn hierher nach Pritzwalk gekommen, wo sie ihren Adel allmählich vergaßen.«

»Wie man ja hört«, knurrte Kober. Er knurrte es leise und beugte sich vor, um Benigna mit erhobenem Glas zu grüßen. Auch Benigna hob ihres. Alles ging seinen Gang. Man aß, man trank, man erzählte, man lachte. Vor allem lachte der Kammergerichtsrat aus Berlin, und zwar über die nächtlich wandernden Leitern in Pritzwalk. »Waas? Und die Hunde auch?! Und die haben nicht gebellt? Aber von Wordenhoffs zu Lindenschmidts, das ist doch ein ganz schönes Stück!«

»Von Lindenschmidts zu Kunows ja auch!«, pflichtete der lange Henning ihm bei.

»Und der Hund von Gartzens war beim Nachtwächter Ostermann angebunden.«

»Übrigens: Der Nachtwächter! Joachim, weißt du, wie spät es schon ist?«

Kober wusste es. Natürlich. Außerdem sah er die Uhr. Aber jetzt war es gerade gemütlich. Es ging um die Hebungen einer Mühle und wie sie sich in Zahlen ausdrücken ließen.

»Joachim, du, lass uns gehen.«

Kober ließ ja auch, aber nicht gleich. Es war ja auch nicht er, der aufstehen, nach dem Kind sehen, es stillen und umhertragen musste. Außerdem fand er, Benigna spiele so schön. »Noch einmal, Benigna.« Auch die anderen baten und Benigna, obwohl sie doch auch sehen musste, dass Judith müde war, klappte das Clavichord wieder auf. Auf dem hier, bei den Großeltern, spielte sie lieber.

Eigentlich stand gelber Atlas ihr nicht.

Und der Hintern wurde von der Eilfertigkeit, mit welcher der lange Henning ihr den Stuhl unterschob, auch nicht schmaler.

»Kober, komm, ich kann nicht mehr.«

»Ein Lied noch.«

»In dulci jubilohoho.«

Es ging alles seinen Gang. Wie schon beim Trauermahl. Wie schon beim Namen des Kindes. Es ging seinen Gang. Seinen. Nicht ihren.

9

Der Gedanke, dass sie Valentin mit noch viel mehr erfreuen könnte als mit den kleinen Imbissen, die sie ihm gelegentlich in die Bibliothek brachte, kam ihr damals auch erst, als er schon an die Bruderschaft zu schreiben begann.

»Hier, Valentin, Ihr mochtet doch Entenleber? Sie ist aber kalt.« Sie stellte den Teller mit der Leber auf den Tisch, zog Mespelbrunns Brief aus der Schürzentasche, den Ulla ihr aufgeregt gebracht hatte, den vornehmen Brief mit Siegel und Wappen. »Und hier ist ein Brief für Euch. Er kam mit der Reitpost, sagt Ulla.«

Er nahm ihn, drehte ihn, sah auf Anschrift, Absender, Siegel. Der Brief überraschte ihn, das erkannte sie, aber so lange sie dann auch vor dem Schrank mit ihren Kräuterbüchern hockte, kramte, blätterte, von Salbei bei Halsschmerzen und Rosmarin bei Altersgebrechlichkeit las – er aß zwar die Leber, wie sie aus den Augenwinkeln sah, fragte nach einer Weile auch, ob er ihr behilflich sein könne, hatte, wie?, nein, noch nichts über die Kommission, die gebildet worden war, gehört, die den Spitzbuben ausfindig machen sollte, der nachts Leitern, Hunde, Wäsche durch die Stadt wandern ließ, aber der Brief blieb unberührt. Weiß und sein Geheimnis verbergend, lag er da mit seinem blutroten Siegel. »Kober ist auch in der

Kommission«, sagte sie noch. Sie musste hinunter. Sie hörte Jenne unten schimpfen und Robert heulen. Sie wollte auch gar nicht wissen, was in dem Brief stand.

Mespelbrunns Brief hatte ihn damals in der Tat überrascht. Christoph Echter von Mespelbrunn schrieb ihm? Sein adliger Kommilitone aus Leipzig?

Er hatte keinen Grund, Judith mitzuteilen, dass er sich wieder auf einem Stuhl festgebunden sah, in seinem Gesicht wieder Stiefelwichse und Ziegelmehl spürte, wieder das Grinsen der Stärkeren ertrug, Krügers, Kleinschmidts, Grafs, von Rauschenbergs, von Lepkes und Eggers', Namen, die er sich für immer gemerkt hatte, *was* seid ihr? – Pennäler – lauter: Was seid ihr? – Pennäler, dass Mespelbrunn wieder kalt und böse »Nein« sagte, als er ihm riet: »Sprich lieber mit.«

Was für ein schönes Papier! Er griff nach dem Papiermesser. »Salve Valentine ...« – der Brief war lateinisch.

Er wurde darin an Leipzig erinnert, an seinen Fleiß, die Ratsbibliothek, die Konspekte, die er verkaufte. Auch er, Mespelbrunn, habe sich damals Valentins bemerkenswerter Fähigkeit, den Inhalt eines dicken Buches auf wenige Seiten zusammenzudrängen, manchmal bedient.

Und kurz vor Valentins Abreise, die übrigens jedermann überraschte, habe er in einem der Konspekte damals das Folgende gefunden, das behalten zu haben Valentin ihm nicht übel nehmen möge. Seine plötzliche Abreise habe die Rückgabe unmöglich gemacht. Auch habe er das Gedicht sicher noch einmal besessen, denn das Einbehaltene sei eine Reinschrift.

Verloren ist ein' Sach' erst, wenn wir sie beenden.
Doch halten wir sie aus und halten wir fein still,
So kann des Höchsten Hand, wenn es der Höchste will,
Auch Fall verkehr'n in Flug und unser Unglück wenden.

So sagen wir uns zu: Wir kömmen ja noch auf.
Geduld ist unser Schwert und Glaube unser Schild.
Wir sehen unsre Not in süßem Traum gestillt,
Bis Phöbus für uns führt den Tag des Siegs herauf.

Valentin erkannte seine Verse sofort. Er hatte sie an dem Tage geschrieben, an dem sein Traum, Magister, gar Doktor zu werden, zerplatzt war. Am nächsten Morgen hatte er dann die Reinschrift gesucht und nicht mehr gefunden und es aus Kritzeleien und Durchstrichenem erneut abgeschrieben. Um sich abzulenken. Um sich zu trösten.

Er habe dieses Gedicht, schrieb Mespelbrunn, beim Fürstentag in Mühlhausen, wohin er seinen Vater begleiten musste, dem Hessischen Oberhofmarschall, Dichter und Übersetzer Diederich von dem Werder, gezeigt. Valentin kenne ihn sicher. Falls nicht: Widerhall in der literarischen Welt finde zurzeit sein Gedichtband »Siebenunddreißig Gebete über das große Geheimnis des Selbsttrugs«.

»Er wünscht«, las Valentin, »dass du ihm noch Etliches mehr von dir schickst.« Er las es noch einmal, trat, den Brief in der Hand, ans Fenster und sah auf die Straße hinaus. Nachbar Wordenhoff sprach dort mit dem rothaarigen Simon, wobei sie dauernd zwei dünne Eisenstangen miteinander verglichen. Vor rennenden Kindern stoben die Spatzen von den Pferdeäpfeln auf, die sie nach Haferkörnern durchsuchten. Der lahmende, taubstumme Hektor, der bei den Beginen die Stelle eines Hausknechts versah, stellte die beiden Eimer, mit denen er vom Brunnen kam, ab, um mit Diso, der auf ihn zu gesaust war und nun schwanzwedelnd an ihm emporsprang, zu spielen.

Valentin sah wieder auf Mespelbrunns Brief.

»Er wünscht«, las er noch einmal – und dann noch einmal und dann noch einmal –, »er wünscht, dass du ihm noch

Etliches mehr von dir schickst.« Grüße, Segenswunsch, Unterschrift.

C. R. Echter v. Mespelbrunn.

Dazu eine Anschrift: Oberhofmarschall und Geheimer Rat, Diederich von dem Werder, Reinsdorf bei Köthen.

Nach dem Abendessen, bei dem Jenne, die mit dem Auftragen an der Reihe war und ein aus der Küche verschwundenes Stück kalter Entenleber beklagte, und sie wolle ja niemanden beschuldigen, aber außer ihr hätten nur noch Ulla und Simon die Küche betreten, »Nein, auch ich, das Stück habe ich mir geholt«, sagte Judith nach dem Bier hinterher, zu dem Kober ihn einlud und bei dem sie noch einmal die wandernde Wäsche besprachen, »du hattest doch damals eine Idee, Klein, weißt du noch? Als die Leitern vertauscht worden waren, erinnerst du dich?« – »Dass der Spitzbube immer in unserer Gegend anfängt? Im Osten der Stadt?« – »Genau! Ja, Mensch, genau!«, nach dem Bier mit Kober, dem Rätseln mit Kober, der genauen Verfolgung des Weges, den Leitern, Hunde und Wäschestücke bisher mit nur geringen Abweichungen immer zurückgelegt hatten, denn die Hosen von Kurt Niedergesäß hingen eines Morgens auf der Leine von Barbara Wordenhoff, Barbara Wordenhoffs Laken dagegen flatterte auf dem Hofe bei Kunows, Kunows Windeln bei den alten, leibesgebrechlichen Gartzens, die Socken des alten, hinfälligen Gartz bei der rüstigen Witwe von Rembken ..., nach dem Stirnrunzeln Kobers über Rembkens rüstige Witwe und seiner Freude, als Valentin auf das Dreieck hinwies, gebildet aus ihrem Haus, dem von Niedergesäß und dem von Wordenhoffs, in welchem auf jeden Fall immer der Anfang des Schabernacks lag, nachdem Kober sich bei Valentin bedankte, »Gute Nacht, Klein, vielen Dank, da hab ich der Kommission morgen doch wenigstens etwas zu sagen«, stand Valentin in seiner Stube am Fenster.

Er sah lange in den Abend hinaus. In den dunkelblauen Himmel über der Krone des Nussbaums. Über das Dach des Pferdestalles und die noch kahlen Obstbäume im Garten dahinter hinweg. Über die Krone der Stadtmauer, die Wiesen, die Schatten hinaus in die Weite.

Er dachte wieder an Mespelbrunns Brief. An ein Erlebnis, das er auf seiner traurigen Rückreise von Leipzig gehabt hatte, wo er in einem Gasthaus bei Erkner ein kümmerliches Mal zu sich genommen hatte und plötzlich Bewaffnete hereingestürzt waren – zu einem Mann, der, in einen schwarzen Mantel gehüllt, in der Ecke gesessen hatte. »Ihr seid ein Rosenkreuzer«, hatte es geheißen, »und habt dem Kurfürsten Wölfe in die Köpenicker Heide geschickt!« Der Mann hatte geschwiegen und sich willig verhaften lassen.

Valentin sah in den Mond. Groß und rund stand der über den Wiesen, in denen Valentin als Kind einmal von Stoffel Güldenpfennig, dem Schäfer, gelernt hatte, wie man mit Feuer und Speck Muster in einen Hirtenstab brennt. Damals hatte er sein erstes Gedicht geschrieben. »Die Kunst hab ich gelernet / wie man es machen soll / dass sich der Stab besternet / mit bunten Flecken toll.«

Die Brüder vom Rosenkreuz. Dort draußen irgendwo waren sie. Und hatten ihn beobachtet. Wahrscheinlich schon lange.

Valentin nahm Mappen, Hefte, Bücher, Papiere und eine Schale mit Äpfeln von seiner Truhe. Wohin damit, hierher, nein, dorthin. Er öffnete den Deckel und holte unter Wämsern, Wäschestapeln, Strümpfen und seinem Hochzeitsbitteranzug ein Buch hervor, auf dem »*Allgemeine und Generalreformation der ganzen weiten Welt*« stand. »*An die Häupter, Stände und Gelehrten Europas*«, las er wieder, er kannte es ja! Er rückte den Leuchter näher, blätterte, suchte, »*... damit endlich der Mensch seinen Adel ...*« Nein, was er suchte, stand weiter hinten. »... *zuverlässig, fleißig und verschwiegen ...*«, sein Finger glitt über die Zeilen. Da! Da war es: »*Das Wort R. C. soll ihr Siegel, Losung und Charakter sein.*« Das war es. Das suchte er. Mespelbrunn hatte seinen Brief zwar mit C. R. unterschrieben und er würde deshalb nicht antworten, er musste trotz allem vorsichtig sein, aber hier, hier stand das andere: »... *darin wir auch siebenunddreißig Ursachen anzeigen, warum wir von jetzt an ...*«

Siebenunddreißig Ursachen! Und wie hieß das Buch, auf das Mespelbrunn hinwies? »Siebenunddreißig Gebete über das große Geheimnis des Selbsttrugs.«

Zweimal die siebenunddreißig! Das war doch kein Zufall!

»... *Europa geht schwanger und wird ein starkes Kind gebären ...*«

Er schlug das Buch zu. Sorgfältig versteckte er es wieder am Boden der Truhe. »Fama Fraternitatis«, »Confessio Fraternitatis«, »Die Chymische Hochzeit Christiani Rosencreutz anno 1459«, Valentin Weigels »Hauspostille«, Simon Studions »Naometria« – alle diese Bücher hatte Heinisch ihm eines Tages in einem bis dahin verschlossenen Schrank gezeigt und ihm befohlen, sie an sich zu nehmen, bevor man die Bibliothek der Stadt übergebe. Er hatte sich damals verlegen gewunden, weil ihm klar war, dass Heinisch von seinem Tod sprach. Den Inhalt der Bücher kannte er nicht, aber später, als er ihn kannte, wurde der Sinn dieser Weisung ihm klar.

Er schloss die Truhe, legte die Mappen, Hefte, Bücher und Papiere, die vorher dort lagen, wieder darauf, stellte die Schale mit den Äpfeln dazu, löschte das Licht und trat wieder ans Fenster.

Lange stand er dort und sah in die Mondnacht hinaus. Endlich! Jetzt hatten ihn die Brüder gerufen!

10

Er war es selbst, der sie damals auf die Idee brachte. Damals, als sie redeten über Sterne und Unsterne, Kräuter und Unkräuter, Stadt und Land, Rat und Ratsfamilien, Gut und Böse, Adam und Eva, Täuschung und Enttäuschung, Erkennen und Verkennen und wieder über den Himmel und wieder über die Sterne und wie er, zur Zeit zahlreicher Planetenaspekte geboren, eigentlich zu öffentlichem Wirken bestimmt sei und wie sie, mit dem gebuckelten Mond im Sternbild des Stiers, viel Fantasie und Gespür haben müsse; und wie Pritzwalk, obwohl nicht am Meere gelegen, Mitglied der Hanse sei und dass dieser Städtebund manchmal auch gegen Könige war, wobei sie jene Kaufleute, Männer wie ihren Kober, sehr schätzte, die im Stralsunder Frieden den Fürsten ihre Bedingungen diktierten, und sie wieder tiefes Mitleid mit jenem Johann Wittenborg ergriff, den die Lübecker hinrichteten, angeblich, weil er für einen Tanz mit der dänischen Königin die eroberte Insel Bornholm zurückgab. Sie redeten darüber, wie die Männer herumkamen, nach Bornholm und nach Stralsund! Es hatten auch schon Pritzwalker in Bologna studiert! Kober war in Frankfurt und Wittenberg, er schon in Leipzig gewesen und wie es da sei; worauf er ihr von den großen Häusern mit den vier oder fünf Stockwerken, den Kaufmannsherbergen in der Nikolaistraße,

»Auerbachs Hof«, dem Brühl und der großen Waage erzählte. Die Waage sei eine Einnahmequelle der Stadt.

Sie redeten von der Stadt und von ihren Familien. »Was? Daniel Kunow?«

»Sagt bloß, das wusstet Ihr nicht.«

Sie redeten über die Geldverschlechterung und dass die Lohnempfänger am schlechtesten dran seien, die müssten die Münzen nehmen, die sie bekämen. »Wogegen Kober mit Sachwerten handeln kann«, sagte er.

»Ach ja?« So hatte sie das noch gar nicht gesehen.

Sie redeten über ihre Hochzeit und den Unstern und das Gedächtnis der Leute. Sie redeten über seine Einsilbigkeit an dem Tag, an jenem Markttag, an dem er ins Haus gekommen war. Dass sie sein Kommen vergessen hatte und wie erschrocken sie gewesen war. »Das habt Ihr aber gut versteckt. Ich hab davon nichts bemerkt.« Dass er wohl Glück gehabt habe mit seiner Ziehmutter Vyfken, so wie sie ja auch mit ihrer schlesischen Elsbeth. Wobei sie sich manchmal frage, was zwischen ihrem Vater und Elsbeth gewesen sei.

»Könnt Ihr Elsbeth nicht fragen?«

»Hab ich schon. Mehr erzählt sie mir nicht.«

Sie redeten über Mütter und über Mütterlichkeit. Über Heinisch und Elsbeth. Über Goldberg und Pritzwalk. Sie redeten über Elsbeths schlesische Ausdrücke, Wörter wie »Springauf« und »Pumpelrose« und »Bichel« und »Bihm« und »Lerge« und »Gake«.

»Bichel ist ein Büchlein, oder?«

»Ja, und Bihm ein Böhme, das heißt in diesem Fall, eine Münze.«

»Und Lerge?«

»Kann vieles sein. Eine Lerge ist Anton, wenn er hinter Jennes Rücken der Ulla zuzwinkert. Aber Robert ist auch eine Lerge, wenn er etwas Lustiges sagt. Und wenn etwas zu klein ausfällt oder zu kümmerlich, ist das auch eine Lerge.«

»Ach so! Deshalb hat sie beim Essen enttäuscht ›Su a Lerge‹ gesagt!«

»Ja. Weil ihr der Hering zu klein war.«

»Und Gake?«

Sie saß auf dem Hocker vor ihrem Schrank mit den Kräuterbüchern und sah, dass er sich irgendetwas aufschrieb.

»Gake? ... Gake ... Eine Gake ist das, was die kleine Neufeld ist.«

»Die mit den zwei Kindern?«

Sie nickte.

»Ach ja, und warum?«

»Weil sie meiner Freundin Benigna, die jetzt einunddreißig ist, müsst Ihr wissen, Mann und Kinder voraushat und sich deshalb das Recht nimmt, Benigna ›weltfremd‹ zu nennen.«

»Sie hält also, was sie kennt, für die Welt.«

Sie redeten damals über alles. Über fast alles. Über all das, worüber Judith, falls überhaupt, bis dahin nur mit Benigna hatte reden können, auch über nicht gesicherte Wahrheiten wie: dass die Arimaspen einäugig sind, die Hyperboreer jeden Tag feiern, die Kimmerier in ewiger Finsternis wohnen und Feuersteine alles entzünden, was ihnen begegnet. Sie redeten über Falsch und Richtig, Recht und Unrecht und dass Benigna ja schon zweimal hätte heiraten können, aber immer habe ihre Mutter, die dann allein gewesen wäre mit ihren zu riesigen Klumpen geschwollenen Füßen und die allerdings wirklich viel Hilfe brauche, die Anbahnung des Verlöbnisses hintertrieben, und dass es nicht so leicht sei mit Recht und Unrecht, dass Benignas Recht auf Mann und Kinder für sie ein Unrecht an ihrer Mutter bedeute.

Sie redeten über das Los der Männer und über das Los der

Frauen und dass Sigismund Schaum auf die Frauen gar nicht genug schimpfen könne, dabei sei seine Anna – »Die Erste? Oder die mit den Apfelbacken?« – »Stimmt, seine Erste hieß ja auch Anna, nein, die jetzige, die mit den Apfelbacken, das ist so eine Liebe, Valentin, so eine Sanfte! – Trotzdem muss sie bei Schaum dafür, dass Eva Adam den Apfel gab, büßen.«

»Nun, da gibt es auch eine andere Ansicht. Die, dass *nicht* mit Eva die Sünde begann. Die vertritt Agrippa von Nettesheim. Er weist darauf hin, dass das Verbot, vom Baum der Erkenntnis zu essen, für Eva nicht gelten konnte, denn es wurde nur gegenüber Adam ausgesprochen und Eva war zu diesem Zeitpunkt noch gar nicht erschaffen.«

Sie redeten immer in der Bibliothek. Das fiel auch niemandem auf, denn nachdem die schlesische Elsbeth Kobers Hochzeitsnacht gestört hatte, waren die Räume im Haus neu verteilt und ein großes Umziehen mit Wäschestapeln, Nachttöpfen, Gesangbüchern, Decken und Vorhängen veranstaltet worden. Kober hatte ein neues Bett bauen lassen: mit vier gedrechselten Pfosten, einem Baldachin und am Kopfende einer geschnitzten Kartusche mit dem Kober'schen Wappen, dem Herzen, aus dem drei Eicheln sprossen. Das Bett war so groß, dass es in Einzelteilen geliefert wurde und erst im Haus zusammengebaut werden konnte, und die eheliche Schlafstube wurde auf die Hofseite des Hauses verlegt. In die bisherige zog Elsbeth, die sich über die Nachmittagssonne und den Einblick in die Marktstraße freute. In Elsbeths frei gewordene zog Ulla. Ullas bisherige Kammer blieb leer, sodass im zweiten Stock nur noch Valentin wohnte.

Auch ihre eigene Stube hatte Judith verlegt. Aus der Studierstube ihres Vaters wurden die Bücher und das Stehpult entfernt. Das Stehpult kam zu Valentin, die Bücher in die Bibliothek. Dafür kamen ein weiterer Stuhl und ihr Nähtisch hinein, ihr Augsburger Schreibschrank und, was sich später als besonders wichtig erweisen sollte, das Faulbett samt einer Matratze mit einem Bezug aus rot-weiß gestreifter Seide, einem Decktuch, fünf grünen Kissen und einem roten. Diese Stube hatte zwei Türen, eine zur Galerie, eine in die Bibliothek.

»Joachim! Schön, dass du wieder da bist! Wie war es in Berlin?«

»Das Bankhaus Weiler & Essenbrücher wird immer geiziger und ich – du, nein danke, das schaffe ich nicht mehr, ich bin so satt, ich habe nämlich schon in Reckenthin gegessen.«

»In Reckenthin?!«

»Zwischen Hoppenrade und Reckenthin ist uns der Deichselriemen gerissen. Ich bin aufs Sattelpferd umgestiegen. Im Dorf hat Anton den Wagen in Ordnung gebracht. In der Zwischenzeit hab ich gegessen. – Was macht mein Sohn?«

»Ich glaube, jetzt kommen auch die unteren Zähnchen. Und er redet mit Armen und Beinen, worin Elsbeth ganze Sätze erkennt. Wenn sie mit ihm im Hof sitzt, schleicht Robert immer um den Nussbaum herum. Dein Sohn ist ein feines Kindchen, feines Kindchen, feines Kindchen. Und weißt du, was inzwischen hier los war? Inzwischen wandern hier nicht nur Leitern, Hunde und Wäsche, sondern auch Zunftzeichen, und am Marktbrunnen war heute Morgen das Rohr angebohrt und den Brunnenmeister traf fast der Schlag. Er hat …«

Zu erzählen, was der Brunnenmeister hatte, gelang Judith nicht mehr. Kober sah auch aus, als habe der Schlag ihn getroffen. Schlaff, den Kopf pendeln lassend, hing er auf dem Stuhl.

»Erzähl es mir morgen, Schatz.« Er streckte ihr das Bein

hin zum Stiefelausziehen, ächzte, sagte noch einmal »Morgen« und stand auf und wankte.

»Ja, aber der Brunnenmeister hat gesagt, du sollst ...« – Kober hörte auch nicht mehr, was er sollte. Der Vorhang wogte, dahinter fiel eine Tür ins Schloss. Sie stellte seine Stiefel weg und hörte im Gang seine schlurfenden Schritte. Sie löschte die Kerzen, sah, wie immer abends, noch einmal in die Küche. Es war alles in Ordnung. Etwas später fiel Kober mit einem Seufzer ins Bett.

Da saß sie auf des großen Bettes anderer Seite. Gleich, wusste sie, würde er wieder munter sein. Sie legte sich hin. Wartete. Nanu?

Sie sah zur Seite. Er schlief noch nicht, aber er lag auf dem Rücken und hatte die Augen geschlossen.

Kein Sich-auf-die-Seite-Legen? Kein Sie-Ansehen? Kein Näherrücken? Nichts rückt und rührt sich?

Also, wenn er sogar auf die ehelichen Delikatessen freiwillig Verzicht leistete, war er wirklich todmüde.

Und am nächsten Morgen musste er schnell auf den Speicher. Und nach dem Mittagessen musste er schnell ins Kontor. Und am Abend brauchte sie ihm das mit den vertauschten Zunftzeichen auch nicht mehr zu erzählen, denn da wusste er es bereits. Die Untersuchungskommission tagte. Am folgenden Morgen gab es kein Morgengeläut. Der Küster hatte das Türchen zum Glockenturm vermauert gefunden. Ein Bote holte Kober schon am frühen Morgen zur Sitzung.

»Joachim, ich ...«

»Sag's mir heute Abend, Schatz, ich muss los.«

Judith kam mit Ulla vom Wochenmarkt, als sie Stadtknechte mit Brustharnischen vor dem Beginenhaus sah. Eins, zwei, drei ... sechs Hellebarden blitzten in der Sonne. Drei Bewaffnete hatte sie ins Haus gehen sehen. »Was ist denn da los?« Sie gingen näher. Die Wache vom Wittstocker Tor sah herüber. Auch andere Leute waren stehen geblieben. Ulla, die gerade noch über das Gewicht der beiden Gänse geklagt hatte, litt nicht mehr unter der Schwere ihres Korbes. Staunend sahen sie in den Fenstern und vor der Haustür aufgeregte, weinende oder betende Beginen, und dann brachte man den lahmenden, taubstummen Hektor an den Händen gefesselt heraus.

Sie redete am Nachmittag mit Valentin, der von diesem Ereignis schon in der Schule gehört hatte, auch über Hektor, der weder lahm noch taub, noch stumm war, wie sich bald zeigte, der jahrelang seine Gebrechen nur vorgetäuscht hatte, um sich von den Beginen ernähren zu lassen. Sie redete, später, mit ihm auch über den Fluchtversuch, den Hektor noch vor Gericht unternahm, über die Männer, die ihn an der Saaltür festhielten, den Richter, der streng war, »grausam«, fand sie, die Schöffen, zu denen auch Kober gehörte.

Am Morgen vor Hektors Hinrichtung versammelte sich fast die ganze Stadt vor dem Rathaus. Es war schulfrei. Die Sonne schien. Der Himmel war blau. Alle Läden und Werkstätten waren geschlossen. Mit Fahnen und Geigenspiel zog man in einem langen Zug, den ein Wagen mit etlichen Fässern Bier beschloss, durch das Perleberger Tor zum Richtplatz hinaus. Dort wartete Meister Rudloff, der Scharfrichter, schon. Man würde die Leute warten, ihre Spannung erst noch ein wenig steigen lassen, bevor man den zu Hängenden brachte.

Dann würde man ihn, wusste Judith, die nicht dabei war, denn jemand musste schließlich bei Baltzer bleiben, der unter seinem Zahndurchbruch litt, jemand musste sich schließlich um Elsbeth kümmern, die immer gebrechlicher wurde, dann würde man Hektor, der also auch nicht Hektor hieß, sondern

Jürgen Ruck und aus Neuruppin war, unter den Galgen stellen. Dann würde man ihm den Strick um den Hals legen und das Urteil, noch einmal verlesen. Er habe zu hängen wegen Spitzwerks und Buberei, bei dem er weder lahm noch taub, noch stumm gewesen. Dann würde man einen weißen Stab über ihm zerbrechen und die Spannung würde steigen, denn wenn über jemanden der Stab gebrochen wurde, war das für die meisten ein Fest.

Auch Valentin zog nicht mit hinaus. Er hatte sich gleich nach dem Frühstück wieder in seine Stube verkrochen. Später hörte sie ihn in der Bibliothek.

Und arbeitete nicht, wie sie beim Eintreten sah. Das Tintenfass war noch zu, die Feder noch nicht eingefärbt. Er drehte sie in den Händen und sah bei ihrem Eintreten auf.

»Störe ich?«

»Nein, nein.«

Sie setzte sich wie immer vor ihren Schrank. Sie nahm wie immer eines von ihren Kräuterbüchern auf den Schoß, ohne es aber aufzuschlagen, während sie erriet, was in ihm vorging.

»Er hat keinen Schaden getan«, sagte er.

»Doch, er hat die Beginen betrogen.«

»Das würden sie ihm sicher verzeihen. Er hat ja für sie auch gearbeitet, hat Holz gesägt und gehackt, hat Wasser geholt, hat Obstbäume beschnitten, Hühner gefüttert, die Rinnen gesäubert, den Rasen gemäht, die Öfen geheizt. Und es gibt kein Gesetz, das Schabernack mit Leitern, Hunden und Wäsche verbietet!«

»Ihr seid nicht schuld. Ihr habt Kober helfen wollen. Ihr wolltet nicht Hektor schaden.«

Die Feder, die er zwischen den Händen geknickt, gezaust und gedreht hatte, war nicht mehr zu gebrauchen.

»Richter und Schöffen sind mehr zu fürchten als das Gesetz.«

Sie redeten. Sie redeten über Richter und Schöffen und darüber, dass, wer Schöffe sei, meist etwas später auch Ratsherr werde. Sie redeten über die Ratswahl und darüber, dass »Ratswahl« ein Scheinwort sei. Sie redeten über Wörter und Scheinwörter, »denn während Wörter«, sagte Valentin, »dazu dienen, etwas zu sagen, dienen Scheinwörter dazu, etwas *nicht* zu sagen«.

»Und was sagt man mit ›Ratswahl‹ nicht?«

»Dass es nur um eine neue Verteilung der Ämter geht. Der Kornbodenmeister vom vorigen Jahr wird in diesem Jahr Kämmerer, der Kämmerer erhält die Mühlenaufsicht …«

»Der Rat wird nicht gewählt?«

»Jedenfalls nicht von den Bürgern. Er wird von seinesgleichen gewählt, das heißt: Sie teilen die Posten wieder neu unter sich auf.«

»Aber die Bürgerschaft wird doch geladen.«

»Trotzdem ist schon alles geregelt, wenn man sie wieder in den Rathaussaal ruft. Wer über die Brauerei, wer über Giesensdorf wacht, wer die Schlüssel zum Armenkasten verwahrt, wer die Gerichtsgebühren einzieht, das Wiesengeld und die Wasserpacht, das wird doch alles schon vorher, bei Hochzeiten, Taufen und Gartenfesten, beim Kegeln und Scheibenschießen, entschieden.«

So hatte sie das noch gar nicht gesehen. Noch nie hatte sie sich gefragt, wieso seit Jahrhunderten in der Stadt stets dieselben Familien regierten. Wieso es immer Kunows, Benzins oder Chemnitzen, Gartzens, Schaums oder Wiemanns, Wittes, Kobers und Knackrügges waren, die der im Saal versammelten Bürgerschaft aus der Audienzstube entgegentraten.

»Was meint Ihr wohl, warum Euer Vater es manchmal so schwer hatte. Einerseits brauchten sie seinen Verstand, andererseits war er ihnen im Wege. Außerdem fühlten sie sich von ihm durchschaut.«

»Worin?«

»In ihren Beweggründen. Erinnert Euch doch mal an die Sache mit der Viadrina.«

»Die Universität in Frankfurt?«

»Ja. Das ehrenvolle Schreiben von dort. Als sie davon erfuhren, meinten sie, Euren Vater in einer öffentlichen Ratssitzung ehren zu müssen.«

»Und als sie erfuhren, er sei ja kein Ehrendoktor, beglückwünschten sie ihn dann nicht einmal.«

»Und Euer Vater wusste genau, was sie wollten: nicht ihm Ehre machen, sondern nur keinen Fehler.«

Valentin hatte recht. Sie sah ihn nachdenklich an.

Dabei hatte sie zuerst ein bisschen beleidigt sein wollen, weil er an allem rüttelte, was für sie bis jetzt festgestanden hatte.

Aber erstens hatte er ihren Vater verteidigt, zweitens ließ er Gerechtigkeit walten, denn zu der Zeit, als ein Hans Kunow der erste Bürgermeister der Stadt gewesen sei, habe das Faustrecht geherrscht und er müsse also ein tüchtiger Mann gewesen sein, wenn er damals jahrelang die Verantwortung getragen hatte. Auch dass der Rat während der Pest 1610 in der Stadt geblieben war, fand er tapfer. Und ein Knackrügge begeisterte ihn geradezu! Ein Knackrügge habe während der Reformation, als es in Pritzwalk keine katholische Kirche mehr gab, die irgendetwas besitzen konnte, aber auch eine evangelische noch nicht, sodass alles drunter und drüber ging und als Urkunden und Grenzsteine und Gegenstände verschwanden, ein Inventarverzeichnis der Kirche verfertigt. Das habe später so manchen verdrossen. Ob sie ermessen könne, welche Bedeutung das hatte. Ob sie sich vorstellen könne, wie das manche damals geärgert haben muss.

O ja. Sie konnte sich's vorstellen.

Und sie konnte auch hören, was er nicht sagte. Er konnte auch sehen, was sie ihn nicht sehen lassen wollte. Zorn. Angst. Verletztheit. Etwa wenn er sagte: »Na ja ... da hat ja jeder so seine Wunde.« Weil er Wunde sagte. Nicht Defekt. Nicht Schwierigkeit. Nicht Last. Nicht Kreuz. Nicht Problem. Sondern Wunde.

Erzähl mir bloß nicht, es schmerze nicht mehr!

Man kann Stocken und Pausen hören. Oder wie oft ein Wort wiederkehrt. Wie oft andere Frauen schön sind, zum Beispiel, und ihre Schönheit als Begründung herhalten muss. Vor allem für die eigene spät geschlossene Ehe. Oder wie wichtig das Alter ist.

»In meinem Alter haben andere ja oft schon die ganze Stube voller Kinder.«

Du und alt! Wie alt? Siebenundzwanzig? Acht Jahre älter als ich. Dass ich nicht lache. Magda in Leipzig war zehn Jahre älter.

Magda in Leipzig. Ein ziemlich unpassender Gedanke jetzt. Hier ging es um Austausch. Ums Reden.

Aber sie konnten schließlich nicht stundenlang reden. Irgendwann hörte Judith das Schreien des Kindes oder einen Aufschrei und ein anschließendes Poltern auf der Treppe, sodass sie aufsprangen, Valentin auch, und am Fuß der Treppe Ulla sitzen sahen, die beteuerte, nichts aus dem Nachttopf, den sie in der Tat starr und waagerecht vor sich hielt, verschüttet zu haben. »Ich weiß dem Fallen doch wohl Schick zu geben«, heulte Ulla, die am Tag keinen Nachttopf benutzen sollte. Wozu gab es auf dem Hof einen Abtritt.

Nein, man konnte nicht stundenlang reden. Irgendwann wurde Baltzer wach. Oder Elsbeth rief oder der Türklopfer dröhnte. Oder man musste noch zur Apotheke. Oder zu Benigna, die Geburtstag hatte. Irgendwann stand man auf.

Schob den Hocker zurück. Stellte das Kräuterbuch wieder weg. Sagte: »Jetzt muss ich aber … Benigna wird schon warten.« Wandte sich noch einmal an der Tür um.

»Wann habt *Ihr* eigentlich Geburtstag?«

»Am 17. November. Warum?«

»Dann seid Ihr also ein Skorpion. – Ein gefährliches Tier!«

Das sollte damals, genau wie die Antwort, ein Scherz sein.

»Ach wo, wenn man ihn am Schwanz packt, ist er ungefährlich.«

Ihn traf ein kurzer, merkwürdiger Blick.

11

Ich muss ihr ja nicht sagen, wie viel er mir von damals erzählt hat. Falls ich überhaupt dazu komme, ihr jemals etwas zu sagen, denn die Brandwunden heilen ja wieder und die Haare wachsen nach, aber das Fieber, das Fieber, wenn das so weitergeht ... Ich habe es aufgegeben, ihr meinen Namen zu nennen. Dann bin ich eben Elsbeth. Hauptsache, sie trinkt! Wobei sie sich verschluckt, weil sie durch den Mund atmet und mit ihren rissigen Lippen von was weiß ich fantasiert. Eben war sie nämlich nicht auf der Hochzeit und es war auch nicht der Lebensbund, aber von einem Herrn namens Meerkatz weiß ich auch durch Valentin nichts. Man müsste auch etwas gegen die rissigen Lippen tun. Wenn man hier kochen kann, und das kann man – allerdings nachts erst, damit niemand den Rauch sieht –, wenn man in diesem bequemen Logis, und nie hätte ich gedacht, dass man sich unterhalb von Vergissmeinnicht, Gräsern und Sumpfdotterblumen so komfortabel einrichten kann, sogar so viele Fässer mit Sauerkraut findet, das ja hier, pardon, Madame, kein Sauerkraut ist, ich weiß, ich weiß, sondern Eure Erfindung, Madame, sondern Knieperkohl, den erstmals Eure Jenne nach Eurer Weisung fest in die Fässer getreten, gedrückt und gestampft hat, »Fester, Jenne!« – »Ick kniep den ja man schon so tosamm'!« –, wenn man hier sogar den

Kniperkohl findet, muss es doch auch – aha, das ist Essig, sehr gut, den nehme ich auch mit nach vorn, Essig kühlt nicht nur Geschützrohre, man kann ihn auch für Speisen verwenden und er erhöht auch die Wirkung von Wadenwickeln –, wenn es hier auch Essig gibt und Salz, wie ich sehe, und das hier scheint Honig zu sein – ich fass es nicht, Honig! –, dann könnte es doch auch Schmalz geben, oder? Damit könnte ich ihre Lippen eincremen und vielleicht finde ich nachts sogar Mohn und Hanf. Vorausgesetzt, dass ich den Kleinen bei ihr lassen kann oder er noch immer so fest schläft wie jetzt. Dann könnte ich eine schmerzstillende Salbe bereiten.

Hoppla, ganz schön dunkel hier hinten. Was man aus Kisten alles machen kann! Zum Beispiel eine Truhe. Unverschlossen, aber mit sehr schwerem Deckel. Sie ist voller Kleider.

Nett haben sie sich ihr Versteck möbliert!

Ein Schwert? Und noch mehr Waffen ... Ein Spaten ... Eisenteile, eine Säge ... Hier hinten ist es dunkel. Und wohl sozusagen der Wirtschaftssteil. Hier ist allenfalls Wagenschmiere, kein Schmalz.

Schade.

Nach vorn kriecht sich's besser. Wegen des Lichtes vom Eingang. Wie gut, wie solide sie das ausgebaut haben!

Ich habe ja die Stadt nur noch im Kriegszustand, mit meist geschlossenen Toren, kennengelernt, nur dreimal in diesen zwei Jahren war ich draußen und nur einmal auf dieser Seite, zwischen der Stadt und dem Richtplatz. Da haben wir, Valentin und ich, auf dem Ödland nach Pilzen gesucht. Auf Brandstätten! Denn nach dem letzten großen Sieg Baners über die Sachsen bei Kyritz haben die Schweden vor den Toren alles niedergebrannt! Und er hat in der Asche auch wirklich welche gefunden! Bemerkenswert eigentlich, dass ich sie aß: Ich hab ihm vertraut!

Jedenfalls hatten wir auf dem Rückweg die Wälle und Gräben im Blick. Die Stadtmauer mit ihren Wehrtürmen. Diese üppig begrünte Insel im Graben. Und ich kann mich nicht erinnern, die Reste des Walles im Grün gesehen zu haben. Reste einer slawischen Burg, eines Ringwalls.

Unter denen wir sind.

In dem Wall. *Unter* dem Wall.

Dessen Erd- und Steinfüllungen die Vorfahren unseres Retters ausgehoben, dessen Holzkonstruktionen sie ausgenützt haben, teils erneuert, teils verstärkt, teils zu Stützen für Decke und Wände gebraucht. Geräte und Nahrung hierhergeschafft. Alles von den Pritzwalkern unbemerkt. Die ihre Stadt für geschlossen und das Wasser da draußen für ein unüberwindbares Hindernis hielten.

Oh! Wieder die Schwelle! *Zu* hell ist es hier drinnen ja auch nicht. Übrigens scheint Judith den Lärm da draußen zu hören. Während Honza tief und fest schläft. Was auch kein Wunder ist für einen Dreijährigen, der mehrere Nächte kaum geschlafen und vor allem die letzte erlebt hat. Sie zuckt manchmal zusammen, wenn das Geräusch auf dem Sandweg aufhört. Wenn der Hufschlag und das Knirschen der Wagenräder, das Poltern und Rumpeln auf der Brücke beginnen.

Der wievielte Wagen ist das jetzt? Bis vierundzwanzig hab ich noch mitgezählt. Inzwischen dürfte es längst das Doppelte sein.

Und sie schreien herum, mein Gott! Und sie knallen mit den Peitschen und brüllen einander und die Pferde an und scheinen noch nicht gemerkt zu haben, dass sich manche von ihnen außer dem Plünderungsgut auch die Pest geholt haben.

Wenn ich Ulmenrinde hätte! Dann könnte ich ihre Brandblasen öffnen und sie hätte weniger Schmerzen. So aber müssen sie bleiben. Damit keine offene Wunde entsteht, die sich dann womöglich entzündet.

»Judith, komm, du musst trinken! Ja, ja, ich bin Elsbeth! *Alles* austrinken! Alles!«

Nein, ich muss ihr nicht sagen, falls ich überhaupt dazu komme, ihr etwas zu sagen, ihr Danke zu sagen und dass Gott sie segnen möge und dass ich für den Rest meines Lebens bei ihr bliebe, wenn es ihr nützte – ich muss ihr ja nicht sagen, dass ich diese Art Redseligkeit, mit der mir Valentin alles erzählte, schon kannte, dass ich sie ja von meiner Mutter schon kannte. Die war eine andere gewesen, mit einem einzigen Tag hatte sie sich verändert, seit dem Tag, da Jura auf die Pferde einhieb, da unser Vater »Faaahr!« schrie, »Faaahr! Fahr!«, und wir auch schrien, Jura auf dem Kutschbock, Mutter und ich auf dem Boden des Wagens, während Pistolenkugeln über uns die Plane zerfetzten, seit dem Tag, da der Wagen hielt, in irgendeinem Waldstück, die Pferde schweißbedeckt, mit zitternden Flanken, und Jura sich um die Pferde zu kümmern begann, sie trocken rieb, mit ihnen sprach, mit den Pferden, mit uns nicht, und wir uns lange nicht ansahen.

Die Mutter blieb stumm, als wir nach zwei Tagen wieder auf die beiden anderen Wagen stießen. Sie blieb stumm, als die anderen über Jura herfielen, besonders Onkel Miroslav, als nur ich ihn verteidigte, indem ich Miroslav fragte, wieso er, der hinter uns fuhr, der Patrouille habe ausweichen können.

Die Mutter blieb stumm, als wir, nachdem wir stundenlang nur wieder das Streifen der Zweige an den durchlöcherten Planen gehört hatten, den gleichmäßigen Schritt der Pferde, die Jura zu schonen versuchte, die Steinchen, die an das Untergestell des Wagens schlugen, kurz vor der Grenze auf andere Auswanderer trafen. »Woher kommt Ihr?« – »Aus Prag. Und Ihr?« – »Aus Stramberg. Aus Mähren.« Die Prager kamen uns auf der Straße entgegen. Sie hatten sich im letzten Augenblick anders besonnen, wollten lieber nach Polen, nicht ins sächsische Pirna. Denn im polnischen Lissa gebe es eine Brüdergemeinde, aber unter den Emigranten in Sachsen hätten die Lutheraner das Sagen.

Man reichte uns ein Flugblatt herüber, das Jura mir aus der Hand riss. »Reu-Kauf« las ich später. Es warnte vor einem Mangel an Obst, Fleisch und Fisch, vor einem Mangel an Entgegenkommen seitens der Pirnaer Bevölkerung, vor einem Mangel an Anstand seitens der Sächsischen Kammer, die mit umständlichen, für uns Tschechen ungünstigen Verordnungen, an denen allerdings *kein* Mangel herrsche, uns das Geld aus der Tasche zöge, und es beklagte jenen Mangel an Religionsfreiheit, um dessentwillen wir doch unsere Heimat verließen. Wir würden ihn wieder finden, stand in dem Blatt. Jede tschechische Predigt müsse, bevor sie vor Tschechen gehalten werde, in Latein oder Deutsch übersetzt nach Dresden geschickt und vom Hofprediger Dr. Hoë von Hoënegg genehmigt werden. Den würden wir schon noch kennenlernen, sagte das Flugblatt. Er sei ein giftiger Hasser der Brüdergemeinde. Es hasse alles, was nicht Lutherisch sei. Er finde uns schlimmer als Heiden.

Onkel Miroslav entschied sich für Polen. Auch Jura und ich hielten die Umkehr für klüger. Es war das erste Mal, dass die Mutter wieder den Mund auftat.

»Unser Geld ist in Dresden«, sagte sie.

Der Vater hatte in den letzten Jahren den größten Teil unseres Vermögens einem Geschäftsfreund anvertraut. Den kleineren, in Kleidungsstücke eingenäht, hatten wir bei uns. Also nach Pirna. Uns blieb keine Wahl.

Später war die Mutter nicht mehr so wortkarg. Später

schwieg sie nie mehr, keine Stunde, keine Minute, redete von morgens bis abends, jedenfalls kam es mir so vor, die ich nicht, wie Jura, morgens zur Arbeit aus dem Haus gehen konnte. Er hatte Arbeit in der Druckerei von Jan Kbelský gefunden, und wie habe ich ihn darum beneidet! Wie gern hätte ich wenigstens geholfen, wenigstens für wenig, ach was, für gar kein Geld, die Druckstöcke gewechselt, Papier befeuchtet, Papier eingelegt. Wie gern hätte ich wieder die Tampen gefärbt. Wieder das leise Schmatzen gehört, das, wenn man die Platte hebt, den gelungenen Druck anzeigt und das unser Vater den »Druckerkuss« nannte. Stattdessen saß ich mit der Mutter am Fenster, denn die Barschaft, von der es in den Papieren bei unserer Aufnahme hieß: »Zehren von ihrer Barschaft«, war inzwischen längst aufgezehrt. Jura verdiente nicht viel. Wir strickten den ganzen Tag Strümpfe. Und ich musste den ganzen Tag den Schmerz meiner Mutter ertragen. Dass wir hätten zu Hause bleiben sollen. Wo da der Unterschied sei. Dort wie hier schade einem ein Zuviel an eigener Meinung. Oder ein Zuwenig an Geld. Und wann wir denn endlich nach Dresden führen, die Sache mit dem Vermögen zu regeln.

»Wenn Meister Kbelský Jura dafür beurlaubt, Mutter.« Dass sie diese Falschheit, diese Feigheit, diese Zerstrittenheit unter uns Tschechen auch in Mähren hätte haben können. Dass dort aber wenigstens vorher Religionsfreiheit war. Hier sei ja wohl auch vor dem Krieg keine gewesen.

Die Stricknadeln klapperten. Der Lärm auf der Straße nahm zu. Die Sonne stieg höher und erreichte unser Fenster. Wir hatten erst in der Holdergasse gewohnt, was wir bald nicht mehr bezahlen konnten. Inzwischen wohnten wir in der Schifftorvorstadt. Aber auch der Blick auf Dächer, Wiesengrün und das Glänzen der Elbe lenkte die Mutter von Schmerz und Enttäuschung nicht ab.

In Mähren seien die Lutheraner ihrem Martin Luther gefolgt, die Hutterer ihrem Jakob Hutter, die Kalvinisten ihrem Johann Kalvin, und allesamt seien sie evangelische Christen gewesen, wogegen man hier diesem Hoë folge, diesem Hoë-Priester, der zu bestimmen scheine, wer Christ sei und wer nicht, und dieser Hoë-Priester sei jedenfalls keiner.

Es war schwer zu ertragen. Glaubte ich damals jedenfalls, als ich den Krieg noch nicht kannte. Als ich, was mir begegnete, noch nicht an Sachen wie der gestrigen maß.

Ich wusste ja, was sie meinte. Zu den Schwierigkeiten des Anfangs, zu denen Aufnahmegesuch, Wohnungssuche und die Pirnaer selbst gehörten, waren noch die mit den tschechischen Gottesdiensten gekommen, für die sich, hörte ich von meiner Mutter, und zwar zum mindestens zweihundertsten Mal, doch sicher auch noch eine andere Kirche hätte finden lassen, wenn man nur gewollt hätte, aber man wollte wohl nicht.

Es stimmte ja: Für mich war der Weg, bei schlechtem Wetter quer durch die Stadt, bei schönem durch Wiesen und Felder, jeden Dienstag und Donnerstag zur Kirche Sankt Nikolaus, die vor dem Dohnaer Tor stand, das reinste Vergnügen, aber für die Alten und Kranken war es eine Zumutung. »Und wo steht denn«, nörgelte sie, »du sollst den Donnerstag heiligen.«

Als sie das zum ersten Mal sagte, lachte ich noch. Später lachte ich nicht mehr.

Die Emigranten waren untereinander zerstritten, das sah ich selbst. Wer wem vor der Kirche die Hand gab. Wer lieber nicht neben wem sitzen wollte. Ich saß zwischen Mutter und Bruder, der Rest unserer Bank war leer, dafür drängte man sich hinter und vor uns.

Pastor Martinius auf der Kanzel ließ keinen Zweifel daran, dass er die Böhmischen Brüder nicht mochte. »Der küsst doch dem Hoë-Priester die Füße«, flüsterte Jura mir zu. Er musste es wissen, denn Martinius hatte die Druckerei gekauft, und ich fragte mich verblüfft, wovon. Jura schnaufte als Antwort verächtlich durch die Nase.

»... da die Kalvinisten unter uns ihre wahre Gesinnung mit Heuchelei bemänteln ...« – Die ölige Stimme. Mit Kalvinisten meinte sie uns.

»Und weißt du, was wir nun drucken? Hoës ›Evangelisches Handbuch‹!«

»Habt ihr denn deutsche Lettern?«

»In Tschechisch!« – Das war schon kein Flüstern mehr. In der Reihe vor uns sah man sich nach uns um. Ich unterließ es, nach dem Übersetzer zu fragen.

Unsere Mutter hatte ja recht. Ich sah ja selbst, dass einige auf großem Fuß und mit Dienerschaft lebten. Alexander Kaplíř. Dort saß er. Er ließ sich, seiner Frau und zwei Söhnen von fünfzehn Dienern aufwarten. Während Pavel Stranský, Schulrektor, Rat und ein aufrechter Mann, der nach dem Gottesdienst zu uns kommen und Mutter nach ihrem Ergehen fragen und uns die Hand geben würde, mit seiner Frau sehr beengt und kümmerlich lebte. Während Pastor Brus, dort vorn rechts an der Säule, der zwar dieselbe theologische Ausbildung wie Martinius hatte, aber in Sachen religiöser Toleranz eine andere Meinung, sich sogar mit Almosensammeln behelfen musste. Ich sah ja selbst, wer eifrig nickte zu Martinius' Predigt. Hörte ja selbst das vernehmlich geseufzte Ja, das nicht der Predigt, sondern dem Prediger galt, der sehen sollte, wer anwesend war. Sah ja selbst, dass Martinius nicht die Bedürftigen, sondern die Ja-Sager aus der Gemeinde-Armenkasse bedachte.

Und das sagte ich, wenn unsere Stricknadeln klapperten, ja auch. Ich stimmte ja zu, wenn das Klagen, Schimpfen, Nörgeln nicht aufhörte. Ich gab unserer Mutter ja Recht.

Zehn-, zwanzig-, hundertmal, weil sie mir bei alldem so leidtat! Aber es wurde vom hundertmal Recht geben nicht besser!

So, wie meine Mutter damals bei unserer Ankunft über die vielen Gesuche, die zu stellen waren, über die Bestechungsgelder, die andere zahlten und die wir, als wir endlich sie auch zu zahlen bereit waren, nicht mehr zahlen *konnten*, so, wie sie über die Gehässigkeiten der Deutschen, über Bemerkungen wie »Ihr seid hier nicht in Böhmen«, über die Streitigkeiten in der Gemeinde, die verschiedenen Gruppen, die um Slanský, die um Martinius, die um Hořovský, nicht hinwegkam, so, wie sie sich nachher, als wir in der Vermögenssache selbst nach Dresden gefahren waren, weil unsere Briefe nicht beantwortet wurden, wenigstens in Worten Luft machen musste, sie wäre sonst erstickt oder verrückt geworden, so, wie bei unserer Mutter sich in diesen eisenharten Zeiten alles verschärfte, die Sparsamkeit zum Geiz wurde, die Vorsicht zum Argwohn, das Nachdenken zum Wieder- und Wieder- und Wiederholen – nur holte sie nicht die Gelegenheit, sondern immer nur die verpasste Gelegenheit, nicht das Glück, sondern nur das Unglück wieder mit ihren Worten zurück, holte es auch in den Momenten, da die Sonne schien und die Elbe glänzte und das Unglück gerade abwesend war –, so, musst du dir vorstellen, hat Valentin sein Unglück immer vor mir wiederholt. So hat er geredet, tagelang. Von Vyfken. Von Leipzig. Von seinen Brüdern, den Rosenkreuzern. Von dir. Dem Bündnis, das ihr damals eingingt. Dem Hochgefühl, dem der Absturz folgte. Es ging ja nicht. Du hattest ja Kober. Er glaubte, es trotzdem lebbar machen zu können.

12

Ihr saht nichts und hörtet nichts, damals, nachdem wieder Weihnachten war. Nachdem wieder hier und da Haustiere mit in der Christnacht gestohlenem Kohl gefüttert worden waren, wovon sie gesund und stark würden, sagte am Morgen des ersten Weihnachtstages Trine Strehlen in der Gasse Achter der Mauer zu Vyfken. Nachdem wieder zu Mittag des ersten Weihnachtstages der Besuch deiner Schwiegereltern, der alten Kobers, mit Ausrufen wie »O das riecht ja gut bei euch!« und »Wo ist denn mein kleiner Liebling« und Auskünften wie »Baltzer schläft noch« anstand. Und ihr am Nachmittag des zweiten wieder in das volle Haus der Chemnitze gingt.

Ihr saht nichts und hörtet nichts, nachdem wieder die Pferde zur Ader gelassen worden waren, wobei Robert wieder in Tränen ausgebrochen war, die Fäuste geballt, den Rücken an die Hauswand gestemmt, verzweifelt »Böse Leute, böse Leute, böse Leute« stammelnd, bis auf ihren Pantinen, sich die Hände an der Schürze abtrocknend, Jenne erschienen war, den runden, nur spärlich blond behaarten Kopf ihres Sohnes an ihren Busen gedrückt und ihn zu beruhigen versucht hatte.

»Jedes Jahr dasselbe!«, seufzte Kober und zählte dem Bader seinen Lohn in die Hand. »Er sieht die Tiere bluten und denkt, wir tun ihnen wer weiß was.«

Ihr tatet euch wer weiß was.

Wenig, wenn ein Blick wenig ist, rasch, bei Tisch, über Schüsseln und Teller hinweg, als Kober sagte, es sehe nicht gut aus mit neuen Räumen für die Bibliothek. Ein Blickwechsel, rasch. Während dein Mann sich den Bierschaum von dem Oberlippenbärtchen wischte, das er neuerdings trug, und die Entscheidung des Rates verstand, die er durch Vater und Onkel kannte: Es wurde mit der Konkurrenz des englischen Tuchhandels und vor allem mit der Geldverschlechterung immer schlimmer. Der Rat hatte jetzt anderes zu tun, als sich um Räume für gespendete Bücher zu kümmern.

Kober hielt Ulla den Bierkrug hin. Die Magd schenkte ein. Kober merkte nicht, dass ihr euch freutet.

Dabei sah er von dem, was ihn letzte Nacht vermutlich das Leben gekostet und dich so verbrannt hat, damals schon mehr. Ihr saht nur euch. Ihr saht noch Robert, wie er mit zwei Pferden aus der Stallgasse kam, wie er sie an die Deichsel des Pferdeschlittens führte, sie zurücktreten ließ, wie Anton ihm beim Anspannen half. Ihr lächeltet über Elsbeth, die, in einen Halbpelz gehüllt, auf der gefrorenen Pfütze neben dem Nussbaum kichernd an Valentins Arm zu schlittern versuchte. Ihr saht die geglättete Einfahrt, Schneehauben auf den Radabweisern, hörtet Diso euch nachkläffen, während die Leute Kober grüßten, auch euch, aber vor allem wohl Kober, vor dem auch die Torwächter bald salutieren würden, du wusstest es schon. Das Klatschen von Leder. Das Klingeln des Geschirrs. Anton gab den Pferden die Peitsche.

»Pritzwalk ist schön«, sagtest du, als die Schlittenfahrt in der Wintersonne zwischen blauem Himmel und weißen Feldern dem Ende zuging. Da, rechts, war schon wieder Sankt Spiritus vorm Wittstocker Tor, da die Stadtmauer, die Dächer und die anderen Türme. »Ja«, sagte Valentin.

Und wieder: ein Blick.

Am Neujahrstag gingt ihr gemeinsam zur Kirche. Du wusstest schon: Bald würde Kober im Ratsgestühl sitzen. Langsam, seiner Bedeutung angemessen, schrittest du durch den Mittelgang an seiner Seite nach vorn. Valentin, wie immer, setzte sich an den zweiten der aus Backsteinen gemauerten Rundpfeiler rechts, wo sich Vyfken erhoben hatte und ihm schon winkte. Er sah euch von hinten. Das Eingangslied. Das Sündenbekenntnis. *Diese Ehe ist eine Sünde. Mann und Frau sollen ein Fleisch sein und nicht ein Geld.*

Und Ende Januar, als der Schnee taute, schoben die Marktkehrer nasskalten Mist durch die Straßen, denn die mussten sauber sein, wenn der Ratsdiener ritt. Der Ratsdiener ritt auf einem Wallach, der von selbst an jeder Straßenecke stehen blieb, wo die Botschaft verlesen wurde: »An alle Bürger unserer Stadt Pritzwalk!«, denn es war wieder Ratswahl.

Ihr saht am Donnerstag nach Pauli Bekehrung die Straßen sich füllen. Ihr saht die Bürger strömen, saht, dass Kober den rostroten Mantel trug, den er sich eigens für diesen Tag hatte anfertigen lassen.

Aber ihr saht auch in Valentins Buch von der »Generalreformation der ganzen weiten Welt«, und der Gedanke, dass es bei dem Menschen, der »seinen Adel und seine Herrlichkeit« verstehen sollte, auch um die Frau gehe, »Aber natürlich«, sagte Valentin, »so, wie es im allerersten Kapitel der Bibel in Vers 27 heißt«, der Gedanke gefiel dir.

Nein, man verliebt sich nicht in Augen und Haar. Nicht in das Rauschen von Röcken. Nicht in die Tritte von Schuhen. Man verliebt sich überhaupt nicht in das, was da ist. Man verliebt sich in das, was da sein sollte.

Es sollte jemand da sein, der einen erkannte. Nicht nur wie Kober, im Ehebett, was ja auch, wie du bald fandest, eher ein *Ver*kennen war. Sondern es sollte jemand da sein, der wusste, dass auch du noch mehr weißt, als bloß Heilkräuter, Gewürze und Fleischsorten voneinander zu unterscheiden. Dass du noch mehr konntest, als Vorhänge anzubringen, Gurken einzulegen und freundliche Redensarten zu machen wie »Ja, natürlich, Wiemännin, da habt Ihr recht«, noch mehr, als mit Baltzer laufen zu üben, ihn umherzutragen, ihn zu verstehen, »Äuß! Äuß!« – »Ja, Baltzer, da war ein Geräusch«, oder Robert zu beschützen oder Simon scharf anzufahren, der erschrocken seinen Finger aus dem Pflaumenmus nahm. Dass du gern noch mehr geäußert hättest als Beifall. Gern noch mehr getan hättest, als den Kleinen mit Schneeglöckchen in der Faust seinem Vater in der Diele entgegenzuschicken. »Siehst du, da kommt der Papa. Der Papa ist Ratsherr. Geh mal zum Papa, Baltzer. Schenk ihm die Blümchen.«

Gern hast du damals gehört, dass deine Welt größer ist als das Haus. Deine Seele Teil einer größeren. Dass deine Kraft zunimmt, wenn du mit dir übereinstimmst.

Gern hast du gesehen, dass deine Freundin Benigna dich nachdenklich ansah, wenn du an sie weiterreichtest, was du erfuhrst: Man kann die Macht, die man anderen über sich eingeräumt hat, ihnen auch wieder entziehen.

»Mensch, Benigna, was geht dich das Urteil der Neufeld an!«

Oder etwa nicht? Hast du etwa *nicht* gern gehört, was Valentin dir von den Rosenkreuzern erzählte? Dass diese geheime Bruderschaft, die man nicht finden, von der man aber gefunden werden könne, ihn schon gefunden habe? Was er dir von den Brüdern erzählte, die es überall gab. »In jedem Land, in jedem Volk, in jeder Zeit hat Gott die Seinen«, las er dir vor und hielt es für bedeutsam, dass der Verfasser dieser Zeilen ebenfalls Valentin hieß: Valentin Weigel.

Es seien Menschen, sagte er, die einander erkennen, wenn sie einander begegnen – daran zum Beispiel, dass sie nicht Nachmacher, sondern Vordenker seien. Und es würden von Jahr zu Jahr mehr, sagte er. »*Europa ist schwanger und wird ein starkes Kind gebären.*« Er zeigte dir diese Stelle in seinem Buch.

Und du warst auch schwanger, wenn auch nur acht Wochen lang, schätztest du, und dann lagst du schwach und traurig im Bett und hattest nicht einmal frische Petersilie, um den Blutverlust auszugleichen, und Kober war in Berlin, aber Valentin schickte Elsbeth mit Büchern zu dir.

»Der Mensch ist ein Mikrokosmos, Judith. Mikro- und Makrokosmos spiegeln einander. Das Kräftespiel, das Ihr im Großen vorfindet, gibt es genauso in Euch.«

Allerdings. Das schien dir auch so.

Es ist zwanzig Jahre her, aber das wusste Valentin gestern Abend noch: Die Kräfte in dir waren gleich stark.

Nein, trotz der Nachrichten, die Kober damals aus Berlin mitbrachte und die dem Rat unbedingt noch am selben Abend mitgeteilt werden mussten, saht und hörtet ihr damals nichts. Der rothaarige Simon und Anton, die du schon in den wohlverdienten Feierabend geschickt hattest, und selbst Valentin und Ulla wurden in Dunkelheit und Schneematsch hinaus als Boten geschickt.

Der Rat, alle acht Personen, denn zu wichtigen Sachen holten die regierenden vier auch den alten Rat, kam noch spät in eurer Diele zusammen.

Zwar war Ulla noch wach, aber aus Gründen der Geheimhaltung musstest du selbst servieren. Du brachtest aufgeschnittenen Braten und Wein und wusstest ganz genau, was Valentin dachte.

Man hatte ihn vereidigt. Er musste protokollieren. Eigentlich gab es einen Schreiber. Nur war der nicht zu Hause. Wo er …? Seine Frau wusste nichts. Es wäre zu auffällig gewesen, ihn in den Pritzwalker Schenken zu suchen.

»Umzüge rebellierender Handwerksburschen«, schrieb Valentin.

Du stelltest ein Tellerchen mit kaltem Braten neben das Tintenfass und sahst an seinem Blick, wie zufrieden er war. Die Reformation der ganzen Welt! Rebellierende Burschen! Jetzt ging es also los!

»Und bewaffnet, sagt Ihr?«

In Bürgermeister Joachim Wiemanns Gesicht stand das blanke Entsetzen.

»Ja, mit Degen und Rapieren.«

Das war nicht gut. Das war ganz und gar nicht gut. Wenn *das* sich herumsprach!

»Und sie haben dem Kanzler ausrichten lassen, sie wüssten sehr wohl, wie lustig es beim Kurfürsten in Königsberg zugehe.«

»Man müsste die schlechten Münzen verbieten.«

»Da kriegen wir sie auch übern Hals. Manche sind doch so dumm, die sehen, wenn der Reichstaler jetzt das Doppelte an Groschen wert ist, nur das Doppelte an Groschen und glauben, es sei *mehr* Geld!«

»Und verbieten kann nur der Kurfürst. Das können nicht wir.«

»Man braucht etwas, das die Leute beschäftigt.«

»Worauf sie stolz sind.«

»Und sie sehen lässt, dass wir uns sorgen.«

Man beschloss an jenem Abend den Bau einer neuen Orgel. Größer als die alte sollte sie sein. Mit zweiunddreißig Registern und zwei Manualen und technisch auf dem neuesten Stand.

»Schreibt das auf, Klein: technisch auf dem neuesten Stand.«

»Die Schwierigkeit liegt in der Windzufuhr«, sagte Kober zwei Wochen später, spießte den letzten von Elsbeths Klößen auf sein Messer und hievte ihn auf seinen Teller. »Eine große Orgel braucht einen großen Blasebalg, und welcher Riese soll denn den treten?«

Judith trat Valentin unter dem Tisch.

»In Lüneburg gibt es einen Orgelbauer, der hat dafür etwas Neues erfunden. Man muss sich erkundigen. Auch die Kosten erfragen.«

»Und wann bist du wieder zurück?«

Am Vormittag hatte Kober noch neben Judith am Taufstein gestanden. Sie hatte den Jüngsten von Caspar Rudloff, der Peter genannt wurde, über die Taufe gehalten. Dann hatten sie sich beeilen müssen, denn Kober wollte nach dem Essen schon aufbrechen.

»Reicht es nicht, wenn du morgen nach Lüneburg fährst?«

»Was du heute kannst besorgen ...«

»Aber heute ist Sonntag.«

»Entweder ich bleibe zu Hause und wir haben kein Geld oder ich gehe meinen Geschäften nach und wir haben Geld.«

»Als ob die Fahrt nach Lüneburg wer weiß was einbringt«, sagte Judith beim Abendessen, da war sie mit Valentin und Elsbeth allein.

Bald, nachdem Ulla abgetragen hatte, zog sich Elsbeth zurück. »Soll ich uns Wein holen?«, fragte Judith und wartete Valentins Antwort nicht ab. Es dauerte nicht lange, bis sie mit einer bauchigen, staubigen Flasche in die Diele zurückkam.

Valentin hat mir erzählt, dass sie damals Patenkinder sammelte wie Fürsten Uhren und Waffen.

Judith sei Patin, sagte er mir, bei dreißig oder vierzig Pritzwalker Kindern, kein Mensch wisse mehr wirklich, wie viele es seien. Er erinnere sich auch nicht mehr an alle, an Sigismund Schaums Tochter Anna ja, an deren Taufe erinnere er sich, auch an Müller Köbelochs Katherina, an Wieses Melchior, Steins Maria, Kestens Kathrin, Stoofens Robert und dass die schlesische Elsbeth damals immer mal wieder den Kopf schüttelte. »Nu mach ock 'n Punkt«, sagte sie zu Judith, aber gerade bei Caspar Rudloffs Sohn ging das nicht.

Bei dem konnte sie keinen Punkt machen. Den *musste* sie über die Taufe halten. Das war Pflicht. Jemand aus den Ratsfamilien *musste* es sein. Natürlich schob man diese Pflicht damals Kober zu, dem Jüngsten im Rat, und der gab sie als ihr Eheherr an Judith weiter. Die genügte dieser Pflicht ungern. Niemand hatte gern mit dem Henker zu tun.

Den man auch Peinmann, Angstmann, Freimann, Dreißigacker, Meister Hans oder Meister Hämmerling nannte. Oder Knüpfauf, Beinlein, Kurzab, Packan, ihn, den niemand sonst anpacken wollte. Der keinen Laden und kein Wohnhaus betreten durfte. Dem man selbst sein Bier zum Fenster hinaus auf die Straße reichte.

»Und wie heißt Euer neues Patenkind?«

»Peter.«

»Und das wievielte Kind ist es?«

Valentin meinte damals die Zahl der Patenkinder, nicht die von des Henkers Nachkommenschaft.

Sie saßen an dem großen ovalen Tisch. Judith hatte den Staub von der Flasche gewischt. Sie war schwer zu entkorken gewesen. Erst als Valentin sich vorstellte, dem Professor Wiegend in Leipzig einen Weisheitszahn zu ziehen, schaffte er es.

Nun spiegelten sich fünf Kerzenflammen in ihrem dunkelgrünen Glas.

»Das wievielte? Oh, wartet ... Rudloff hat viele ...« Sie nahm die Finger zu Hilfe: »Max, Grete, Gertrud, Lina, Heinz, Otto, Friedrich ...«

Sie stellte sich den Steg vor, der die Insel, auf welcher der Scharfrichter wohnte, mit der Mühlenstraße verband. Dort hatte sie seine Kinder gesehen. Sie mussten immer Aufstellung nehmen, wenn der Rat dem Scharfrichter die weißen Handschuhe überreichte, die er ihm außer Lohn und Patenschaften einmal jährlich schuldig war.

Dann standen die Kinder rechts und links vom Steg aufgereiht, überaus kräftig, rotbäckig, gesund, am Ufer der Dömnitz aufgereiht standen sie, damit eine jede Ratsperson ihr Patenkind fand, und der Vater nannte alljährlich die Namen.

»... also nach Heinz und Otto kam Friedrich, dann stand da ...«

Valentin sagte nicht, dass er nicht das soundsovielte Henkerskind, sondern der Patenkinder Gesamtzahl meinte.

Er hob sein Glas und sagte: »Es gibt ja auch nicht jeden Tag eine Hinrichtung. Was soll Rudloff sonst auch tun als Kinder machen.«

Auch Judith hob ihr Glas: »Stimmt.«

Vorsichtig stellte sie es wieder auf den mit Intarsien geschmückten Tisch. Sie hatte sich zurückgelehnt und die Beine übereinandergeschlagen. Dort, wo ihr Knie war, schimmerte der apfelgrüne Stoff.

»Er darf nicht ›zu Heiden und Weiden / zu Gräben und wo sonst Fische leben / zu Kellern, Krügen und Schenken / die Schritte hinlenken‹«, sagte sie und lächelte.

»Ihr kennt den Amtseid des Scharfrichters?«

»Ich kenn noch viel mehr.«

Aber nicht alles, wie sich dann zeigte. Denn entweder vermittelten Leipziger Lustlehrerinnen, besonders wenn sie auch noch Magdalena hießen, einen ganz besonderen Lehrstoff, oder es gab von Natur aus Unterschiede oder jemanden, dessen Geist sich nicht einengen ließ, beschwingt die Fantasie auch auf rotweißem Faulbett. Jedenfalls kannte Judith das Folgende nicht.

Sie wusste noch sehr genau, dass sie besser nicht hätte nach oben und in die Bibliothek und in den Nebenraum gehen, dass sie besser nicht hätte auf ihrem Faulbett liegen sollen, wo eine Hand ihr apfelgrünes Kleid höher und immer höher schob. Dass sie besser nicht hätte wissen wollen sollen, ob es eigentlich noch unter oder auf oder doch schon oberhalb des Knies war und warum es eigentlich verboten war, so friedlich beieinanderzuliegen.

»Aber jetzt muss ich ins Bett. Ich habe zu viel getrunken.« Sie wollte sich aufrichten.

Valentin drückte sie nieder. »Ja eben, bleibt lieber noch ein bisschen liegen.«

Oder sie hatte nicht zu viel getrunken, sondern nur zu wenig vom Kleidschieben. Ein bisschen noch. »Und jetzt zieht Ihr das wieder herunter.«

»O ja, und ein bisschen auch wieder herauf.«

Wenn das nur nicht so viel bewirkte!

Sie musste dem ein Ende machen, dem ein entschlossenes Nein entgegensetzen, diesem glühenden Punkt in ihr vor allem, und sich dann eben darauf verlassen, dass Valentin, der ja anständig war, das wusste sie, nie mehr darauf zurückkam. Allerdings kam diese Hand dann auch nicht zurück. Doch, sie kam. Und ging wieder. Und war wieder da. Wie viele Hände hatte der eigentlich? Oder war das jetzt nicht mehr die Hand?

»Schscht. Nur einmal.«

Mann, war das schön!

Das kannte sie allerdings nicht, dass es schön war. *So* schön.

So sehr schön. Und nicht bloß ganz am Anfang wie bei Kober, sondern immer noch – und noch – und noch – und Hilfe, ich muss aufstehen, ich muss jetzt – und jetzt – der hat gut reden, stillhalten, ich kann nicht stillhalten, ich kann nicht – ich kann ...

Und dann konnte sie etwas, das sie bei Kober nicht konnte.

Und das, diesen Pauken-, diesen Donner-, diesen Blitzschlag, kannte sie vordem nicht.

Mit einem Schlag war damals ihr Verständnis für gewisse leichtsinnige Jungfern und liederliche Frauenzimmer gewachsen. Und von wegen: nur einmal!

Am nächsten Tag warteten sie ungeduldig auf Elsbeths Rückzug, die ausgerechnet an diesem Abend in ausschweifenden Erinnerungen an Schlesien schwelgte, den Schmiedeturm in Goldberg, den Ring in Goldberg, die Kirche in Goldberg und dann auch noch die Pest in Goldberg, von der, als Elsbeth zehn Jahre alt war, alle Einwohner dahingerafft worden seien, nur ihre Mutter, ihre Schwester und noch vier andere Leute hätten damals die Pest überlebt, und dann begann sie, das Überleben zu schildern, wie sie damals alle sieben am Heiligen Abend im Schnee ..., und Valentin, dem eine andere Art Abend vorschwebte, wünschte Elsbeth samt ihrer Geschichte die Pest an den Hals, aber Judith zwinkerte ihm zu und schenkte Elsbeth fleißig nach. Am nächsten Tag, nachdem sie Elsbeth gemeinsam aufs Bett gelegt hatten, wo Judith ihr, während Elsbeth vom Sommer sang, »Summer, Summer, Summer / iech bin a kleener Pummer / iech bin a kleener Keenich / gat mer nich zu wenig«, dann doch das

Gefühl hatte, ihr zu viel gegeben zu haben, und Valentin ihr die Schuhe auszog und Judith sie zudeckte und sie dann leise die Tür hinter sich schlossen, am nächsten Tag, als sich dein Atem gerade wieder beruhigt hatte, missverstandest du Valentins Bewegung. Er habe dich damals nur in den Arm nehmen wollen, sagte er mir – viele Jahre später. Aber du missverstandest ihn, lächeltest und fragtest gefasst und ergeben: »Noch?«

Nein, ihr saht und hörtet damals nichts außer euch. Ende März wurden für das Federvieh die Nester zum Brüten vorbereitet. Die Fenster der Schulstube standen zur Mittagszeit offen und Valentin lehrte die Jüngsten die Namen der Sonntage vor Ostern.

»Merkt euch den Satz *In Richters Ofen liegen junge Palmen.* Die Anfangsbuchstaben seiner Wörter sind auch die der lateinischen Namen. Also wie heißen die Sonntage vor Ostern? Andreas?«

»Invokavit, Reminiscere, Lätare …«

»Einen hast du vergessen.«

»Reminiscere, Okuli, Lätare …«

Judith, dachte Valentin und hörte sich dabei zu dem Schüler Andreas laut »Judica« sagen.

»… Palmarum.«

Am Sonntag Palmarum besuchte er Vyfken. Auch am zweiten Ostertag, an dem er schon in der Breiten Straße die ambossförmige Wolke im Nordwesten entdeckte. Im Gang zur Tuchmacherstraße hörte er das erste Grummeln. In der Gasse Achter der Mauer schlug der Wind eine Luke zu, klapperte mit Zaunlatten und brachte die in der Gerberei aufgehängten Häute zum Schaukeln.

Er hatte die Tür von Vyfkens Kate gerade hinter sich geschlossen, als das Gewitter losbrach. Vyfken deckte Nadeln und Schere zu, weil die den Blitz anzogen, machte Stullen und legte ihre Geburtsurkunde und ihr Erspartes zurecht. Und auf jeden Fall wäre auch Trine Strehlen damals besser beraten gewesen, vorsichtig zu sein, nicht bloß, weil der Blitz treffen und es brennen kann und man flüchten muss, sondern weil noch Schlimmeres aufkommen kann als ein Feuer. Als ein Lauffeuer. Ein Gerücht.

Trine Strehlen stand an jenem Tag in der Menge, die zu dem großen Loch im Kirchturm emporsah. »Und das Dach ist auch beschädigt«, stellte jemand fest.

»Und der Draht, mit dem man die Uhren aufzieht, ist geschmolzen«, sagte der Küster.

»Damals waren es die Glocken«, sagte Trine Strehlen und redete sich nicht um Kopf und Kragen, denn man würde sie nicht enthaupten, man würde sie auf dem Richtplatz verbrennen.

»Was waren die Glocken?«

»Geschmolzen. 1598. Das war auch im April. Da schlug das Wetter auch in den Kirchturm, aber damals ist nicht der Uhrendraht geschmolzen, sondern die Glocken.«

Man hörte ihr zu und Trine Strehlen war stolz auf ihr gutes Gedächtnis. »Damals ist auch die Orgel verbrannt. Und auch 1572 wurde der Turm vom Blitz getroffen. Am 17. April, das ist mein Geburtstag. Na ja, damals war ich noch jung und hübsch, jetzt bin ich nur noch hübsch.«

Trine Strehlen nannte Datum auf Datum, stolz auf ihr gutes Gedächtnis. Und rechnete nicht mit einem bösen Gedächtnis, das sich alles, was Trine sagte und wer das noch alles hörte, gut merkte.

Der Mai kam, der Juni. Du versuchtest die Warzen an Valentins Händen zu heilen. Die waren so plötzlich gekommen, dass du stauntest, und er musste dir auf dem Trappenberg eine Heuschrecke fangen. »Die hier.« Du zeigtest ihm die Abbildung in einem Arzneibuch. »Sie ist sehr bösartig. Seht Euch vor.«

»Ist sie das?« – Er brachte dir eine Heuschrecke von beträchtlicher Größe.

Ihr holtet das Buch, verglichet. Sie war es. Er wandte den Kopf ab, als der Warzenbeißer zubiss und braunen Saft spie.

»Ihr müsst hinsehen. Heilen kann nur, was man ansieht.«

Du hieltest seine Hand fest, die zuckte. »Seht hin!«

Das habt ihr aber damals allesamt nicht getan.

Der Krieg, bei deiner Hochzeit noch in meiner Heimat, hatte in jenem Jahr auch Pritzwalk erreicht und ihr saht es nicht einmal. Ihr merktet es nicht.

Du warst mit dem rothaarigen Simon, der den Wagen ziehen musste, in dem Baltzer saß, und mit Ulla, die den Essenskorb trug, und Elsbeth, die unterwegs unermüdlich mit dem Kind schäkerte, mal rechts und mal links hinter deinem Rücken hervorsah, sodass du kaum treten konntest, »Baltzer! Kuckuck!«, an der Heergrundmühle am Ufer der Dömnitz. Während Ulla das Geschirr und die Essensreste einräumte, suchtest du das Ufer nach Bittersüß ab. Wenn der Warzenbeißer nicht half – das Kräutlein Bittersüß half bestimmt. Die langen Stängel, die behaarten Blätter, die violetten Blüten mit dem gelben Staubkegel in der Mitte waren giftig und du hattest Elsbeth, die für Baltzer einen Kranz aus Löwenzahn band, und Ulla und Simon sehr scharf ermahnt, den Kleinen nicht aus den Augen zu lassen, vor dem weder die Wurst, die er in einen Maulwurfshügel schob, noch der Löffel, mit dem er im Wiesengrund bohrte, noch Simons Messer sicher war, das ihm Ulla erschrocken entriss.

»Siehst du?« Ulla war schuldbewusst. »Passt mir bloß auf! Simon! Du auch! Dass er nicht ans Wasser geht und nicht mit den Heilkräutern spielt.«

Danach, auf dem Heimweg, saht ihr die Soldaten.

Sie marschierten auf der Straße, die am Richtplatz vorbeiführte, und waren in der Stadt schon gemeldet. Der Rat hatte ihnen die Rast auf dem Marktplatz erlaubt.

Ganz vorn seien Kürisser und Arkebusiere zu Pferde, meldete Simon, der an dem Zug entlanggelaufen und atemlos zu dir zurückgekehrt war. Dahinter Musketiere, Pikeniere und Hellebardiere. Einer in der letzten Reihe drehte sich nach euch um.

Baltzer aus dem Bullerwagen streckte ihnen sein gelbes Kränzchen hin. »Woher kommt ihr denn?«, wollte Ulla wissen. Er verstand sie nicht. Es waren Engländer, von König Jakob zu seinem Schwiegersohn nach Böhmen geschickt.

Einem soll es gelungen sein, sich dann doch einem Mädchen verständlich zu machen.

Nachdem auf dem Marktplatz kehlige Kommandos erschallten, nachdem der Fähnrich, beäugt von den Leuten, die vor die Türen traten, die Fahne hoch in die Luft warf, sie wallen ließ und geschickt wieder auffing, nachdem die Männer sich rührten, die ihre Musketen zu Pyramiden zusammenstellten, am Brunnen ihre Feldflaschen füllten, um Trommeln saßen und Karten spielten oder dankbar im Schatten entgegennahmen, was man ihnen an Semmeln und Bier aus den umliegenden Häusern zutrug, muss es einem von ihnen gelungen sein, sich im Schoß eines Mädchens zu rühren. Jedenfalls behauptete das Mädchen das. Neun Monate später, im März 1621, gab es als Vater seines Kindes einen Engländer an. Es war damals lange ein Stadtgespräch und Judith tat das Mädchen sehr leid.

»Die muss Euch nicht leidtun, Koberin. Die hätt ja auf sich

aufpassen können. So eine Dummheit aber auch«, schimpfte Jenne und rührte in dem Kessel mit Wellfleisch.

»Ein Engländer! Die kann doch nicht Englisch! Wie will die sich mit ihrem Kind denn verständigen?«

13

Ich habe ihn gestern Abend zurückzuhalten versucht.

»Valentin, es ist zwanzig Jahre her!«

»Ja und? War es deshalb nicht? Außerdem hatte es damals ein Lebensbund sein sollen und keine Todesgemeinschaft!«

Ich habe ihn zurückzuhalten versucht, aber ganz gewiss nicht Judiths wegen.

Frauen wie sie haben uns damals in Pirna zuerst als die armen evangelischen Brüder und Schwestern begrüßt und schon wenige Wochen später gaben sie uns an jedem verstopften Brunnen die Schuld! Frauen wie sie haben sich außer Hunden, Katzen und deutschen Knechten bald auch gern einen Böhmen gehalten. Sauber machen, hab ich gesagt. Verstehst du kein Deutsch? Und wir mussten halt sauber machen, denn von irgendetwas mussten wir leben. Nicht alle von uns konnten wie Jura ihr erlerntes Handwerk treiben. Nur wenige von uns wurden von daheim unterstützt. Von den Zinsen eines rechtzeitig ins Ausland transferierten Kapitals zehren konnten auch von den reichen Familien nur drei oder vier; und das, was unser Vater nach Dresden gebracht hatte, zum Glück noch rechtzeitig, meinte unsere Mutter, das, was er seinem Geschäftsfreund Leopold Landwehr zur Aufbewahrung anvertraut hatte, würde nicht reichen, um von Zinsen zu zehren. Aber es würde uns die Übersiedlung nach Leszno in Polen ermöglichen, sagte unsere Mutter, Leszno, wo es schon eine Brüdergemeinde gab. Es würde für Juras Meisterbrief reichen, für eine eigene Werkstatt und auch noch für eine Mitgift für mich. Ihre Stricknadeln klapperten langsamer. Sie sah auf die Wiesen und die Elbe hinaus. »Und wenn ich sparsam bin«, sagte sie, »reicht es sogar noch für mich.«

Statt auf dieses »sogar« zu achten, war ich damals verstimmt, wenn sie Pläne machten, die Mutter und Jura, abends immer, wenn er aus der Druckerei zurückgekommen war, wir gegessen hatten und noch ein wenig beim Kerzenlicht saßen. Wie sie sich in Leszno einrichten würden. Was für einen Kundenkreis sie aufbauen wollten. Wie das Schild über Juras Werkstatt aussehen müsste. Sogar, wo die blauen Tassen hängen sollten, wusste die Mutter, und sie hatten schon alles geregelt, es fehlte nur noch eines: das Geld.

Wir waren damals nicht die Einzigen, die auf Briefe an ihre Treuhänder keine Antwort bekamen. Viele hatten es schwer, an ihr Vermögen zu kommen. Anwälte, Behörden, Schreiber – alle verdienten an uns, und wir, die wir keine Miete mehr zahlen konnten, verdienten die Verachtung der Pirnaer. »Wir sind zweitausend«, sagte mein Bruder. »Die Pirnaer sind doppelt so viele. Man muss sich nicht wundern, dass sie gereizt sind.«

Frauen wie Judith waren damals immer ganz besonders gereizt. Sie sahen auf Universitätsprofessoren herab, die sich von Nachhilfestunden ernährten, auf Musiker, die einmal an Fürstenhöfen gespielt hatten und nun, den Hut auf der Erde, an Straßenecken aufspielten, auf Pastoren, die betteln gehen mussten.

Nein, um Judith ging es mir nicht. Im Gegenteil! Gestern Abend rechnete ich meinem Lebenswillen hoch an, nicht nur mährische Not und sächsisches Elend, nicht nur Quedlinburg und die Jahre im Hurenzelt, sondern auch die Begegnung mit deutschen Hausfrauen überlebt zu haben!

Gestern Abend habe ich Judith noch in einen Topf geworfen mit jenen, die damals staunend in unseren Stuben standen: »Aber schön sauber hier!« Die kein Wort Tschechisch sprachen, aber amüsiert unseren Akzent nachahmten. Die uns immer wieder daran erinnerten, wohin wir geraten waren: »Ihr seid hier nicht in Böhmen!« Die an uns Wohltaten verübten in Form von abgetragenen Röcken, die sie uns zukommen ließen, oder zerbrochenem Hausgerät, das sie uns schenkten.

»Für mich sind die Böhmen auch Menschen.«

»Selbstverständlichkeiten, die betont werden, sind keine, Frau Siebenburg.«

Die Siebenburg sah mich an, als hätte ich mit ihr Tschechisch gesprochen.

Jura hatte damals gut reden. Er ging früh aus dem Haus. Ich sah ihn an der Mauer mit den überhängenden Rosen entlanggehen und an der Ecke Richtung Schifftor mein Blickfeld verlassen. Er klapperte ja nicht Tag für Tag mit fünf Nadeln und sah die Sommerwelt meist nur durchs Fenster. Er hörte ja auch nicht wieder und wieder die Klagen unserer Mutter, sah sie ja nicht immer häufiger weinen.

Einmal weinte auch ich. Als ich meinen Bruder über die tschechischen Lettern streichen sah, die wir bis nach Sachsen mitgeschleppt hatten. Als ich sah, wie er das »a« und das »á« aus dem Setzkasten nahm, sie zwischen Daumen und Zeigefinger zwirbelte, drehte, betrachtete, so als müsse er sich vergewissern, dass das »a« ohne Strich noch immer das kurze »a« war und das »á« mit dem Strich noch immer das lange.

Am Ende des ersten Jahres in der Fremde war auch mein Bruder nicht mehr der Alte. Plötzlich wollte er mit seinen einundzwanzig Jahren mehr erwachsen sein als ich mit zwanzig. Dies sollte ich so machen, jenes so. Bei dem empfehle er mir und dazu rate er mir. Ja, er steigerte die Ratschläge, die er mir gab und die ich immerhin manchmal auch annahm, plötzlich sogar zu Aufgaben: »Meine Aufgabe für dich: Mach es dir zur Gewohnheit …«

Ich machte es mir zur Gewohnheit, mich auch vor ihm zu verschließen. Wenn ich etwas herausließ, dann nur meinen Zorn. »Und du verteidigst diese Deutschen auch noch!« Ich stellte ihm den Teller hin mit mehr Wucht als nötig.

»Na weißt du, Sorka, Jan Hus hat geschrieben …«

»Danke, ich weiß, was Jan Hus geschrieben hat.«

Das hielt ihn nicht davon ab, es mir, während ich ihm die Suppe auffüllte, trotzdem zu sagen.

»Jan Hus hat geschrieben, dass unserem himmlischen Vater ein guter Deutscher lieber ist als ein böser tschechischer Bruder.«

»Da bin ich aber froh. Dann zieht er dir die guten Deutschen ja vor!«

»Kinder, streitet euch nicht. – Da! Seht mal!«

Ich hatte mich schon gewundert, warum die Mutter vom Tisch noch einmal aufstand. Sie war zu ihrem Wollkorb gegangen und kam mit einem Brief zurück. »Von Leopold Landwehr! Er bittet uns nach Dresden!«

Auch von dem Brief durfte ich also nicht eher als mein Bruder erfahren. Der Brief musste am Vormittag gekommen sein, als ich auf dem Markt war.

»Alle sollen wir kommen?«

»Aus rechtlichen Gründen, steht hier.«

Die Schwierigkeiten, die Jura hatte, für jene Reise beurlaubt zu werden, waren groß. Die der Mutter, das nötige Reisegeld zusammenzukratzen, noch größer. Und übertroffen wurden sie, fand ich, von denen, in die mich Frau Siebenburg brachte, die just in dem Augenblick im Kontor ihres Mannes erschien, als ich ihn um Hilfe ersuchte.

Die Siebenburgs waren unsere Vermieter. Sie besaßen mehrere Häuser, dazu das Fuhrgeschäft, in dessen Kontor ich stand, als sie kam. Ihr Mann, von dem sie sicher nicht wusste, mit welchen Blicken er mich ab und zu auszog und welche seiner Anspielungen ich lieber nicht zu verstehen vorzog, residierte in einem Raum von beträchtlicher Größe. Schreiber saßen an Tischen. Boten kamen und gingen. Papierrollen füllten Regale. Und die Siebenburg, auch eine von diesen deutschen Hausfrauen, diesen Muttis, diesen Tanten, dieser Kombination von Stolz und Beschränkung, der es sogar gelang, im Sitzen zu tanzen – was sie schunkeln nannten! –, hatte die letzten Worte meiner Bitte an ihren Mann noch gehört.

Dass wir dann und dann in Dresden sein sollten. Dass wir dazu einen Wagen brauchten. Dass wir für das Verleihen natürlich bezahlten.

»Ich verstehe solche Leute nicht, die Termine machen und nicht wissen, wie sie hinkommen sollen.«

Mein Bruder, als ich es zu Hause erzählte, fand nicht so schlimm, was die Siebenburg gesagt hatte.

»Reg dich doch nicht über solche Kleinigkeiten auf!«

Als könnten sich nicht auch Kleinigkeiten zu Lasten summieren.

Dass die Fahrt nach Dresden das Leben unserer Mutter verkürzte, hat er dann aber nicht mehr bestritten.

Die Fahrt begann an einem strahlenden Morgen. Als unter dem rötlichen Himmel voller Schäfchenwolken und Vogelgesang auch die Marienkirche und der Sonnenstein in der Ferne verschwanden, als grün und weit und überall blühend uns das Elbtal umgab, begann ich zu singen: »Zasvítil měsíc nad humenkou.« Dass der Wagen holperte und ich dadurch staccato sang, störte mich nicht. Ich brach nur ab, weil mir einfiel, dass das Lied vom Mond über der Scheune bei strahlendem Sonnenschein nicht das richtige sei.

»Zastavte«, fing Jura an. Jawohl, das war das richtige. »Steht auf«, das sang ich mit. Aufstehen würden wir, weggehen von Pirna, nach Polen gehen, und zwar in eine durch unser Geld gesicherte Zukunft. »Beskidy, beskidy«, sangen wir und fuhren nicht durch die Beskiden, sondern singend durch Sachsen. Gelbweiß blühten die Wegränder. Blau war der Himmel. Auch unsere Mutter fiel ein. Zuletzt waren wir bei Kinderliedern. Und dann waren wir still.

In Heidenau.

Denn da mussten wir halten. Kurz vor Heidenau wurde die Straße so schlecht, dass wir Vorspann nehmen mussten, was bedeutete, außer der Leihgebühr für die zusätzlichen Pferde in den Herbergen auch das Doppelte an Arbeit und Futter zu zahlen. »Die könnten doch die Löcher in der Straße mal füllen«, schimpfte Jura.

»Das werden die nicht tun«, sagte ich. »Pferde zu verleihen sichert ihnen ein Zusatzeinkommen.«

Als Jura mit der Peitsche nach vorn zeigte, »Da ist Dresden«, versuchten wir uns wieder zu freuen. Die Türme und Dächer wurden immer größer und unterscheidbarer. Am Stadttor war man uns gnädig.

»Name?«

»Nezval.«

»Und?«

»Nezvalová«, sagte die Mutter.

»Auch Nezvalová«, sagte ich.

Das genügte. Nicht einmal unsere teuren Passierscheine wollte man sehen. Eingekeilt von Wagen und Karren aller Art, rollten wir langsam an immer größer werdenden Häusern vorbei.

»Aber Prag ist schöner«, sagte Jura. Der noch nie in Prag war.

Am Altmarkt glaubten wir, wir hätten uns in der Adresse geirrt. »Zeig doch mal«, wir rissen uns gegenseitig den Brief aus den Händen. Die Mutter fragte eine Frau und erfuhr, dass wir richtig seien. Der Landwehr wohnte wirklich in diesem Palais.

Nicht, dass wir warten mussten, war damals das Schlimme. Der Diener, der uns in die Halle und zu den an der Wand aufgereihten Stühlen geführt hatte, kehrte zurück und bot uns Konfekt an. Süßes kauend, betrachtete ich die bis zur Erde reichenden Fenster, die Leuchter und Spiegel dazwischen, die Türen mit den geschnitzten Supraporten, die an die Decke gemalte Fortuna, die über uns ihr Füllhorn ausschüttete. Dann kam der Diener noch einmal. Noch einen Augenblick, bitte. Man werde gleich Zeit für uns haben.

Bloß Zeit? Wir wollten doch unser Geld!

Da war ich schon, im Gegensatz zu Mutter und Jura, auf eine Überraschung gefasst. War es die? Dass wir nicht einem Mann, sondern einer Frau gegenübersaßen?

»Tja …« Sie seufzte. Tja, leider müssten wir mit ihr vorliebnehmen. Sie führe die Geschäfte für ihren unmündigen Sohn. Ihr seliger Mann sei im vorigen Jahr durch den Tod ihren Armen entrissen worden.

Das glaubte ich ihr sofort. Dass der Mann selig war, ihren Armen entrissen worden zu sein.

»Gut«, sagte sie, »kommen wir zur Sache. Es geht um das Depot auf den Namen Jeroným Nezval, richtig?«

»Ja.«

»Und das seid also Ihr.«

»Nein, ich bin Jura Nezval, sein Sohn.«

»Ach so, ja, dann darf ich Euch um die Vollmacht bitten.«

Dass sie so lange gebraucht hatte, unsere Briefe zu beantworten, weil sie erst Erkundigungen über uns einziehen ließ, wussten wir damals noch nicht; aber dass sie sich verstellte, wussten wir nun. Jura war viel zu jung, um in den Jahren nach 1620 schon irgendwelche Gelder ins Ausland transferiert haben zu können.

»Eine Vollmacht?«

Nun, wenn das Familienoberhaupt verhindert sei, habe es uns doch gewiss eine Vollmacht gegeben.

Unsere Mutter, deren Augen sich schon bei der Erwähnung des Vaters mit Tränen gefüllt hatten, begann mit bebender Stimme zu reden. Sie erzählte unser ganzes Schicksal, vom Zerfall unserer Gemeinde in Mähren über deren Verbot bis zur Flucht, von der Kralitzer Bibel über die Verhaftung des Vaters bis zu unserem knappen Entkommen und wie wir trotz allen Befragens der Neuankömmlinge in Pirna, trotz der vielen Briefe, die wir in die Heimat mitgaben, trotz der Gesuche und Anfragen an die kaiserlichen Behörden nie eine Auskunft über das Schicksal unseres Vaters bekamen. Und dass sie, Frau Landwehr, doch verstehen können müsse, dass jemand in plötzlicher Todesgefahr keine Vollmachten schreibe.

Die Mutter bat. Sie schmeichelte. Sie flehte. Sie zeigte damals vor der Landwehr zum ersten Mal jenes Demutsgebaren, das sich später an ihr noch verstärkte und diese Hausfrauen zu Gemeinheiten geradezu einlud.

»Es tut mir leid, aber ich kann das Geld nur Eurem Mann persönlich aushändigen, außer Ihr bringt mir eine Vollmacht von ihm oder einen Totenschein.«

»Aber …«

»Gute Frau! Ich verstehe Euch doch! Nur sind mir die Hände gebunden, begreift doch! Eigentlich hätte ich Euch schon der kurfürstlichen Kammer melden müssen. Denn Ihr habt für das hinterlegte Vermögen noch keine Steuern gezahlt. Begreift doch. Ich gehe ohnehin schon wegen Euch ein Risiko ein.«

»Und wenn Ihr uns einen Teilbetrag auszahlt?«, fragte Jura. Ich tätschelte unserer lautlos weinenden Mutter den Rücken.

»Nein, tut mir leid. Ich muss mich an das Schriftliche halten. Das Haus Landwehr ist nur Herrn Jeroným Nezval verpflichtet.«

Der Papierbogen, den sie bis dahin in den Händen gehalten hatte und dessen handschriftliche Kopie durch unseren Vater, die wir ihr vorlegten, sie nicht gelten lassen wollte, »Hier steht nur, dass er so und so viel deponiert hat, nicht, dass ich das an Euch auszahlen soll«, rollte sich auf der Tischplatte wieder zusammen. Sie faltete die Hände, stützte die Ellenbogen auf und beugte sich vor. »Es kann doch durchaus sein, dass er eines Tages hier auch vor mir sitzt und sein Geld will« – unsere Mutter heulte laut auf – »und die Teilauszahlung an Euch nicht in seinem Sinne war, und was dann?«

»Ich kann Euch versichern, es wäre in seinem Sinne.«

Sie beachtete mich nicht.

»Ich mach Euch einen Vorschlag. Wisst Ihr, wenn man hier sitzt ... Man hat mit so vielen Menschen zu tun ... Ich habe doch auch ein Herz, ich sehe doch, was los ist. Wie wäre es mit einem Darlehen? Ich gebe Euch die Summe, die Ihr braucht, zu Zinsen, über die wir uns dann noch einigen müssten, und für eine Laufzeit, na, sagen wir von zehn Jahren? Ihr, junger Mann, seid doch tüchtig. Das habt Ihr doch, wenn Ihr Euch auf eigene Füße stellen könnt, schon nach dem fünften Jahr abgezahlt! Damit wäre Euch doch sicher geholfen.«

»Nein, Jura!« Ich sprang auf. »Für wie dumm haltet Ihr uns? – Mutter! Jura! Kommt! Was uns zusteht, können wir auch vom Gericht klären lassen.«

Ich habe das Lächeln nicht vergessen, mit dem uns die Landwehr damals entließ: Der Versuch, unser Geld einzuklagen, war nur für den sächsischen Anwalt einträglich.

Ich habe gelernt, auf Lächeln und Blicke zu achten. Auf Betonungen und Auslassungen. Darauf, ob jemand nur dann freundlich war, wenn er mit mir allein war, wie Herr Siebenburg, wenn ich die Miete brachte, oder ob er mich auch noch kannte, wenn die Stadträte dabei waren. Ich habe gelernt, nicht nur auf das zu achten, was die Leute mir sagten, sondern mehr noch auf das, was sie mir *nicht* sagten. Ich habe sie beobachtet. Ich habe immer häufiger ihr Verhalten voraussagen und auch meinem Bruder damals schon sagen können, wie die Sache mit dem Wappenbuch ausgehen würde, einem Einfall, auf den er sehr stolz war.

»Etwas, das der Gemeinde nützt«, sagte er. »Ein Buch«, schlug er vor, und zwar dem Pastor Martinius nur wenige Wochen, nachdem dieser die tschechische Druckerei gekauft hatte. »Ein Buch, in das jede Familie ihr Wappen malen lässt und dafür bezahlt. Zuerst die Adelswappen, dann die Bürgerwappen. Die Leute, die kein Wappen führen, unterschreiben wenigstens mit ihrem Namen und zahlen entsprechend weniger für ihren Eintrag. Den Mittellosen werden die Kosten erlassen und der Erlös des Ganzen kommt ihnen zugute. Stellen wir dem Buch noch ein Kapitel über die Gemeinde voran, in dem beschrieben wird, wie sie zustande kam, so schaffen wir ein Dokument über den Aufenthalt der Böhmen in Pirna, für das unsere Nachkommen uns sicher einmal dankbar sein werden.«

Der Vorschlag war gut. Er wurde angenommen. Martinius höchstpersönlich nahm ihn als sein Geisteskind an. In einem Festgottesdienst wurde das Buch in feierlicher Prozession von ihm und dem Gemeinderat nach vorn getragen, gesegnet und vor dem Hochaltar zum Unterschreiben auf rotem Samt ausgelegt. Hofprediger Hoë von Hoënegg war eigens aus Dresden herübergekommen, um Martinius von der Kanzel herab für seine wunderbare Initiative zu loben. Wie viel Geschichtsbewusstsein er zeige! Wie er der helfenden Güte voll sei! Ein guter Hirte für seine Schafe!

Und Jura, das Schaf, saß fassungslos hinten. Es war seine Idee. Und er saß in der drittletzten Reihe. Sah, dass alles so gekommen war, wie ich es ihm gesagt hatte, und sah aus, als wolle er »Mama!« rufen, aber da war unsere Mutter schon tot.

Von dem Tag bei Frau Landwehr hatte sie sich nie mehr erholt. In den Monaten danach wurde sie kränker und kränker, ohne dass Dr. Doncanus, Doktor der Medizin und der Philosophie, der in Prag an der Universität gelehrt und den König und seinen Hofstaat behandelt hatte, nun aber mit einem gekochten Ei als Honorar für eine Untersuchung zufrieden war, etwas fand. Er empfahl frische Luft, viel Bewegung, aß sein Honorar auch gleich auf, ob ich noch ein bisschen Salz zum Ei hätte, und wenn ich wolle, komme er Sonnabend wieder.

Die Mutter weinte viel und begann zu vergessen. Bald wusste sie nicht mehr, wohin die Teller gehörten und wie man Feuer im Herd machte. Dabei wurde sie immer weniger. Eines Tages, als ich Juras Mantel anhatte, denn meiner hing auf der Leine, sprach mich die Siebenburg an: »Ihr geht schwarz, Jungfer Sorka? Ist was mit Mutti?«

»Nein, ich muss Euch enttäuschen. Meine Mutter lebt noch.«

Aber bald lebte sie nicht mehr. Wir waren allein.

»Komm mit«, sagte Jura. Er hatte Pirna, die Deutschen, die Druckerei und Martinius satt, so satt! »Komm mit. Die Sachsen sind siegreich. Sie haben Prag schon zurückerobert. So viele von uns gehen zurück. Wir auch, Sorka. Lass uns zurückgehen.«

Er redete damals tagelang auf mich ein.

Woher ich die Überzeugung nahm, das werde nicht gutgehen, weiß ich nicht, doch sollte ich recht behalten: Prag blieb nicht in sächsischer Hand.

Lieber gewesen wäre mir, *nicht* recht gehabt zu haben und dafür meinen Bruder noch. *Nicht* recht gehabt zu haben gestern Abend und dafür Valentin noch.

Sie haben beide nicht gehört, Jura damals nicht und Valentin gestern nicht. Als ich sagte: »Geh nicht!«

14

Ich weiß nicht, ob sich Valentin und Judith gestern Abend noch getroffen haben. Die Soldaten, das Kind, das Feuer – es ging alles so schnell.

Ich weiß nur, dass fast zwanzig Jahre seit ihrer Liebschaft vergangen sind. Seit jenem Sommer, in dem Valentin ihre Hände angeblich nicht sehen konnte, ohne sie gleichzeitig auch an sich zu spüren, ihre Stimme nicht hören konnte, ohne sich gleichzeitig auch an ihr Flüstern zu erinnern.

Und sie haben genügt, diese Jahre. Sie haben genügt, die Höhen, von denen er schwärmte, abzutragen, die Tiefen, die er rühmte, aufzufüllen, seine Seelenlandschaft zu ebnen, ihn, den möglicherweise damals tatsächlich so Empfindenden, ich will es ja gar nicht bestreiten, jung war er, feinfühlig war er, ihn eben wie alle anderen zu machen.

Die Vergangenheit! Und die Zukunft! Denn auch um die Zukunft kümmerten sie sich auf dem Faulbett! Die Zukunft der Menschheit – unter dem machten sie's nicht!

Ich weiß nur, dass diese knapp zwanzig Jahre schon genügten, seine Sorgen um die Zukunft der Menschheit auf die um die eigene schrumpfen zu lassen!

Für die er auch bereit war gestern, seine Judith zu opfern! Für die er sie erpressen wollte. Mit jenem Sommer erpressen. Mit jenem Sommer voller Freude und Ungeduld. Freude, wenn er sie unter den anderen sah, Ungeduld, wenn der Abend herankam. Mit seinem Glücksempfinden von damals. Mit seinem Blick auf ihre bei einem Gartenfest Kuchen schneidenden und den Tisch mit Blüten von Kapuzinerkresse schmückenden Hände. Er sah sie. Er sah das Laken, das als Tischtuch diente. Er sah sie der Hausfrau helfen und zwischen die gelben und orangenen Blüten die braunen hohen Becher austeilen, während er nicht weit davon mit Heinrich Kunow stand und so tat, als interessiere ihn der Wechselkurs wirklich. Ein Taler altes Geld war nun fünf Taler neues wert. Er sah ihr zu. Er sah ihre Hände.

Und die Obstbäume. Die Beerenbüsche. Das Rosenbeet. Was alles zu ihren Händen gehörte! Den Rasen von Maiglöckchen, die längst nicht mehr blühten, die mit ihrem Dunkelgrün im Schatten der Laube eine größere Fläche bedeckten.

Er hörte ihre Stimme unter denen der anderen Frauen. Sie wies gerade die kleine Neufeld, die schon wieder auf Benigna losging, zurecht: »Hör doch auf, Monika! Du findest doch überall Kümmel, nur nicht im eigenen Käse!«

Die Frauen saßen vor der von Geißblatt umwucherten Laube, außerdem noch der lange Henning Chemnitz, Heinrich Kunow und sein pickliger Vetter Daniel. Von dem hatte Judith ihm einmal gesagt, dass er, wenn er öfter mit einer Frau schlafen dürfte, wahrscheinlich seine vielen entzündeten Pickel verlöre. Aber sie könne sich schließlich nicht um alles kümmern.

Und danach kümmerte sie sich wieder um ihn.

Valentin saß neben dem Gurkenbeet an dem länglichen Tisch bei den Männern und war voller Freude, denn Judith war anwesend. Auch wenn er wie alle anderen mit den Blicken an den Lippen des manchmal mit fremder Betonung sprechenden Heinrich Schaums hing, des Bruders von Bürgermeister Sigismund Schaum, der wegen einer Erbschaftsangelegenheit von Amsterdam, wo er schon seit Jahren wohnte, für ein paar Wochen in die Heimat zurückgekommen war und dem zu Ehren man dieses Gartenfest gab.

»Was ist das für ein Erbe?«, hörte Valentin links von sich den jüngeren Gartz mit dem Konrektor flüstern. Rechts kam Baltzer mit verrutschten Strümpfen zwischen Erbsenbüschen und Stangenbohnen hervor. Eine aufgeregte Kinderschar folgte ihm. »Wie seht ihr denn aus!« Die Schreckensrufe mehrerer Mütter waren zu hören. »Junge! Wie das neunzehnte Kind!« Das war Judith. »Komm mal mit! Komm mal mit!«, hörte er Baltzer drängen. »Wir haben Ratteneier gefunden!«

Bei Schaums Erbschaft ging es um den Lehnschulzenhof in Lichtenrade. »Da sitzt der Halbbruder, der uneheliche.«

Valentin sah Judith, von Kindern umringt, hinunter zum Bächlein Roddahn gehen und freute sich, dass es in Schaums Familie einen unehelichen Halbbruder gab. Er blinzelte. Die Sonne stand hoch am Himmel. Insekten summten. Schaum aus Amsterdam wollte sich mit seiner Rückkehr beeilen. Die Wege in Norddeutschland würden nicht sicherer und der spanisch-holländische Waffenstillstand laufe demnächst aus, wenn …

Man diskutierte Waffenstillstand und Handel.

Dann, nach einem Weilchen, Valentin versuchte noch immer, Judiths von Kindergeschrei oft übertönte Stimme zu orten, war man vom Handel auf den Buchhandel und vom Markt auf den Buchmarkt gekommen.

»Oder, Klein? Was, was meint Ihr? Ihr seid doch da Fachmann.«

Wie? Ach so. »Doch, doch«, sagte er. »Elzevir ist einer der besten.«

»Und nun wurde seine Druckerei auch zur Leidener Universitätsdruckerei ernannt«, sagte der Amsterdamer Schaum.

Ach so? Das wusste Valentin nicht. Er wusste nur, dass Elzevir in seinem Firmenzeichen die Losung »non solus« hatte, nicht allein, und dass auch er nicht allein war. Er hatte ja Judith. Judith war da. Die Frau, die ihm zwar nicht gehörte, die aber nun zu ihm gehörte. Er würde die Ehe nicht zerbrechen. Er würde sich zurückziehen, wann immer es nötig war. Er würde ihr nicht das Leben schwer machen.

»Valentin!«

Alle Männer sahen ihr entgegen. »Valentin! Bitte sagt *Ihr* diesen Kindern, dass Grasmücken Eier legen. Mir glauben sie's einfach nicht«, rief sie mit gespielter Verzweiflung.

Die Kinder johlten gleich wieder. »Niemals!«, schrie Baltzer. »So große Eier legen Mücken niemals! Niemals im Leben!«

Niemals im Leben wurde es wieder so schön.

Sagte er, Valentin Klein, mir, Sorka Nezvalová, mit dem Zartgefühl, das Männern halt eigen ist. Mich hat er ja auch nur, zudem viele Jahre danach, in einer Kneipe aufgelesen. Mich hat er zu den Männern dort »Arschloch!« und »Scheißkerl« sagen hören und nicht zu Kindern bei Sonnenschein, dass sie Frechlinge und Sauferkel seien. »Haut ab, ihr Frechlinge und Sauferkel, ihr!«

Aber er hat mich mitgenommen. Er hat mir und meinem Kind eine Bleibe gegeben. Dafür hätte ich noch ganz anderes getan, als mir Geschichten über eine Judith und eine Benigna anzuhören, die sich bei einem Gartenfest über das Zeichnen unterhielten, auf das sich jene Benigna damals gerade verlegte. Wie gut die Laube getroffen sei.

»Sag mal, du kennst doch das Grünzeug. Wie heißt diese Ranke?«, soll Benigna gefragt haben. Und er hat Judith damals antworten hören: »Jelängerjelieber.«

Je länger Kober damals fort war, desto lieber war es ihnen gewesen. Kober, die Bewegungen des Krieges beobachtend, der sich immer mehr nach Norden zu verlagern schien, hatte beizeiten daran gedacht, sich im Süden eine Sicherung zu verschaffen. Er weilte in jenem Sommer in Augsburg und baute seine Beziehungen in Süddeutschland aus.

Da es in Pritzwalk nicht üblich war, dass Frauen etwas von Geschäften verstanden, bekam Judith keine Auskünfte von ihm, aber reichlich Geschenke. Fast wöchentlich hielten Frachtwagen, Viehaufkäufer oder andere Boten vorm Haus, brachte selbst die Paketpost beträchtliche Ballen. Ober- und Unterröcke, Mieder, Brusttücher und Schuhe von in Pritzwalk noch unbekannter viereckiger Form, verziert mit Rosetten, Schleifen und großen Verschlusslaschen, sollten ihr helfen bei dem, was er ihr als Aufgabe zugedacht hatte: die Firma Kober neben ihm auf dem Fest, das er bei seiner Rückkehr zu geben gedachte, würdig zu repräsentieren. Sie sollte sich Kleider nähen lassen aus den kostbaren Stoffen. Sie sollte sich die Ringe, falls sie nicht passten, von Goldschmied Tetzlaff enger oder weiter machen lassen. Sie sollte das Haus warten und alle, Elsbeth voran, aber auch Ulla, Simon und Robert schön grüßen. Sie solle Jenne sagen, ihr Anton befinde sich wohl. »Hier in Süddeutschland«, las sie, »haben die Leute viel mehr Lebensart.« Sie solle seinen Sohn von ihm küssen.

In einem öffentlichen Haus, das Kober in Augsburg besuchte, keiner billigen Schlupfbude natürlich, wo man nur schlechtes Bier bekam und bejahrte, dreißigjährige Dirnen bedienten, sondern einem sehr vornehmen Betrieb, dessen erlesene Speisen und Getränke und dessen Mädchen man auch einem verwöhnten italienischen Geschäftsfreund zumuten konnte, kam ihm, als dieser Tommasini ihm sagte, dass man solche Häuser in Italien auch »Casa di tolleranza« nenne, sogar der Gedanke, ob seine Judith in der Ferne womöglich ebenfalls solche Toleranz nötig hätte. Er verwarf den Gedanken gleich wieder. Erstens war für sie kein Mann in der Nähe, denn die ihres Standes wurden viel zu sehr von der Öffentlichkeit kontrolliert. Und zweitens schätzte sie die Freuden des Leibes ja nicht. Vielmehr: empfand der ihre ja keine. Egal, ob er es von vorn oder hinten versuchte. Egal, wie ausdauernd und kraftvoll er zustieß.

Valentin, als Kober ihm bei einem Bier nach der Rückkehr von Augsburg erzählte und dabei auch jenes Hauses gedachte, wo ihm eine genügte, sagte er, Tommasini habe sich dort gleich mit vieren getummelt, Valentin hatte nicht einmal ein schlechtes Gewissen. Es schmerzte ihn nur, dass es nun mit dem Jelängerjelieber vorbei war. Der Verdunklung der Stimme, wenn Judith »Komm« sagte, wenn sie »Mann« sagte, »Mann, ist das schön«. Wenn sie »Weiter« sagte, »Anhalten« sagte, ganz plötzlich, schnell und dringlich »Halt an, halt an, halt an«, weil sie herausgefunden hatte, dass auch das Anhalten schön ist. Dass dann etwas von allein weitermachte, jedenfalls behauptete sie das. Während sie sich um seine Mühe nicht scherte, das Kopfrechnen, das er einschalten musste, zweihundertachtundvierzig durch dreizehn, die Aufzählung aller Beweisgründe der römischen Rhetorik, die loci di re und die loci di persona, bis diese persona unter ihm es ihr endlich wieder weiter zu besorgen erlaubte, »Weiter«, und ihr Griff an seinen Schultern immer fester und fester wurde und ihre Stimme immer atemloser, immer dunkler mit ihrem »Ja« und »Weiter«, bis sie abbrach bei »Weit…«, denn da war es so weit, in einem Ton, einem Dunkelton, der tief, ganz tief, aus ihrer Kehle zu kommen schien, aus einer Tiefe, die schon kein Ort mehr, die schon Zeit, die schon Vorzeit und Teil aller menschlichen Vergangenheit war.

Die dunkle Stube. Das rot-weiße Faulbett. Der Frieden. Seine Enklave.

»Enklave?«

»Ein von fremdem Gebiet umschlossenes Landstück, das zu einem größeren Land gehört.«

»Und was ist das größere, wenn das hier Eure Enklave ist?«

Sie sagten »Ihr«. Auch dabei. Aus Furcht, sich sonst in Gegenwart anderer zu versprechen.

Sie lag in seinem Arm, den Kopf an seiner Schulter, und fühlte, wenn er sprach, seinen Brustkorb beben.

»Ich fühl mich wie in einer Enklave des Goldenen Zeitalters.« Erst hatte er Land gesagt, nicht Zeit. Aber sie berichtigte ihn nicht. Sie verstand schon so ungefähr, was er meinte.

»Was ist das Goldene Zeitalter?« Sie legte auch noch ein Bein über seine.

»Das war eine Zeit voller Frieden, berichten die Dichter.« Sein Brustkorb bebte. »Damals lebten die Menschen mit der Schöpfung im Einklang. Sie schlachteten nicht und jagten nicht; sie ernährten sich von dem, was die Erde hergab. Sie brauchten keine Gesetze und Strafen, weil sie sich zueinander freundlich verhielten. Es gab keine Unterschiede zwischen ihnen, weder Hoch und Niedrig noch Arm und Reich.«

»Aber das haben sich Dichter nur ausgedacht, oder?«

»Weiß ich nicht. Zwischen Platon, der darüber schrieb, und Ovid, der auch darüber schrieb, liegen ein paar hundert Jahre. Vielleicht, wenn an verschiedenen Orten zu verschiedener Zeit dieselbe Vorstellung aufkommt, gibt es in der Welt etwas, das ihr entspricht.«

»Aber der Jüngere kann doch auch von dem Älteren abgeschrieben haben.«

»Das ändert nicht viel. Das hieße ja, dass die alte Vorstellung immer noch gebraucht wird. Wozu wohl, muss man sich dann doch fragen.«

»Als Plan? Um nach ihm ein neues irdisches Paradies und Rosengärtlein aus dieser Welt zu machen, wie es Eure Brüder vom Rosenkreuz wollen?«

So weit, bis dahin kamen sie! Bis zu der Frage, ob der Mensch im Laufe der Zeit etwas verloren habe oder, im Gegenteil, etwas gewinnen müsse! Bis dahin! Bis zu der Frage, ob man die Welt so lassen solle oder versuchen, in ihr etwas zu ändern.

»Ändern«, sagte Valentin. »Das, was man ändern *kann.* Und dort, wo man ist.«

Er versuchte es. In der Schule. Er versuchte, die Schüler die Vokabeln gereimt lernen zu lassen, domus – ein Haus, mus – eine Maus, und erzielte gute Erfolge damit, doch gab es auch ein paarmal Gelächter. Er verstehe ihn ja, sagte der Rektor. Doch er möge bedenken, wie nahe dem Rathaus sich die Schule befinde. Was man dort von ihrem schweren Amt halten werde, wenn es von Gelächter begleitet sei.

Er versuchte, die Knaben für Ovid zu begeistern. Zuerst erzählte er ihnen die Geschichte von den Lykischen Bauern. Wie die Göttin Latona mit ihren Kindern erschöpft und durstig an einen See kommt. Wie die Bauern ihr verbieten, daraus zu trinken. Wie sie die Bauern zur Strafe in Frösche verwandelt. Und dann las er deren Quaken auch vor, damit sie es hörten: »**Qua**mvis sint sub a**qua**, sub a**qua** …« Die Schüler lachten. Die Schüler, unaufgefordert, wiederholten erfreut: »Quamvis sint sub aqua, sub aqua …« Der Konrektor hielt es für seine Pflicht, sich bei dem Rektor danach zu erkundigen, ob es ein korrektes didaktisches Mittel sei, eine ganze Schulstube quaken zu lassen.

Valentin versuchte überhaupt, wo es ihm möglich war, zu bessern, zu schützen, zu erhalten, seine Vyfken vor dem Betrug mit den neuen Münzen zu schützen. »Aber zwölf Groschen sind doch mehr als zehn!« – »Nein, Mutter, Ihr habt nur mehr Münzen in der Hand. Es ist aber weniger Silber darin. Ein Groschen neues Geld ist weniger wert als ein Groschen des alten. Gebt, wenn Ihr könnt, bloß nicht altes Geld aus!« Er versuchte, Sigismund Schaum zu beschwichtigen, der ihn, als er mit den anderen Lehrern zu einem Sonntagsfreitisch bei ihm zu Gast war, fragte, ob er denn außer seinen heidnischen Hurenjägern und Schandlappen, diesen Ovid, Terenz, Tibull und wie sie alle hießen, auch die Bibel noch lese.

»Ja, Herr Bürgermeister, natürlich. Täglich!« Was sogar stimmte, aber Schaum verliebte sich trotzdem in den Gedanken, dass Valentin die Bibel nicht lese.

Er versuchte, ein Buch zu retten, das ihm die Pfarrfrau geschenkt hatte und dessen Deckel links von Silberfischchen zerfressen war. Er klebte einen Leinenstreifen, den er zuvor gefärbt hatte, darüber. Allerdings zu weit nach rechts. Drei Buchstaben der drei versetzt untereinanderstehenden Worte wurden durch den Streifen verdeckt. Statt »Pflanzen helfen heilen« stand da nun »Lanzen helfen eilen«. Immerhin war das sachlich nicht falsch und spätere Zeiten sollten die Richtigkeit dessen bestätigen.

Zur Erntezeit und in den Tagen der Schafschur, zur Zeit des Gänsegeschreis und der rötlichen Himmel, der Stoppelfelder und der goldgelben Birken war Kober zu Hause. Valentin streifte über den Trappenberg, teils, um sich Schlehen für die nächste Tintenmischung zu holen, teils, um seinen Zorn an weißen Bovisten, die er zertrat, grünen Disteln, die er köpfte, Steinen, die er über ein Feld warf, auszulassen.

Konnte Kober nicht hinhören, wenn Judith bei Tisch von Benigna erzählte? Der Vergesslichkeit, die Benignas Mutter befiel? »Tilly hat bei Höchst über Braunschweig gesiegt.« Das war doch darauf keine Antwort!

Und dieser dämliche Joachim Wiese mit seinem Gerede! Ob es nicht auffällig sei. Ob sich denn noch niemand gefragt habe. Ob es da nicht einen Zusammenhang geben könne zwischen dem Bau der neuen Orgel, dem Tod des Orgelbauers und dem Blitz in den Kirchturm. Wozu hatte Kober den überhaupt eingeladen!

Und die dämliche Jenne, die hinter Wieses Stuhl stehen blieb!

Judith: »Was ist denn, Jenne?«

Jenne drehte die Schürzenzipfel. Jenne wollte sich ja nicht einmischen, sie sei ja bloß ein einfaches Weib. Aber Trine Strehlen habe den Blitzschlag vorausgesagt. So, wie sie sich im Frühjahr, als die Dömnitz durch ihre Ergießung vom Schnee ein Stück der Stadtmauer einwarf, auch gleich erinnern konnte, wann das Frühjahrswasser schon einmal so hoch war. Und der Stadtbrand von Kyritz und die Feuersbrunst in Perleberg im vorigen Jahr …

»Was willst du damit sagen, Jenne?« – Kober klang streng.

»Niiichts.«

»Na, dann sag auch nichts«, sagte Judith.

»Aber seltsam ist das schon«, meinte Wiese, als Jenne, der Diele ihren breiten Rücken zukehrend, mit einem Stapel leerer Teller im Gang zur Küche verschwand.

»Wir ermitteln«, sagte Kober nur knapp.

Damals, sagte Valentin, sei ihm klar geworden, wohin ihn sein vermeintlicher Aufstieg geführt hatte, in eine Sackgasse, ins Unfruchtbare, ins Abseits. Er habe sich, als er begriff, dass er nicht heiraten konnte, denn dazu würde sein Geld allenfalls erst mit fünfzig reichen, dass er aber als Lehrer, den alle kannten, auch nicht in Wittes Lusthaus gehen konnte, das ehemalige Kloster am Giesensdorfer Weg, in das Bürgermeister Witte die Pritzwalker Dirnen hatte einziehen lassen, und als er erkannte, dass er es auch nicht über sich bringen würde, ein armes Mädchen zu umschmeicheln, damit es ihm Beischläfereien erlaube, er habe sich damals verraten und verkauft gefühlt.

Er habe die Bedürfnisse seines Leibes zugunsten der seines Kopfes verraten.

Er habe seine Männlichkeit für seinen Aufstieg verkauft.

Und Judith, die ihn einmal auf dem Faulbett fragte, ob es außer »honor causa« auch »amor causa« gebe – »Honoris causa meint Ihr? Amoris causa?« –, Judith, die ihn in einer Aula aus Kissen, auf rot-weiß gestreiftem Boden unter Zeremonien, die er niemals vergessen würde, in einer Julinacht zum Dr. a.c. ernannte, zum doctor amoris causa, Judith, sagte er, habe ihn damals zurückgekauft.

Was wohl wahr ist.

Er fragte nur nicht danach, womit sie bezahlte.

15

Sie bezahlte damals mit schlechtem Gewissen und Angst.

Jetzt, wo der Krieg sie schon lange erreicht hat, wo man auch hier nicht mehr, wenn es heißt, dass Soldaten kommen, neugierig vor die Türen tritt, sondern sie angstvoll verschließt und verrammelt, jetzt, wo mit spanischen Füsilieren, kroatischen Reitern, ungarischen Husaren, polnischen Kosaken, schwedischen Dragonern, schottischen Schützen, dänischer Artillerie, französischen Waffen und niederländischem Geld halb Europa miteinander im Krieg liegt und die Verwüstung der Länder mit der Verwüstung der Herzen einhergeht, wo Menschen sich zerstückeln, zerhauen, durchstoßen, zerfetzen, zerreißen, zerschmettern, zerschneiden, zerfleischen, jetzt sollte man einmal neu über fleischliche Sünden nachdenken.

Ich, Sorka Nezvalová aus Stramberg, Tochter des Druckers Jeroným Nezval, ich, von mährischen Brüdern und Schwestern dazu erzogen, vor allen Dingen die Wahrheit zu suchen, wobei ich sie in mährischer Not suchte, in sächsischem Elend und später auch in Quedlinburg, denn nach Pirna kam die Pest, und damals war es noch möglich, zu fliehen, ich glaube, dass die Sünden, die wir damals begingen, die Witwe Štemonová und ihre zwei erwachsenen Söhne, denen ich mich anschloss und die unterwegs im Stehlen von Äpfeln und

Mohrrüben eine gewisse Fertigkeit erwarben, uns gewiss verziehen werden beim Jüngsten Gericht. Zumal die Štemonsöhne, Zimmerleute beide, so sehr hofften, in Quedlinburg Arbeit zu finden.

Diese Hoffnung wurde freilich enttäuscht. Wir galten als Gesindel und durften nur in der Vorstadt auf dem Münzenberg wohnen.

Ich, die ich ebenfalls dieses und jenes nicht durfte, nicht stricken, nicht sticken, nicht Strick- und Stickwaren verkaufen (vom Geruch nach Druckerschwärze habe ich gar nicht erst geredet), nicht für Geld Wäsche waschen, »Stramberger Ohren« backen, Kulajda, Selnjatschka oder andere heimische Suppen kochen, kochte, als wir das Amt des Stiftvogts verließen, vor Wut. Den Verkauf von Quirlen und Mausefallen hielt die Äbtissin, unter deren Schutz wir uns, wie man uns sagte, gestellt hätten, für einen uns angemessenen Broterwerb. Und die Štemonsöhne, die musikalisch waren, durften vor den Haustüren flöten und fiedeln.

Ich war ständig müde. Die Štemonsöhne schnitzten mehr Quirle und Mausefallen, als ich verkaufen konnte. Mit zuletzt nur noch schlurfendem, stolperndem Gang kam ich von meinen Runden über die Dörfer zurück. Ich schlief tief und fest, als es damals ringsherum krachte, klirrte, splitterte.

»Die Schweden! Die Schweden kommen!«

Aber sie kamen nicht, sie waren schon da. Und nach dem zwölften Schweden war ich nicht mehr da.

Das hat später auch Valentin nicht mehr gutmachen können.

Gewissen? Immerhin: Ich leistete mir auch noch im Hurenzelt eins.

Als ich zu mir kam, sah ich schmutzigrote Stoffbahnen mit grauen, wohl einmal weiß gewesenen Streifen dazwischen, das Zeltdach. Ich sah drei Gesichter, von denen das eine mich ansprach. »Ciao, bella. Willkommen am Arsch der Welt!« Sie hießen Una, Antje und Suse, die sich dann tagelang über meine Scham amüsierten, denn ich war auf Hilfe angewiesen, ich konnte weder sitzen noch laufen. Sie erzählten mir, wo sie mich fanden.

»Ohne Kleider, die haben sie mitgenommen.«

»Aber du hast noch ganz einladend dagelegen.«

Und dass ich ihnen »noch brauchbar« erschien, auch, welchen Gebrauch ich ihrer Meinung nach von mir in Zukunft sollte machen lassen. Die Kerle würden immer geiler und sie hätten auch noch den Bierausschank. Sie seien ja auch zu viert gewesen, aber der Elke hätte man mit einem Säbelhieb die Kehle durchschnitten. Versehentlich, es war nicht persönlich gemeint. Sie hätte nur zu dicht bei zwei streitenden Kerlen gestanden. Übrigens herrsche Ordnung im Lager. Der Profoss habe ihn dafür gehängt.

Damals scharrte ich alles, was von meiner Würde noch übrig war, zu einem, wie ich in jenem Augenblick hoffte, stolzen, verächtlichen »Nein« zusammen – damit mich auch über diese Frauen erhebend, die mich aufgelesen, mit sich getragen, gebettet, mir tagelang den Nachttopf untergeschoben und mich von dem wenigen, das sie besaßen, ernährt hatten, was mir vor lauter Tugendliebe entging.

Und die Schwarzhaarige, Una Branduardi aus Rom, wie ich später erfuhr, schlug darauf die Zeltbahn des Eingangs beiseite: »Dann geh. Hau ab! An der nächsten Ecke fallen sie wieder über dich her. Hier könntest du wenigstens noch davon leben. Aber wir drängen dir unsere Gesellschaft nicht auf. Hau ab! Na? – Avanti!«

Nein, Vater im Himmel, ich lache nicht. Ich, die ich gelernt habe, dass man sich mit Alaun wieder so eng, als sei man jungfräulich, macht; ich, die ich gelernt habe, mit eingeführten flachen Steinen und sorgsamen Essigwaschungen eine Empfängnis zu verhindern, was freilich nicht geholfen hat, denn bei dir ist kein Ding unmöglich, du setzt dich ja sogar über Steine und Essig hinweg; ich, die ich gelernt habe, wochenlang Gras und Melde zu essen und auf dem Stroh mit den Freiern dann heimlich den Arsch auseinanderzuziehen, damit sie meine reichlichen Fürze nicht hörten – riechen konnten sie sie ja sowieso nicht, weil ihr eigener Gestank sie wie eine Mauer umgab –, ich lache nicht über Judith. Ich mache mich nicht lustig über sie. Ich lache doch bloß aus Verzweiflung.

16

Ob sie sich gestern noch trafen, ob Valentin seine Drohung wahr machen konnte, sie mit dem Gewesenen zu erpressen, weiß ich nicht. Ich weiß nur, dass auch Judith die Angst kennt, dass sie sie genauso gut kennt wie ich und dass sie gestern trotzdem dazwischenging. »Weg!«, schrie sie. »Weg von dem Kind!«

Sie lernte die Angst damals kennen, als Valentin ihr mit dem Lebensbund kam.

»Judith, lasst uns einen Bund für das Leben schließen. Für das Leben und gegen den Tod.«

»Und wie stellt Ihr Euch das vor?«

»Na, Ihr kennt ihn doch. Den täglichen Tod. Der ein Lächeln tötet, eine Freude tötet, eine Hoffnung. Der Lebendigsein auf Vorhandensein reduziert. Der Möglichkeiten vereitelt – im Namen von Vorschriften, die fragwürdig sind, nach deren Sinn aber kaum jemand fragt.«

»Ja, wogegen Ihr seid, weiß ich. Aber wie stellt Ihr Euch denn das praktisch vor?«

»Dass wir verbunden bleiben, ich aber Euer Leben nicht störe.«

Das war es. Sie ahnte es.

Und es war gut gemeint. Es stand sogar im Einklang mit

den Gedichten, die er machte, den Büchern, die er las, und dem traurigen Schicksal des Dichters Tasso, von dem ihm Diederich von dem Werder schrieb, der nach seiner in Ungnaden erfolgten Entlassung aus hessischem Dienst auf seinem Schloss in Reinsdorf saß und das »Befreite Jerusalem« übersetzte.

Es stand nur nicht im Einklang mit dem, was Valentin *tat*. Nämlich nach einem kurzen Unterrichtstag, an dem er zudem auch noch eine Stunde früher hatte gehen können, weil man die Jungen zur Probe für das Schuldrama brauchte, freudig mit Werders neuestem Brief zu Judith in das Vorratsgewölbe zu stürmen.

Dort kniete Judith neben Elsbeth im Kerzenlicht vor einem Sandhaufen, der das Wurzelgemüse für den Winter aufnehmen sollte. Sie hatte gehofft, bis zum Mittagessen fertig zu werden, wozu sie sich aber beeilen musste. Auch hatte sie es nicht gern, wenn andere das Gewölbe betraten. Warum wohl ließ sie den Sandhaufen nicht von Jenne, Ulla oder Simon bestücken. Warum trug nur die Hausfrau den großen Schlüsselbund zu allen Vorräten am Gürtel. Und außerdem, weil Judith nun die Kerze zum Lesen des Briefes brauchte, konnte Elsbeth angeblich die Möhren und die Sellerieknollen nicht mehr erkennen.

Sie gab den Brief zurück. »Später, Valentin, ja?«

Einen Bund *für* das Leben! Ihr verbunden bleiben, sie aber nicht stören!

Er störte nicht. Er verzog keine Miene, wenn Ulla beim Auftischen Blödsinn redete. Trine Strehlen, die man gestern gefangen nahm, könne ganz bestimmt Wetter machen. Immer wenn der Blitz einschlug, sei Trine Strehlen in der Nähe gewesen.

Er sagte nichts. Unbewegten Gesichtes saß er daneben, wenn Kober beim Löffeln der Eiercreme Judith zu hofieren begann. Wenn er ihr die Hand auf den Unterarm legte, ihren Blick suchte, über Müdigkeit klagte. Er versuchte, an anderes zu denken, wenn sie nach dem Essen nicht in die Bibliothek kam.

Nicht stören, aber ihr verbunden bleiben nach einem Nachmittag langen Wartens. Die neuen Bücher waren längst ausgepackt und inventarisiert, das Tintenfass längst gereinigt, die nächsten Seiten der Kladde liniert. Warten mit Werders langem Brief, der eine Einladung nach Reinsdorf enthielt, auf dem Tisch. Warten nach dem müden Gang über die Treppe nach oben. Nach dem Verriegeln der Tür, dem Abräumen der Truhe, dem Herausnehmen der »Fama Fraternitatis«. Er tröstete, er berauschte sich wieder an der »Großen Reformation«, die notwendig sei, und an der Herrlichkeit und dem Adel des Menschen.

Er setzte sich an seinen Tisch vor dem Fenster. Die Skripte seiner Schüler waren weniger tröstlich und gar nicht berauschend. Er las sie. Heinrich Benzin hatte sich noch immer nicht merken können, dass das Bouleuterion bei den Griechen das Rathaus war. Er ordnete seine Bücher neu. Er nahm den alten Stundenplan von der Wand. Er zeichnete sich einen neuen.

Aus dem Haus zu gehen empfahl sich nicht. Womöglich hätte Judith gerade in jenem Augenblick Zeit.

Verbunden bleiben. Aber nicht stören.

»Ordo lectionis«, schrieb er über die neue Tabelle. Er steckte sie mit Nähnadeln an die bretterne Wand. Er lauschte, aber es waren nur Elsbeths trippelnde Schritte. Unten im Hof grüßte Robert eine feine Jungfer, feine Jungfer, feine Jungfer. Unten im Haus lachte Ulla, weinte Baltzer, schimpfte Judith. Immerhin: Er hörte sie schimpfen.

»Valentin, möchtet Ihr noch von dem Hähnchen?« Das war beim Abendbrot.

(Ihr sorgt Euch doch sonst nicht so. – Er dachte es. Er sagte es nicht.)

Kober berichtete, was man im Rathaus besprach. Es gebe

Unruhen in den märkischen Städten. Es sei schon zu Plünderungen und Brandstiftungen gekommen. In Perleberg. In Brandenburg-Neustadt.

»Aber warum denn?« Elsbeth war fassungslos.

»Wegen der Kippgroschen, Elsbeth. Viele Leute sind durch die schlechten Münzen ärmer geworden«, sagte Judith.

»Ärmer?« Valentin zerbrach einen Hähnchenschenkel und teilte die Volkswut dabei. »Ärmer? Manche haben alles verloren!«

»In Brandenburg«, sagte Kober und nahm sich ein großes Stück Hähnchenbrust, »in Brandenburg-Neustadt ist der Kurfürst sogar persönlich erschienen, um die Rädelsführer zu strafen.«

Mit Genuss hörte Valentin die Angst heraus. Womöglich war, wenn es darauf ankäme, für Pritzwalk gerade kein Kurfürst zur Hand.

Und Kober? Kober vertraute ihm! Valentin war ja kein Mitglied der Ratsfamilien, kein Kaufmann, kein Händler, keiner mit Vermögen und Beziehungen, also keiner, der eine Konkurrenz für ihn war.

»Komm mal mit, Klein, ich zeig dir was.«

Sie schoben die Krüge mit der Braunbierneige und die Teller mit den Hühnerknochen beiseite. Sie rückten die hochlehnigen Stühle nach hinten. Elsbeth und Judith halfen Ulla beim Abräumen. »Wir kommen gleich wieder, Schatz.« Kober raffte den Vorhang und ließ Valentin an der Tür von der Diele zum Torweg den Vortritt. Er ging ihm voran bis zu seinem Kontor, durchschritt den größeren Raum mit den Pulten der Schreiber, auch den kleineren, in dem nur sein Schreibpult stand. In einem Kämmerchen, in dem nichts als ein großer Aktenschrank stand, verschloss er sorgsam die Tür hinter ihnen, denn man konnte nicht wissen.

Dann schloss er eine der vielen Schubladen auf. Der entnahm er eine Kassette. Valentin musste sich umdrehen, denn Kober wollte ihm zwar eine Wichtigkeit zeigen, aber nicht auch die Lage der Schlüssel. Mit zwei Schlüsseln, die nicht an Kobers Schlüsselbund waren, wurde die Kassette geöffnet. Zwei Schreiben lagen darin. Das eine, Valentin kannte die Handschrift, von Kober persönlich geschrieben: »Dem durchlauchtigsten/Hochgeborenen Fürsten und Herrn/Herrn Markgrafen zu Brandenburg/und Burggrafen zu Nürnberg/des Heiligen Römischen Reiches Kurfürst und Erzkämmerer/meinem gnädigsten Herrn«. Das zweite vom gnädigen Herrn, ausgefertigt von seiner Kanzlei, aber von Georg Wilhelm selbst unterschrieben, des Inhalts, dass er seine Obligationen Herrn Joachim Kober gegenüber anerkenne und sich verpflichte, die von Herrn Joachim Kober entliehenen Capitalia nach dem Kriege zurückzuzahlen.

»Das ist sicherer als eine Bank«, sagte Kober. »Mir kann nichts passieren. – Aber du schwörst mir, Klein, du schwörst mir hier bei allem, was dir lieb ist, und deinem eigenen Leben, dass du davon keinem Menschen was sagst!«

»Ja, natürlich.«

»Nein, das meine ich ernst. Du schwörst jetzt.«

»Ich schwöre.«

»Bei allem, was dir lieb ist, und deinem Leben.«

»Bei allem, was mir lieb ist, und meinem Leben.«

Kober verschloss alles wieder, wozu Valentin sich erneut umdrehen musste wegen der Schlüssel für die Kassette, dann schlug er Valentin zwischen die Schulterblätter. »Und nun komm, alter Junge. Morgen Abend trinken wir noch ein Bierchen zusammen. Heute nicht. Heute will ich früh zu Bett.« – »Falls du weißt, was ich meine«, fügte er noch vergnügt hinzu. Und Valentin, damals, wusste es.

Und störte das Leben nicht, das in Gestalt Judiths aus dem

Küchengang kam, an die Treppe, wo Elsbeth und Ulla immer noch tuschelnd unter dem rot verglasten eisernen Stern standen, tuschelnd über Trine Strehlen, die Hexe.

Judith wollte wissen, was denn die Männer vor ihr für Geheimnisse hätten. »Nichts für schöne Frauen«, sagte Kober, legte ihr den Arm um die Taille und zog sie leicht an sich.

Er schien nicht zu merken, wie steif sie neben ihm die Treppe emporstieg. »Gute Nacht, Valentin«, sagten die beiden. Kober laut, Judith leise.

»Gute Nacht!«

Valentin ging die Galerie entlang, stieg die schmalere Treppe an deren Ende empor. Wälzte sich bald danach auf dem Bettstroh, stand wieder auf und sah zum Fenster hinaus. Dann suchte er Werders Brief. Auf dem Tisch, dem Bücherbord. Fand ihn zuletzt auf der Truhe: Er hatte beim Ausziehen seine Sachen darübergelegt. Den ganzen Tag sollte Judith keine Gelegenheit gehabt haben, den Brief zu lesen? Und jetzt lag sie bei Kober.

Er zerknüllte den Brief, warf ihn quer durch die Stube. Er riss den neuen Stundenplan von der Wand. Er fegte seine Bücher vom Bord und seine Hefte vom Tisch. Er schleuderte seine Sachen von der Truhe und trampelte auf ihnen herum.

Und fühlte sich Judith verbunden.

Er wusste von ihrer Angst damals nichts. Sie hielt es für unklug, ihm davon zu erzählen. Wohin mit der Angst? Zu Kober? Das war erst recht unmöglich. Zu Elsbeth? Um Himmels willen! Doch zu Valentin? Nein, das ging nicht, das machte es auch nicht besser. Nach rechts? Nach links? Nach oben? Nach unten?

»Judith, ich bedränge Euch doch nicht. Ihr sollt mir doch nicht gehören. Ihr sollt nur *zu* mir gehören.«

»…«

»Auch auf dem Faulbett.« Er sprach es lieber doch aus. Zwischen ihnen sollte es keine Missverständnisse geben.

Er lächelte sogar. »Kober wird ja wohl nicht plötzlich das Reisen einstellen.«

»... Ich glaube, das schaffe ich nicht, Valentin. ... Ich habe ihm gegenüber ein so schlechtes Gewissen. ... Und Euch gegenüber auch, ich ...« Sie weinte.

Erschrocken stand er auf, schloss die Tür zum Schrank mit den Kräuterbüchern, um neben sie treten zu können, redete auf sie ein. »Judith! ›Ehebruch‹ ist doch ein Scheinwort! Wir brechen die Ehe doch nicht. Sie zerbricht doch nicht. Sie besteht doch noch. Sie ist nicht gebrochen. Und wir werden nichts tun, das sie gefährdet.«

»Das haben wir doch schon.«

Er glaubte, sie habe nur ein schlechtes Gewissen. Er wusste nichts von der Angst, die sie hatte und die durch Benigna geschürt worden war.

»Judith, ich bedräng Euch auch nicht.«

»Nein?«

Aber wenn er sich freute, kam er zu ihr. Und zwar, um mit ihr seine Freude zu teilen. Und wenn er missgestimmt war, kam er auch zu ihr. Um sich von ihr froher stimmen zu lassen.

Ging es *ihr* gut, kam er zu ihr, weil sie dann ja Kraft genug hatte, sich um ihn und was ihn erfüllte zu kümmern. Ging es ihr schlecht, kam er auch zu ihr, denn dann machte er sich Sorgen und musste sie trösten. Und dass Kober und Baltzer und Elsbeth und Ulla, dass Jenne und Anton und Simon und Robert, dass ihre Schwiegermutter und die Chemnitze, dass die Boten, die Kober sprechen wollten, die Ratsdiener, die ihn sprechen wollten, und die Ratsherren, die ihn auch sprechen wollten, ganz zu schweigen von dem Bauern, der in jedem

Jahr den Weißkohl lieferte, dem anderen, der die Martinsgans brachte, den Beginen, wenn sie Kleider für die Armen sammeln kamen – dass die auch alle zu ihr kamen, sei nur am Rande vermerkt.

Nein, nein, es bedrängte sie nichts. Es bedrängte sie niemand. Sie sah nur in den Spiegel. Sie sah nur in den Kalender. Sie betastete nur ihren Bauch und die Brüste.

»Du, sag mal, Simon, wann genau haben wir das Hoftor gestrichen?« Es war der Tag, an dem Kober aus Augsburg zurückgekommen war.

Sie hatte sich ihrem Mann danach oft entzogen. Mal hatte sie Müdigkeit vorgeschützt, mal ihre Wadenkrämpfe, mal ein Herzrasen, mal hatte sie ihren Kopfschmerz genommen.

Und nun, bei den Mahlzeiten, verglich sie die Männer. Kobers graublaue Augen mit Valentins braunen, Kobers fast schwarzes Haar mit Valentins braunrotem Haarschopf. Und wenn das Kind braunrote Haare und braune Augen und Valentins Hasenzähne bekäme?

Benigna schürte die Angst. Sie kam eines Nachmittags, eingelassen von Ulla, und wollte Judith unter allen Umständen ungestört sprechen.

»Ich muss unbedingt mit dir reden. Wo sind wir allein?«

Es war, obwohl schon Ende September, noch warm und Judith schlug den Garten vor. Sie gingen über den Hof, wo Robert sich mit dem neuen Hund zu befreunden versuchte, denn Diso war, ganz besonders von Elsbeth und Judith betrauert, im Sommer gestorben. Sie beauftragten ihn, nachdem er den Ärger über das böse Hundchen, böse Hundchen, böse Hundchen und die Freude über die feine Jungfer, feine Jungfer, feine Jungfer überwunden hatte, damit, die Gartentür zu bewachen. »Wir wollen nicht gestört sein, hörst du?« Danach richtete er sich auch, als seine Mutter kam, die sich nur Schnittlauch für den Quark holen wollte. Als Judith herbeistürzte, hatte der Wortwechsel zwischen Mutter und Sohn schon Ulla und Elsbeth an die Fenster gelockt. Der rothaarige Simon sah über die Dachtraufe, die er säubern sollte, zu ihnen hinunter. »So war's nicht gemeint, Jenne! – Robert! Robertchen! So hör doch mal! Deine Mutter darf rein!« Erst nach der Eroberung des Schnittlauchs, den Jenne dann wie ein Schwert vor sich hertrug, wurden sie nicht mehr gestört.

Worum ging's? Judith verstand, obwohl Benigna so eindringlich sprach wie schon lange nicht mehr, trotzdem nicht gleich. *Was* für einen Zusammenhang zwischen dem Gartenfest und der Hexe sollte es geben?!

»Siehst du, und auch du, Judith, hast eben ›Hexe‹ gesagt!«

»Na, sie *ist* doch angeklagt!«

»Sie ist angeklagt, aber noch nicht verurteilt, und trotzdem reden schon alle so über sie, als hätten sie sie selbst beim Blitzeschleudern gesehen.«

»Du hast recht. Aber wieso hat der kleine Streit auf dem Gartenfest, ach, ein Streit war es ja nicht einmal, die Neufeld hat nur wieder ihre Nase in deine Angelegenheiten gesteckt und ich hab sie an ihre eigenen erinnert, man darf sie doch wohl darauf aufmerksam machen, dass sie manchmal ein bisschen zu weit geht, was hat denn das bisschen mit Trine Strehlen zu tun?«

»Du erinnerst dich doch noch an die Sache mit dem Holz, oder? Wie sich meine Mutter empörte?«

Judith durchfuhr ein Schreck. Als Benignas Mutter sich empört hatte, dass ihr, genauso wie anderen Ratsfamilien, aus dem Stadtforst ein Klafter Buche und ein Klafter Eiche zustünden – oder auch Espe –, man ihr aber diesmal Birke vors Haus fuhr, hatte Valentin in der Nähe gestanden. Er unterhielt sich mit dem pickligen Daniel, sah aber manchmal blitzschnell zu ihr hinüber.

»Ja, ich erinnere mich. Du hast deine Mutter gebeten, nicht so zu schreien, worauf sie natürlich noch lauter wurde.« Judith ahmte Benignas Mutter nach: »Was ich sage, kann jeder hören. Ich habe keine Geheimnisse!«

»Und darauf hast du gesagt: ›Arme Frau!‹«

Judith sagte nichts. Aber sie wusste: Das hatte sie gesagt. Für Valentin. Als Liebeserklärung.

»Und das hat die Neufeld gehört, die es nun herumerzählt, dass du gewisse Geheimnisse hütest. Sie wolle ja nicht zu viel sagen, aber merkwürdig sei es schon, wieso manchen gar nichts glücke, ihrem Thomas zum Beispiel, der mindestens genauso viel arbeite wie dein Kober, und Kräuter kennest du jedenfalls mindestens genauso gut wie Trine Strehlen.«

Judiths Herz tat einen Sprung, raste und rutschte sonst wohin. »Aber du hast doch eben selbst gesagt, dass der bloße Verdacht nicht genüge.«

»Dass Trine Strehlen erst angeklagt ist, hab ich gesagt. Dass man sie noch nicht verurteilt hat. Noch ist nichts erwiesen, aber man erweist es gerade – indem man ihr die Daumenschrauben ansetzt. Hat dir das dein Mann nicht erzählt?«

»Joachim? Was hat denn *der* damit zu tun?«

Judiths Herz saß plötzlich im Unterbauch und krampfte sich dort zusammen.

»Er muss doch anwesend sein von Amts wegen. Auch Bürgermeister Benzin, auch Onkel Johannes. Soll ich dir sagen, was man stundenlang mit ihr macht? Sie wird ihnen bald alles gestehen, sag ich dir, alles! Sie wird zugeben, dass sie Wetter machen kann, dass sie Blitze in Kirchtürme schleudert, dass sie besonders gern neue Orgeln verdirbt. Sie wird sagen, dass sie den Orgelbauer umgebracht hat und Jochen Kriwitz, den man tot bei den Schafherden fand. Dass sie Pferde vergiftet hat, mit dem Teufel geschlafen und Nägel und Schrauben gehustet und mit Feldhamstern Unzucht getrieben, und auf dem Trappenberg, dem Sommersberg und dem Blocksberg war sie auch, und zwar gleichzeitig. Sie wird *alles* zugeben, *alles,* so wie du und ich, wenn man uns die Glieder zerquetscht, die Gelenke auskugelt, uns reißt, sticht und brennt. Alles. Auch eine Hexe zu sein.«

»Benigna, ich ...«

Sie müsse aufstehen, wollte Judith sagen. Sie habe so ein Gefühl, als ob ...

Doch erst, als sie Benignas Handgelenk so umkrampfte, dass ihre Fingerknöchel weiß wurden, erst, als sich ihr Gesicht vor Schmerz verzerrte, hörte Benigna auf, von Judiths Kräuterkenntnissen, Kobers Neidern in der Stadt, der Bösartigkeit der Neufeld und der Gefährlichkeit von Gerüchten zu reden.

»Judith! Judith, was ist? – Um Himmels willen! Rooobert! Jenne! Simon! Schnell!«

Das Leben, für das Valentin damals war und zu dem auch der Augenblick gehörte, da er Judith, zwei Wochen nach der Fehlgeburt, zusammen mit Kober besuchte, an der Tür stehend, während Kober auf ihrem Bettrand saß und ihr das neue Armband anlegte, und der Tod, gegen den Valentin damals war und zu dem für ihn alle Augenblicke gehörten, in denen Judith ihm auswich, in denen sie ihn nicht mehr verstand, sind jetzt, wo über Leben und Tod eben nicht vom Eisen entschieden wird, wie Kober in seiner Rede vorgestern sagte, sondern von denen, die das Eisen in den Händen halten, die es in Männer, Frauen und Kinder stechen und dabei zwischen Standes- und anderen Personen keine Unterschiede mehr machen, das Leben, für das Valentin damals war, konnte Judith danach nicht mehr führen.

Sie sagte Valentin auch nicht, dass es seine Tochter war, die sie verlor. Er, dem Elsbeth das Geschlecht des toten Kindes ausgeplaudert hatte, als er wieder einmal Kuchenteig schleckend bei ihr in der Küche saß, ahnte es, doch hoffte er, sie zu schonen, indem er sie nicht danach fragte. Außerdem hoffte er immer noch auf das Faulbett. Sie würde sich ja wieder erholen. Er kaufte Lebkuchen auf dem Martini-Jahrmarkt, ein Herz für Vyfken und eines für Judith. Letzteres versteckte er verschmitzt zwischen dem Kräuterbuch von Tabernaemontanus und dem »Botanischen Theater« des Franzosen Bauhin und wollte nicht sehen, als sie es fand, dass ihr Lächeln kein echtes war. Die Stunden, die sie in der Bibliothek zubrachten, wurden zwar etwas seltener, denn Baltzer werde größer, sagte Judith, und damit wüchsen halt auch die Ansprüche an sie und auch die Hauswirtschaft, da durch den Krieg immerfort alles knapper werde, koste mehr Zeit.

Nicht sie, sondern Kober wies Jenne an einem Donnerstag, an dem sie die Küche beherrschte, beim Essenauftragen zurecht. »Aber Jenne! Welches Interesse sollte denn jemand, der im Gefängnis sitzt, an unseren Hühnern haben!«

»Sie kann sie doch wegzaubern. Hexen können das doch.«

»Und wenn du jetzt nicht die Heringe herzaubern kannst und wenn du nicht aufhören kannst, dich in unsere Gespräche zu mischen, wie oft hab ich dir das schon gesagt, he?, dann zaubere ich dir eine Kündigung herbei, die noch vor Michaelis Gültigkeit hat!«

Nicht Judith, sondern Elsbeth bemerkte, dass es von Tag zu Tag weniger Hühner würden und von Tag zu Tag mehr Maulwurfshügel im Hof. Nicht sie, sondern Valentin kam dem Zusammenhang auf die Spur, nachdem er einmal vom Fenster seiner Stube mit ansah, wie Kober, bevor er seine Kutsche bestieg, die Hühner vom Zaun wegjagte, unter dem sie schon wieder ein neues Loch scharren wollten. Kaum war Kober fort, war der Hund, der neue, der Benno hieß, da, packte das gerügte Huhn, schüttelte es, bis es tot war, und buddelte es anschließend ein.

Judith war schweigsamer geworden. Was man verstehen kann, sagte Elsbeth zu Valentin, als sie ihm morgens noch eine Semmel zusteckte.

Außerdem, was hätte sie auch sagen sollen zu den Gesprächen der Männer, die mehrere Abende lang die Runde vergrößerten. Erst war Onkel Johannes Chemnitz, dann Gregor Benzin bei ihnen zu Gast. »Nun ja, nun ja, lieber Kober, die Carolina ist nicht so sanft, wie ihr Name sagt. Die ›Peinliche Halsgerichtsordnung Kaiser Karls des V.‹ lässt in Artikel 58 die Verlängerung der Folter zu! ›Viel, oft oder wenig‹, steht da, wenn ich mich recht erinnere, ›hart oder gelinde, ganz nach dem Ermessen eines guten vernünftigen Richters‹. Da brauchen wir also keine Sorgen zu haben.«

»Sollte man nicht trotzdem den Brandenburger Schöppenstuhl fragen?«

An einem Apriltag wurde Trine Strehlen verbrannt. Judith wagte nicht, zu Hause zu bleiben. Sie sammelte sich, Baltzer an der Hand, zu den vielen schon Wartenden vor dem Rathaus. Auf dem Wege zum Richtplatz wurde sie von Rembkens Witwe, die neben ihr ging, ein paarmal angesprochen, angeblich konnte sie sie der lauten Musik wegen aber nicht richtig verstehen. Als auf dem Richtplatz die Menge eine Gasse bildete, denn nun kam der Karren mit der Verurteilten, sah sie auf der anderen Seite Benigna. Die wandte den Blick ab. Die Menge wogte wieder in respektvoller Entfernung um den Holzstoß herum. Alle, die Krämer, bei denen Trine Strehlen eingekauft, die Herrschaften, deren Wäsche sie gewaschen, die Nachbarinnen, denen sie Salz geborgt, die jungen Frauen der Weber in der Tuchmacherstraße, deren Kinder sie manchmal gehütet hatte, alle hörten mit an, wie das Urteil verlesen, der Stab über sie gebrochen, dem Scharfrichter Rudloff der Befehl erteilt wurde, das Urteil zu vollstrecken. Alle sahen mit an, wie Rudloff die Fackel an die Strohballen hielt. Wie das Feuer vom Stroh auf das Holz übergriff. Wie Trine Strehlen nicht einmal mehr weinte, was sie vorher noch getan hatte, eine mittelgroße Frau mit hellbraunen Augen, deren Mann, ein Maurer, vor ein paar Jahren gestorben und deren Tochter irgendwo in der Ferne verheiratet war. Die der Mutter auch nicht mehr hätte helfen können, als alle zusahen und der Rauch deren irres Schreien erstickte. Alle sahen mit an, wie Trine Strehlen nach Artikel 109 der geltenden Halsgerichtsordnung verbrannte. Nach Paragraf 98 der Pritzwalker Polizei-Ordnung. Nach allen Regeln, die einzuhalten waren. Es wurde keine davon übertreten. Es wurde gegen keine Gesetze verstoßen. Es wurde kein Fehler gemacht.

17

Ich hielt gestern für möglich, dass Valentins Vorhaben gelingen könnte. Dass er, falls er nur überzeugend genug aufträte (wenn Ihr nicht, dann!), Judith tatsächlich bewegen könnte, ihren Mann zu bewegen. Wenn er sie nur gründlich erinnerte, ihre Ängste von damals wieder wachrief. »Wisst Ihr noch? Damals, als wir noch jung waren? ›Ruhe und Stille/ist Gottes Wille‹ und danach war es zwischen uns nicht mehr ruhig und still.«

Ich hielt es für möglich, dass er den Schmerz wieder wachrufen, die Wunden wieder aufreißen, die Erinnerung wieder in Angst wandeln konnte.

Wenn Ihr nicht, dann! Wenn Ihr Euren Mann nicht umstimmt, wenn Ihr nicht dafür sorgt, dass er die Stadttore *doch* öffnen lässt, dann werde ich alles verraten.

Dann wollte er das mit dem Fleiß auf dem Faulbett verraten. Das mit der Tochter: dass es seine war, die Fehlgeburt damals. Dann sollte Kober sich vor den Kopf schlagen. Wie oft hatte Judith sich für Valentin eingesetzt! Wie blind war er gewesen! Wie taub! Für wie dumm hatten sie ihn gehalten! Wie war er betrogen!

Und es spielte für Valentin gestern Abend, als er nur noch die Angst kannte, *seine*: sterben zu müssen, ohne vorher gelebt zu haben, es spielte für ihn keine Rolle, dass er ihr nie gleichgültig gewesen war. Wie sonst wäre das mit dem Blech zu erklären? Einem Blech voller Pflaumenkuchen, nicht von Elsbeth, sondern von ihr selbst gebacken und ihm, mit einem rot-weiß karierten Tuch bedeckt, bis hinauf in seine Stube getragen. Sie hatte ihn durch eine unbedachte Bemerkung gekränkt. Sie wusste noch, womit man bei ihm etwas gutmachen konnte. Nur nahm sie statt Zucker zuletzt in der Aufregung Salz. Essen konnte man den dick mit Salz bestreuten Kuchen nun nicht mehr. Aber sie trug ihn nach oben, um Valentin das Versöhnungsgebäck wenigstens sehen zu lassen.

Es war ihr *nicht* gleichgültig. Wie er an seinem Arbeitstisch saß: die Arme über einem aufgeschlagenen Buch verschränkt und den Kopf auf die Arme gelegt. Schlief er? Nein, er hob den Kopf, aber er hatte ihren Gruß nicht erwidert und nun sah er durch sie hindurch.

»Valentin? Was ist denn los?« ... »Geht es Euch nicht gut?« ... »Ist etwas mit Eurer Mutter Vyfken?« ... »Habt Ihr wieder Ärger in der Schule?« ... »Valentin, nun sagt doch was!«

Er sah sie damals kurz an, wandte den Blick aber gleich wieder ab, und seine Augen glänzten verdächtig.

Sie trat neben seinen Stuhl, legte ihm die Hand auf die braunrote Mähne. »Valentin! Sagt doch! Was habt Ihr denn?«

Er schluckte und schluckte und konnte nicht sagen, dass er nichts hatte.

Und dass es das war.

Dass er nichts hatte, nichts!

Dass er diesem Buch, das da vor ihm lag, gerade entnehmen musste, dass er jahrelang einem Trugbild nachgejagt war. Dass er sich Gleichgesinnte, Verbündete nur eingebildet hatte! Dass es für ihn nicht einmal den Trost gab, irgendwo in der Welt noch Brüder zu haben!

Sie zog das Buch unter seinen Armen hervor. »Turris babel sive iudiciorum de fraternitate Rosaceae crucis chaos«, buchstabierte sie mühsam und erriet, dass es um die Brüder vom Rosenkreuz ging. Um jene Brüder, die Valentin berufen würden, dessen war er sich sicher gewesen. Um jene, die einen von ihnen Auserwählten erst aus dem Verborgenen beobachteten, dann ihm ein Zeichen gaben und ihn zuletzt in ihren Orden aufnahmen.

Sie las, eine Hand auf seinem Kopf, in der anderen das Buch, und sie glaubte nicht, was sie las. Aber es stand dort tatsächlich: *»Hört, ihr Sterblichen, vergebens erwartet ihr die Brüderschaft. Die Komödie ist aus. Die Fama hat sie aufgeführt und auch wieder abgeführt. Die Fama sagt Ja; jetzt sagt sie Nein.«*

Sie ließ Valentin los, schlug das Buch bestürzt zu, drehte es hin und her, schlug es erneut auf, blätterte vorwärts, rückwärts, las hier, las da, begriff langsam, was man ihm antat:

»R: So viele prächtige und wahrscheinliche Worte sind also nichts?

O: So sagt die Fama.

R: Diese Frömmigkeit und Bescheidenheit haben also betrogen?

O: So sagt die Fama.

R: So viele glaubwürdige Zeugen und Verteidiger haben also getäuscht?

O: So sagt die Fama.

R: So viele fein spürende Menschen sind also hintergangen worden?

O: So sagt die Fama.«

Betrogen, getäuscht und hintergangen, sagte damals die Fama.

Valentin war wieder allein. Es gab für ihn keine Brüder. Es gab nur diese Gewissenhaftigkeit um ihn herum, die mit Gewissen nichts zu tun hatte, weil sie eine Bibliotheksordnung brauchte, um zu wissen, was gut und was nicht gut war, eine Tischordnung, Hausordnung, Halsgerichtsordnung. Es gab nur diese Rechtschaffenheit um ihn herum, die gern Bier trank und nichts schaffte außer recht viel für sich selbst. Es gab nur diese Mitglieder, Vorsteher und Kassenwarte, die wieder Mitglieder, Vorsteher und Kassenwarte nach sich zogen und alles denunzierten, was nicht wie sie war.

Judith verstand ihn damals.

Aber gestern Abend spielte es für ihn keine Rolle mehr, dass sie ihn einmal so liebte. Dass sie auch, als sie ihm keine Beiwohnung mehr erlaubte, ihm zugeneigt blieb. Ihm beistand. Sich zwar nicht mehr auf dem Faulbett für ihn verwendete, sonst aber doch. Bei Vyfkens Begräbnis zum Beispiel, als er kopflos war, sie den Totenschein, den Erbschein, die Papiere über den Steuer-Erlass für ihn besorgte.

Gestern Abend spielte für ihn keine Rolle mehr, dass sie auch seine Enttäuschung über die nicht existierenden Rosenkreuzer, seinen Schmerz, seine Wut über diesen Betrug damals verstand. Dass sie damals seine Männertränen noch schwerer als die ihres Sohnes ertrug. Dass sie alles noch wusste, was sie einmal über Sterne und Unsterne gesprochen hatten, über die zahlreichen Planetenaspekte bei seiner Geburt, über das öffentliche Wirken, zu dem er bestimmt war. Und dass er gern ein Doktor geworden wäre! Dass sie ihn einmal zum Dr. amoris causa ernannt hatte, was aber nicht reichte, und dass sie nicht nur Pflaumenkuchen backen, sondern auch hatte erkennen können, in welcher Lage er war.

Allein. Isoliert. Und auch bald, das kam noch dazu, denn Vyfken war inzwischen gestorben und auch bei der Ausrichtung des Begräbnisses und der Erbschaftsformalitäten hatten Kober und sie ihm, wo sie nur konnten, beigestanden, bald war er auch wieder in der Gasse Achter der Mauer.

Allein. Zwar dem Ersten Stand zugehörig, aber von den Ratsfamilien geschieden durch seine Armut. Von den Nachbarn, den Gerbern und Hirten, geschieden durch seine Bildung. Von den Kollegen, die auch arm und gebildet waren, geschieden durch den Vorzug, dank des Legats ihres Vaters Bibliothekar der Stadt Pritzwalk zu sein.

»Bibliothekar? Ich? Der Rat hat das hier zwar« – er machte mit dem Arm eine Geste – »Bibliotheca publica genannt, aber er denkt gar nicht daran, es publik zu machen!«

»Nun schreit nicht *mich* an, Valentin. Ich weiß, dass man Euch keine Räume gibt, aber ich kann nichts dafür!«

»Entschuldigt.«

Er schniefte und wischte sich die Nase am Ärmel ab und Baltzer hätte sie dafür am liebsten eins hinter die Ohren gegeben.

»Ich hab nichts«, sagte er, »keine Frau, keine Kinder, keine Freunde. Ich hab keinen Beruf, der mich ausfüllt, ich hab nicht einmal mehr mich selbst. Das, was Ihr seht, ist der Rest von mir. Ich hätte mit meinen Talenten zwar manches gekonnt. Aber man ließ mich nicht tun, was ich könnte.«

»Ihr habt mich, Valentin!«

Sie sagte es weich und merkte auch gleich, dass es, obwohl ehrlich gemeint, ziemlich falsch war. Schnell, um dem Gespräch keine unerwünschte Richtung zu geben, fuhr sie fort: »Ihr braucht Euresgleichen. Ihr braucht die Verbindung zu Männern, die Euch zu schätzen wissen, Männern von Eurem Verstand, Eurem Streben.«

Wie es denn wäre, zu Diederich von dem Werder zu reisen?

Der habe ihn doch schon so oft eingeladen. Erstens würde er dort vielleicht hören, ob dieses Buch vom »Turris babel« nicht bloß eine Fälschung sei, denn er habe ihr doch gesagt, wie viele heimtückische, wütende Gegner die Brüder vom Rosenkreuz hätten, und zweitens ...

Sie hob ihre Stimme, um ihn am Sprechen zu hindern: »– und zweitens – ja, ja ich weiß, was Ihr sagen wollt: dass Ihr keinen Urlaub bekommt, dass Ihr es ja oft genug schon versucht habt. Nein, nein! Lasst mich mal machen! Zweitens müsst Ihr hier wirklich weg. Ich rede mit Kober. Vielleicht kann er für Euch etwas tun.«

Es war ja schon einmal gelungen, dass Judith ihren Mann dazu brachte, für Valentin etwas zu tun. Sie nutzte damals einen günstigen Augenblick, einen voller Zufriedenheit und guter Laune. Der war gekommen nach dem öffentlichen Examen der Schüler. Das Podium war schon abgeräumt worden. Schiefertafel und Rednerpult standen schon unten, auf dem Pflaster des Platzes, zum Rücktransport in das Schulhaus bereit. Schüler und Gäste sprachen den Bratwürsten zu. Eltern und Ratspersonen standen nach Bier an. Kober war vorher und nachher von allen möglichen Leuten umringt gewesen, auch, als man sich mit Wursttellern und Bierkrügen an den langen Brettertisch setzte, zollte man ihm Beifall oder spendete Lob.

»Vor allem bewundere ich, Herr Bürgermeister, dass Ihr dabei so ruhig geblieben seid!«

Judith, die ihrem Mann nach der so bewunderten Rede zu Hause Baldriantee kochen musste, sagte zur Ruhe nichts weiter.

»Ganz außerordentlich habt Ihr das neulich gemacht. Der Pöbel ist immer stiller geworden. Zuletzt sind sie alle artig nach Hause gegangen.«

Auch Anthonius von Quitzow, der schon auf dem Heimweg nach Kletzke war und Kober im Vorübergehen nur kurz auf die Schulter klopfte, hatte davon gehört, dass eine bewaffnete Menge im Begriff war, wegen der schlechten Münze das Rathaus zu stürmen. Und von Kobers Rede am Rathausfenster.

Judith hatte damals den Augenblick genutzt, da Kober, vergnügt und schmausend, wobei man ihm das Vergnügen am Schmausen inzwischen schon ansah, von allen gesehen am Tische saß. Nachbar Wordenhoff stieg über die Bank, setzte sich kichernd zu ihnen. Wie man das denn gefunden habe vorhin. Das sei doch ein guter Witz gewesen, oder? Die zu entseelenden Schüler!

Auch Kober lächelte. Der Konrektor Pflücke hatte an die Tafel statt »discipuli examinandi« »disciputi exanimandi« geschrieben, statt »die zu prüfenden Schüler« »die zu entseelenden Schüler«.

»Klein wäre das nicht passiert«, sagte Wordenhoff grinsend und erinnerte sich daran, wie er seinerzeit von Valentin immer abschrieb.

»Wo ist der überhaupt?«

Man entdeckte Valentin neben der Schlange, die sich vor der Bratwurstbude gebildet hatte. Er sprach mit dem Torhüter Ostermann, für dessen Sohn, weil Ostermann arm war, auch die Stadt das Schulgeld bezahlte.

»Er scheint sich trotz seiner vorzüglichen Verbindungen ein Herz für solche Leute bewahrt zu haben«, sagte Judith.

Beiläufig. Sie löffelte sich Senf auf den Teller.

»Vorzügliche Verbindungen? Klein?« Auch Nachbar Wordenhoff horchte auf.

»Meinst du damit den Hessischen Hofmarschall, mit dem er korrespondiert?«

»Ist er Hofmarschall? Von dem Werder heißt er, von dem

er uns einmal erzählt hat, Elsbeth, Jenne und mir. Er sitzt ja ab und zu mal bei uns in der Küche. Und zahlt uns für die Quirle, die wir ihm zum Abschlecken geben, und die Speisen, die wir ihn kosten lassen, mit Geschichten von seiner Frucht-, seiner Dichtergesellschaft. ›Fruchtbringende Gesellschaft‹, heißt sie – jetzt hab ich's. Die Herren korrespondieren miteinander, wollen Unterschiede des Standes nicht wirken lassen, weshalb sie sich Vereinsnamen geben. Ein paar hat Valentin uns gesagt. Es gibt da zum Beispiel den – ja, es gibt den ›Mehlreichen‹, den ›Gekochten‹, den ›Nährenden‹ ... und den ›Schmackhaften‹ ...«

»Das hört sich eher nach einer Versammlung von Köchen an«, witzelte Wordenhoff.

»Ja. Jenne hat auch gleich beitreten wollen. – Nein, im Ernst«, sagte Judith, »›der Nährende‹, das weiß ich noch, ist Fürst Ludwig von Anhalt und ›der Schmackhafte‹ ist ein Herzog von Sachsen.«

»Herzog? Fürst? Und mit denen korrespondiert er?« – Wusste sie's doch. Nun war ihrem Manne die Sache ebenfalls schmackhaft. »Und wieso weiß ich davon noch nichts?«

»Weil nicht alle Post in dein Kontor kommt und du auch nicht Kuchenteigschüsseln zum Ausschlecken bietest.«

»Und warum erzählt mir Klein das nicht mal beim Bier?«

»Vielleicht kommt er bei deinen Sorgen nicht immer zu Worte? Oder weiß vielleicht, dass Dichtung und Sprachpflege dich nicht interessieren?«

Verbindungen jedenfalls interessierten ihn. Eine zu Fürsten und Herzögen mit nur Valentin als Zwischenstation ganz besonders.

Es dauerte damals nicht lange, bis der Widerstand seitens des Pfarrherrn gegen Valentins Urlaubsgesuche beseitigt war. Ein Gespräch mit dem Rektor beim Umtrunk im Schützenhaus nach dem Scheibenschießen, eines mit dem Pfarrherrn beim Gänsebraten nach einer Taufe im Hause Benzins. Der Tagesordnungspunkt »Verschiedenes« zur Ratssitzung. Dann durfte Valentin reisen.

Judith hatte ihm ja schon einmal das Tor in die Welt da draußen geöffnet. In eine Welt, in der es Wiesen und Wälder, Felder und Wege gab. Zerfahrene Wege, gewiss. Verwüstete Felder, denn die nach dem Sieg Wallensteins an der Dessauer Elbbrücke in die Mittelmark zurückflutenden Mansfelder hatten überall ihre grausige Spur hinterlassen. Valentin kam an verkohltem Gebälk, provisorischen Gräbern, an von Tieren unter Baumwurzeln und Gesträuch geschleppten menschlichen Knochen vorbei. Einmal, wegen eines rastenden Reitertrupps, blieb er lieber hinter den Feldsteinen eines Hünengrabs und rekapitulierte alles, was Robert ihn über die Sprache der Pferde gelehrt hatte, für den Fall, dass eins näher käme. Ein andermal hielt das Gefecht zwischen einem dieser umherziehenden Haufen, die sich von den regulären Armeen abspalteten und auf eigene Faust Krieg führten, und der bewaffneten Eskorte des Kaufmannszugs, dem er sich in Havelberg angeschlossen hatte, ihn auf. Aber im Großen und Ganzen kam er gut vorwärts. Schon war er in Tangermünde. Schon war er in Güsen. In Möckern kaufte er sich noch einmal ein Brot und schon nach anderthalb Wochen traf er in Reinsdorf ein.

Die Leute, als er das Dorf durchschritt, drehten die Köpfe nach ihm, doch musste er niemanden nach dem Weg zum Schloss fragen. Das hohe Dach war schon von Weitem zu sehen. Auch die Befürchtung, sein Brief könne noch nicht eingetroffen sein, erwies sich als gegenstandslos. Als er auf den zweistöckigen Bau zu schritt, kam jemand die Freitreppe unter dem mittleren Giebel herunter, ein Mann in Sturmhelm und Brustharnisch. Ob er Valentin Klein sei. Der Bedienstete lächelte. »Dann wartet man schon auf Euch.« Er geleitete ihn die Treppe hinauf, ging durch die Halle, öffnete eine Flügeltür: »Valentin Klein, Herr.« Er salutierte, als Valentin eintrat.

Werder, dessen Gesicht Valentin vom Titelkupfer der »Siebenunddreißig Gebete« kannte, erhob sich. Sein Gesprächspartner, der Valentin als der Dichter Tobias Hübner vorgestellt wurde, blieb sitzen. Woran zwei Dichter merken, dass sie einander nicht für Dichter halten, sollte man einmal erforschen, dachte Valentin. Es muss etwas sein, das mit Wörtern, aber nicht mit Geschriebenem zu tun hat. Werders Händedruck, Werders Begrüßungsworte, Werders Lächeln dagegen gefielen ihm.

»... und Ihr ahnt nicht, wie spitz er sein kann«, sagte Werder zu Hübner. Der, mit scharfem schnellen Blick aus seinem knittrigen Gesicht, schien es aber wohl doch zu ahnen.

Nicht, dass Valentin Pritzwalk vergaß. Er verglich die großen Flügeltüren in Werders Schloss durchaus mit den schweren Vorhängen in Kobers Diele, die roten Krebse auf Werders Tisch mit dem Stielmus aus Rübenblättern, das Vyfken oft gekocht hatte. Er verglich die Tischgespräche über Wollpreise, Münzsorten und weggezauberte Hühner mit denen über Metren, Reime und Opitzens Buch über die Poeterey.

Er war vorsichtig. Er behauptete, was Opitz über »Die Woche« des Franzosen Bartas geschrieben hatte, nicht zu kennen und damit auch nicht die schlechten Verse von Hübner: »Gott, der du mir der Welt Geburt hast tun anzeigen/ entdeck mir ihre Wieg, tu mir ihr Kindheit zeigen.« Er war bescheiden. Darüber, ob Opitz zu verbessern sei, stehe ihm noch kein Urteil zu.

Er verglich Kobers Berichte über gestiegene Zinsen beim Bankhaus Weiler & Essenbrücher in Berlin und rebellierende Handwerksburschen mit den Anekdoten, die Werder aus seiner Jugend am hessischen Hofe erzählte. Fechtboden. Jagen. Reiten. Turniere. Englische Schauspieler. Lateinische Dramen. Musik, Musik und noch mal Musik. Und strenge Schulzucht! Wenn man nicht spurte, lernte man gezüchtigt das Singen. Landgraf Moritz persönlich habe Prüfungen und Disputationen der Schüler des Collegium Mauritianum geleitet.

»Das Schulwesen lag ihm sehr am Herzen. Er schrieb sogar selbst Schulbücher.«

»Er schrieb überhaupt sehr viel!«, warf Hübner ein. Er schien mit Zank die Zucht wettmachen zu wollen, die seinen eigenen Schriften fehlte.

Werder sagte nicht, was er bemerkte: dass sich auf seinem und Hübners Teller die Krebsschalen häuften, während Valentin sich immer noch mit dem ersten Tier auseinandersetzte. »Jetzt hab ich endlich den Bogen raus«, sagte er. »Wenn man es so macht und so« – er zeigte es Valentin – »und dann den Schwanz abzieht, geht es ganz leicht. – Habe ich eigentlich schon einmal erzählt, dass wir Schüler auch an der landgräflichen Tafel aufwarten mussten? – Da! Bitte! Ich kann's immer noch!« Und damit balancierte er eine kunstvoll getürmte Pastete zu Valentin hin, die dieser ebenfalls schon ein paar Mal verzweifelt angesehen hatte.

Valentin verglich und verglich und sein Leben in Pritzwalk kam dabei nicht gut weg.

»Glaubenskrieg?« Auch wenn Hübner den Mund zum Lächeln verzog, wiesen seine Mundwinkel nach unten. Man saß nach dem Essen am Kamin. Werder sagte nichts, aber der Blickwechsel der beiden entging Valentin nicht.

»Ein Glaubenskrieg«, sagte Werder dann, »ist es nur insofern, als man auf beiden Seiten dasselbe glaubt, nämlich, dass das reiche Böhmen die Hälfte der Verwaltungskosten des Reiches deckt.«

»Und dass es um die nächste Kaiserwahl geht«, warf Hübner ein. »Wenn ein protestantischer Kurfürst auf dem böhmischen Thron sitzt, hat er *zwei* Stimmen, seine und die des Königs von Böhmen.«

»Womit die Wahl entschieden wäre«, erklärte Werder, sich über die Armlehne zu Valentin neigend. »Die katholischen Kurfürsten wären dann mit vier zu drei Stimmen unterlegen.«

Es ging ja schon einmal, dass Judith auf Kober einwirkte und Valentin einen Weg in die Welt öffnete. In eine, die damals Reinsdorf hieß. Und Diederich von dem Werder. Tobias Hübner. Die Dichtung. Die Politik. Landgraf Moritz. Dass Hübner in Reinsdorf sich zu Opitz nicht anders verhielt als Pflücke in Pritzwalk sich zu Valentin, gab ihm freilich zu denken. Beide litten sie darunter, dass Gott einem anderen mehr Talent gegeben hatte als ihnen, und beide nahmen sie es nicht Gott, sondern dem Begabten übel.

Auch dass sich englische Schauspieler, lateinische Dramen, Musik, Musik und noch mal Musik mit der Hinrichtung jenes Eckardsberg, von dem Werder erzählte, nicht in Einklang bringen ließen, fiel ihm auf.

Ein Hofmarschall hatte dem Hofjunker von Eckardsberg eine Liebschaft mit der Landgräfin nachgesagt, der Hofjunker diesen deshalb erschossen und der Landgraf ließ ihn dafür dreimal vor dem ganzen Hof foltern, dann die Hand abschlagen, den Leib aufschneiden, das Herz herausreißen und ihn anschließend vierteilen. Die Braut und die Mutter Eckardsberg, die das mit ansehen mussten, wurden wahnsinnig. Der Landgraf, der auch zusah, nicht.

Ich konnte sogar verstehen, gestern, dass Valentin nun, da er schon vierzig war, noch einmal versuchen wollte, zu leben, bevor er starb. Ich hielt es für möglich, dass ihm das mit der Erpressung gelingen könnte.

Vor der Stadt standen die Schweden. In der Stadt herrschte die Pest.

»Von den Schweden werden wir *vielleicht* getötet«, hatte er vorgestern in der Beratung zu Kober gesagt, »von der Pest ganz *gewiss*.«

18

O nein! Still! Honzíčku, still! Um Gottes willen, wach auf! Honzíčku! Wach auf! Ticho! Werd wach, miláčku! Ticho, ticho, Mama ist doch da. Du hast bloß geträumt. Ticho! Sieh mal, Mama ist doch da. Es ist alles gut. Aber still, ganz still, musst du sein, ganz still. Hier sind keine Bösen.«

Haben sie's gehört?

»Ist ja gut. Du hast bloß geträumt. Ist ja gut. Ich bin doch da.«

Gott sei Dank! Zum ersten Mal kann ich dem Getöse da draußen etwas Gutes abgewinnen. Sie sind vom eigenen Lärm betäubt. Sie schreien die Pferde an, wovon die Wagen nicht leichter werden. Sie schreien einander an, deutsch übrigens, was aber nicht viel besagt, denn im schwedischen Heer ist inzwischen nur noch jeder Fünfte ein Schwede.

»Keine Angst, Honza, hierher kommen sie nicht. Wir müssen nur still sein, dann können sie uns nicht finden.«

Ja, so, komm her ...

Wie dünn er geworden ist. Trotz meiner nächtlichen Beschaffungsrunden in den letzten Wochen.

»Die Tante?« (Ohne die hätte ich dich jetzt nicht mehr, mein Kleiner.) »Die Tante schläft. Sie ist krank, sieh mal. Sie hat sich den Kopf verbrannt. Der heilt aber wieder.«

»Bald?«

»Ja. Wenn sie viel trinkt und viel schläft und auf Mama hört.«

»Können die Soldaten hierherkommen?«

»Wenn wir laut sind oder am Tag ein Feuer anmachen, ja. Aber wenn wir ganz leise sind und nur nachts kochen, nicht. Deshalb musst du auch ganz still sein, ja? Auch später, damit uns niemand hört. Hier ist es nämlich für uns gut. Hier gibt es sogar etwas ganz Feines: Honig! Wollen wir beide mal Honig essen gehen? Ja? Willst du? Dann komm mal mit. Aber immer dran denken: ganz leise, ja?«

Oh, jetzt hätte ich beinahe den Essig ...

»Warte mal, Honza! – Ich will nur mal sehen, ob ...« Tatsächlich, sie glüht nicht mehr so sehr! Heute früh waren ihre Wangen viel heißer! Wusste ich's doch! Essig in Wadenwickel – das hab ich auch von Una Branduardi gelernt.

»Na, nun komm.«

»Tady jsou kořeny.«

»Nein, das sind keine Wurzeln. Das ist ein Balken. Der ist hier in der Erde vergraben.«

Und wie erklärt man einem Vierjährigen, was ein Ringwall ist? Was eine slawische Burg? Und wozu sich die Scharfrichter – drei Generationen, sagte Peter – vor der Nase einer Obrigkeit, die ihnen die Stadt zu verlassen verbot, es sich hier jenseits der Mauern so nett gemacht haben?

Überhaupt scheint das Wichtigste immer unter den Oberflächen zu passieren! Bei der Beratung vorgestern, als es darum ging, was in dieser Lage zu tun sei – vor den Mauern die Schweden, in den Mauern die Pest –, hätte ein oberflächlicher Betrachter nur die fünf Männer gesehen, Kober, der den Vorsitz führte, Valentin und die drei anderen, dazu Judith, die Protokoll führte; allenfalls hätte man noch gesehen, dass Judith Valentin, als er kam, etwas zusteckte, ein

Viertelbrot, »Steckt das schnell weg, das braucht niemand zu wissen«, aber dass es zwischen ihnen noch mehr gab, das niemand zu wissen brauchte, und dass auch dies den Verlauf der Beratung bestimmte, wäre nicht zu sehen gewesen.

»Siehst du den kleinen braunen Topf da oben? Das ist der Honig. – Počkej! Warte! Nicht mit den Fingern!«

Ich Transuse, ich! Warum hab ich daran denn vorhin nicht gedacht! Bei den alten Römern galt der Honig doch auch als Heilmittel gegen Vergiftungen – und Brandwunden vergiften den Körper! Ich muss ihr Honig geben, das kann auf keinen Fall schaden!

»Genug, Honza. Einen Löffel noch, und dann ist Schluss. Ihn tragen? Gut, aber sieh hin, wo du läufst. Denk an den Balken.«

Und das Wasser in der Tonne reicht auch noch. Sowieso muss ich sie wieder wecken. Sie muss wieder trinken.

Ich habe Valentin gestern Honzas wegen zurückzuhalten versucht. Ich fand es schon schlimm genug, dass er am Vorabend durch die Stadt laufen musste, aber da habe ich es noch eingesehen, weil diese Beratung bei Kober für ihn dienstlich und deshalb nicht zu umgehen war. Aber gestern, ein weiteres Mal vermummt, mit einem Tuch gegen den bösen Dunst vor Mund und Nase, mit Beifuß gegen eine böse Spur in den Stiefeln, mit ängstlichem Blick auf Häuser, an deren Fenstern besonders viele Fliegen wimmelten – das war zu umgehen!

Was er mit seiner Judith hatte, war mir egal! Dass er sie erpressen wollte, war mir auch egal! Ob das funktionieren würde, war mir erst recht egal! Wenn sie ihren Mann nicht dazu bewege, die Stadttore öffnen zu lassen, werde er ihm vom Faulbett erzählen! Es war mir so egal wie die Gestrandeten und Flüchtlinge in der Stadt, die verwundeten und versprengten Soldaten, die aus ihren Dörfern geflohenen Bauern.

Jeder musste eben sehen, wo er blieb. Es war mir so abgrundtief, so himmelhoch egal wie die Kober'schen Sorgen: Stadttore auf oder Stadttore zu, Soldaten einlassen oder Zivilisten hinaus. Alle, die vor der Pest in der Stadt fliehen wollten, hinaus. Es war mir egal wie der Unterschied zwischen Hure und Dirne: Ich hatte gelernt, ich erkannte Gefahren, ich würde mich drinnen wie draußen durchschlagen.

Lange genug hatte ich ja unter Soldaten gelebt! Oder vielmehr nicht gelebt, nur zur Hälfte gelebt, einen Teil von mir abgetrennt, mit dem ich mich ins Sonstwo begab, während sie mit dem Rest, wie ihnen beliebte, verfuhren. Sollten sie doch. Sollten sie schnaufen und schwitzen und grunzen. Sollten sie dies wollen und das wollen. »Sag Anders zu mir.« – »Anders.« – »Sag: Mehr, Anders.« – »Mehr, Anders!« – »Sag: Mehr, mehr!« – »Mähr, mähr, mähr, mähr.« Von mir aus sollten sie mit mir sonst was anstellen, ich war zu Hause und sah die Beskiden. Ich roch Druckerschwärze und hörte das Quietschen der Presse. Ich las Korrektur nach dem Andruck eines der komischen Lieder, welche die Hutterer bei uns drucken ließen: »Gar wenig sind der Städt' in dir/die sich nit haben beflecket.« Ich, die ich mich befleckt hatte, und zwar mit dem Verlust der Gewissheit, dem Zweifel an der Existenz einer Wahrheit, dem Bruch all der kindlichen Schwüre, auf Knien zu Hause und mit gefalteten Händen; ich, die ich mich am Leben erhalten hatte mit dem Wissen, wie man stiehlt, während der Tross auf den Aufbau des Lagers für die Mannschaften wartete, wie man Männer begrüßt und wie die Herren vom Feldwebel an aufwärts, besonders wenn sie auch Kunden zu werden versprachen; ich, die ich gelernt hatte, die Strohballen schneller abzuladen, den Besen schneller zu schwingen, das Wasser schneller zu tragen, wenn der Hurenwebel in Sichtweite war, so zu tun, als sei mir an der Leidenschaft eines Arkebusiers, den ich bediente, gelegen, während ich mich mit Leidenschaft meines Gedächtnisses und meines Tastsinns bediente: Wo hatte er den Gürtel mit der Patronentasche abgelegt? Hier, ich hab ihn. Und tatsächlich, es sind auch Münzen darin. Die ich zählte. Damit wir sie ihm nachher mittels Bier oder Würfelspiel abnehmen konnten.

Ich, die böhmische Dirne, wie seine Judith mich vorgestern zu nennen beliebte, ich, die ich gelernt hatte, dass man Löwenzahn, Gänseblümchen, Gras und Melde essen kann, welche Wurzeln und wie man Bucheckern am schnellsten aufliest, wie man Fische fängt und wie man kleines Getier zubereitet – ich würde auch draußen am Leben bleiben.

So, wie ich es trotz der Pest auch im Innern schon wochenlang tat. Indem ich vorsichtig war. Die Innenstadt mied. Denn dort vor allem waren die Fliegen.

Nicht nur die gewöhnlichen schwarzen, auch die gelben Stechfliegen, die großen grauen Fleischfliegen, die blau schillernden und die glänzend grün-goldenen tauchten seit Wochen schon überall auf. Sie sonnten sich an den Mauern der Häuser, drangen in Flure und Stuben, krochen über Kinder und Kranke ... In dicken Trauben stoben sie vor einem vom Weg auf. Es half nicht, dass man nach ihnen schlug. Es half auch nicht, dass man rannte. Ging man langsamer, war der Schwarm wieder da ...

Ich suchte mir meine Kundschaft lieber in der Gasse Achter der Mauer. Valentin fragte nicht, wo dies und das herkam, ein Stück Brot, das abends noch nicht da war, drei Äpfel, die morgens auf dem Tisch lagen. Doch bat er mich manchmal, am Tage zu schlafen.

»Du siehst müde aus, Sorka. Ich pass auf Honza auf. Leg du dich doch hin.«

Einmal brachte ich sogar ein Stück Pökelfleisch mit.

Nun weiß ich auch, wo das herkam. Von hier. Aus einem der Fässer hinter mir, am Ende der Höhle. Aus der Zuflucht der Scharfrichter, diesem komfortablen Versteck! Es war eine gute Idee gewesen, mich mit dem jungen Scharfrichter einzulassen.

Ich hatte Valentin meines Kindes wegen zurückhalten wollen. Um des Kindes wegen, dem ich einmal vom Amtseid der Henker erzählen will. Von der Dömnitz, die unter der Stadtmauer hindurch in die Stadt fließt, einen Bogen beschreibt und ein Stück weiter unter ihr wieder hinaus. Von den zwei Stegen auf die so entstandene Insel, dem einen, der in die Mühlenstraße führt und an dem alljährlich mein Hauptkunde, als er noch klein war, und seine Geschwister Aufstellung nehmen mussten, wenn die Patenonkel und Patentanten erschienen und der Rat ihrem Vater weiße Handschuhe gab, und dem anderen, der in die Gasse Achter der Mauer führt und den ich in den Nächten benutzte.

Es war mir um das Kind gegangen, dem ich einmal erzählen werde, dass die Scharfrichter nur mit Erlaubnis des Rates die Stadt verlassen durften, nur mit Genehmigung andere Henker bei sich beherbergen. Die schwören müssen, nicht »zu Heiden und Weiden / zu Gräben und wo sonst Fische leben / zu Kellern, Krügen und Schenken / die Schritte zu lenken«. Und die dennoch ebendies taten: Sie saßen in Kneipen, sie fischten, sie jagten, sie lenkten ihre Schritte in mondloser Nacht an die Dömnitz: dorthin, wo ein Gitter die Mauer nach unten ins Wasser verlängert. Sie hatten sich dieses Gitter verfügbar gemacht. Der Henker, seine Frau, seine Kinder, seine Knechte, seine Magd, alle, die lange schwarze Umhänge tragen mussten, damit man sie schon von Weitem erkannte, waren sehr gute Schwimmer und ließen ihre Umhänge auf dem Grundstück zurück. Sie kamen und gingen, wie es ihnen beliebte. Niemand bemerkte ihr Verschwinden, denn niemand kam auf die Insel und zählte im Haus die Insassen nach.

Ursprünglich, sagte mir mein Hauptkunde Peter, war dies Versteck hier nur eines zum Wechseln der Kleider. An der Brücke musste man noch einmal achtgeben und dann habe man sich die Freiheit genommen, in ferneren Gegenden über Märkte zu gehen und in Schenken zu sitzen. Erst sein Großvater habe das Versteck auch bewohnbar gemacht. Als Zuflucht für Pest- und Kriegszeiten, obwohl die Pest auf die Scharfrichterinsel nicht kam. »Bei uns«, sagte er, »war man schon immer gesund.«

Seine Familie sei in Könkendorf, sagte er. Das sei so abseits und mitten im Wald gelegen und so schwer, nur auf schlechtem Weg zu erreichen. Das werde wohl kaum von durchziehenden Soldaten gefunden. Ihn hätten sie dazu bestimmt, auf der Insel nach dem Rechten zu sehen. Außerdem müsse er sich ab und zu auch in den Straßen zeigen. Selten sehe jemand dem Scharfrichter ins Gesicht. Auch sähen seine Brüder und er sich sehr ähnlich.

Ich lachte. Die Vorstellung, wie dieser Siebzehnjährige der Stadt eine Vorstellung gab, mit seinem weiten schwarzen Umhang und seiner tief in die Stirn gezogenen Kapuze der Obrigkeit die Anwesenheit einer Männerschar vortäuschte, schüttelte mich so sehr, dass schließlich auch er mich zu schütteln begann.

»He! Komm zu dir!«

Da merkte ich, wie viel Kraft er besaß. Manchmal, am Tage, hatte ich ihn vom Ufer, vom Steg der Gerberei aus, wo ich immer Wasser holte, üben gesehen. Er zerhieb mit seinem Übungsschwert waagerecht Baumäste verschiedener Stärke. Das sei für die Meisterprüfung, erfuhr ich. Jemanden nicht auf dem Richtblock, sondern im Stehen zu enthaupten, erfordere nicht nur große Kraft, sondern auch eine ganz besondere Art der Körperbeherrschung, da man auf andere Art sehen, zielen und sich drehend ausholen müsse.

Dann beherrschte er seinen Körper aber gleich nicht mehr so gut. Ich tat meine Arbeit, die, wie immer bei den ganz Jungen, nur im Geschehenlassen bestand, und kam gegen Morgen mit einem Töpfchen voller Knieperkohl, den seine Patentante Judith Kober erfunden habe, in die Kate Achter der Mauer zu Valentin, der noch schlief oder sich schlafend stellte, zurück.

Es ging mir um Honza. Ihn, meinen Sohn, wollte ich gestern vor Valentins Leichtsinn beschützen. Honza, mein Kind, das ich anfangs nicht wollte, auf das ich auch gar nicht gefasst war, hatten mir nicht alle versichert, eine Schwangerschaft sei bei uns ausgeschlossen? Auch Una! Mit der ich flüsterte, wenn Antje und Suse schliefen. Die mir von ihrem Verlobten erzählte, den sie wiederzufinden hoffte, einem Musiker am sächsischen Hof, dann Militärmusiker in sächsischen Diensten, dessen Spur sich in Prag verlor, und ich erzählte von meinem Bruder, dem Drucker, dessen Spur sich auch in Prag verlor. Und dass auch ich hoffte, ihn wiederzufinden, und zwar allein.

»Schwanger? Du spinnst wohl.«

Una, damals, am Feuer vorm Hurenzelt, erinnerte mich an flache Steine vorm Muttermund und an kühlenden Essig. »No, no. Kein Bambino. Hier bekommt man kein Kind.«

Und ich bekam ja auch keins.

Im ersten Jahr nicht. Im zweiten Jahr nicht. Im dritten, als mir auffiel, dass die monatliche Kalamität, die immer schwierig genug zu behandeln war, ausblieb, war ich sogar noch froh darüber, überzeugt, dass es mir nun gehe wie den meisten anderen auch. Wir waren etwa dreihundert Frauen im Tross. Wenig, wie Una mir sagte. Sonst habe etwa die Hälfte der Soldaten ihre Frauen und Kinder bei sich. Die andere Hälfte komme zu uns.

Viele der Frauen hatten damals ihre Tage nicht mehr. Die

ständige Angst vor Überfällen wirkte auch dann, wenn man versuchte, an sie nicht zu denken. Gern überfielen die Feinde den Tross. Nicht nur, weil Frauen und Kinder eine leichtere Beute, sondern vor allem, weil die Kriegskasse, trotz ihrer scharfen Bewachung, weil Munitions- und Pulver- und Proviant- und Gerätewagen eine besonders schwere Beute versprachen. Dazu die viele Anstrengung – aufbauen, abbauen, beladen, entladen, Feuerholz suchen – und das wenige Essen. Ich machte mir zunächst keine Sorgen.

Außerdem spürte ich nichts. Mir war morgens nicht schlecht und mir war abends nicht gut. Mir war nur, wohin wir zogen, egal. Nach Norden? Gut, also nach Norden.

Nach dem Sieg der Schweden bei Breitenfeld liefen ihnen die Deutschen zu. Man ließ die deutschen Regimenter im Süden. Die schwedischen, jene, die aus echten Schweden bestanden, wurden nach dem Tod Gustav Adolfs nach Norden gezogen, also auch das unsere, und wie immer, wenn man keine Karten hatte oder die vorhandenen ungenau waren, richtete man sich nach dem Lauf der Flüsse. Es ging langsam. Nicht nur mit unserem Wagen, dessen große Räder zwar weniger Zugkraft erforderten, aber auf weichem Boden auch leichter einsanken, sondern auch, weil vor uns ein Artilleriezug dahinrumpelte. Die Pulverwagen mit den gelben Planen, die der Regen dunkel färbte, blieben oft stecken. Der Hebekran hatte einen Radbruch. Die Ersatzräder, die man brachte, passten nicht und es mussten die Stellmacher kommen. Die Dragoner, die neben der Kriegskasse ritten, verfluchten ihre Lederjacken, die bei leichtem Regen zwar Schutz boten, sich bei Dauerregen aber wie die Schwämme vollsogen. Dann hatten wir uns auch noch verfahren. Wo die Havel in die Elbe mündet, machten wir halt.

Was für ein Ort! Böhmen liegt nicht am Meer! Ich hatte noch nie so viel Wasser gesehen!

Ich hatte unterwegs Zeit gehabt, über mich und die Welt nachzudenken. Über diese Bewegung in mir, die ich nicht wollte. Über Una, der ich es gesagt hatte, die in den letzten Wochen auch bereit gewesen war, nach dem Krieg mit mir nach Mähren zu gehen. Es hatte durchaus schon Druckerinnen gegeben bei uns: Anna Šumanová, Alžběta Nigrinová, Alžběta Kargesiová oder, in der Gegenwart, jene Judita Bylinová, der nun die Melantrich-Druckerei in Prag gehörte. »Du druckst und machst die Geschäfte, ich koche und mache den Haushalt.«

Sie machte den Haushalt. In Zukunft, na klar. Jetzt, in der Gegenwart, war sie nicht mal bereit, mir das Kind wegzumachen.

»Es ist zu spät, Sorka. Du kannst draufgehn dabei.«

»Du hast gesagt, ich werde nicht schwanger.«

Antje und Suse gingen nachher dazwischen. Ich solle nicht so tun, als hätte mir Una das Kind gemacht, und Una solle die Klappe halten. Jedenfalls bewegte es sich nun in mir und mich bewegte der Anblick des Wassers und außerdem wollte ich keine Bewegungen mehr.

Ich weiß, dass ich Antjes Rufen noch hörte. Dass ich lieber mithelfen solle, es sei noch so viel abzuladen und sie kriegten bei der Nässe das Feuer nicht an. Ich weiß noch, dass Suse sagte: »Lass sie in Ruhe!«, dass mir einer an die Brust grapschte, während ich mich zwischen Wagen, Pferden und Lafetten hindurchwand, dass es wunderschön aussah, dieses Wasser, ganz besonders vorn, auf der Landzunge. Links floss die Elbe, rechts floss die Havel. Nur war das Fließen nicht mehr zu sehen, denn es war Frühjahrshochwasser. Es sah aus wie ein von zwei breiten Zuflüssen gespeister riesiger See. Links, zwischen tief hängenden dunklen Wolken, deren unterster Rand die Kronen einer im Wasser stehenden Baumgruppe zu berühren schien, leuchteten am Himmel zwei hellere Stellen. Rechts erkannte man in der Ferne hinter Bäumen ein Dorf. Vor mir war Wasser. Dort ging's nicht mehr weiter.

Das sollte es auch nicht.

Ich tat einen Schritt. Gleich würde es vorbei sein mit Kind und Krieg und Hurenzelt und Kanonen. Nie mehr brauchte ich zu helfen beim Festhalten eines Verletzten, dem der Wundarzt mit der Zange einen Daumen abkniff. Nie mehr brauchte ich die Prahlereien der Fouragiere zu hören, wie es ihnen, die sie darin Erfahrung hatten, auch im fünfzehnten Kriegsjahr noch gelang, Essbares für das Heer aufzutreiben. Welch wirksamer Methoden sie sich dabei bedienten. Sodass die Bauern dann doch lieber ein verstecktes Schwein loswerden wollten als auch noch ihr zweites Bein, nachdem sie durch das Knie des ersten geschossen und es dem Brüllenden abgedreht hatten.

Das Wasser war kalt. Ich ging weiter. Die Kälte stach in die Beine wie mit tausend Nadeln, aber auch, als der Schüler Kubik recht bekam gegen unseren armen Lehrer Poliačik, als meine Freundin Eliška nicht mehr meine Freundin sein wollte, weil ihre Familie katholisch wurde, auch als es in Pirna hieß: »Ihr seid hier nicht in Böhmen«, waren es Stiche gewesen, die ich aushalten konnte. Als die Mutter mich kurz vor ihrem Tod ratlos ansah, weil sie sich die Ablehnung der anderen nicht erklären konnte, warum sie gemieden wurde, warum man ihre Begleitung nicht wollte, als sie mich unsicher ansah, mich fragte: »Ich bin doch nicht schlecht, Sorka? Ich bin doch nicht schlecht« – das schmerzte mich damals viel mehr als die Kälte des Wassers. Juras Abschied. Der Fußmarsch nach Quedlinburg. Die Schweden, die also keine Kompanie waren. »Eine Kompanie sind hundertfünfzig Mann«, sagte Una. »Davon hat dich noch nicht mal ein Fünftel gehabt.«

Also bloß zwanzig. Na, dann war es ja gut. Dem restlichen Heer würde ich künftig entgehen.

Ich watete weiter. Übrigens bewegte sich das Kind gar nicht mehr. Aber ich kam nur langsam vorwärts.

Das Wasser sah aus wie geschmolzenes Blei.

»Denkt an ›mater‹ und ›pater‹«, sagte der Vater einmal beim Gießen, als wir uns die Namen der Formenteile nicht merken konnten. »Matrize und Patrize sind Mutter und Vater der Letter.«

Ein bisschen schneller, fand ich, könnte das Ertrinken schon gehen. Ich wartete weiter.

Mein Kind würde Vater und Mutter nicht kennenlernen. Ich wartete weiter.

Außerdem würde ich es auch ganz anders erziehen.

Es war wirklich eiskalt. Und entschieden zu flach. Natürlich, es war Frühjahrshochwasser. Ich stand nicht im Fluss. Ich stand auf einer Wiese.

Als Antje kam, damals, war ich schon umgekehrt.

Da hatte ich schon beschlossen, mich am Feuer zu wärmen, mir etwas Schnelleres einfallen zu lassen und erst am nächsten Tag weiterzusterben.

Und *das* war es gestern. Deshalb hab ich Valentin zurückhalten wollen. Denn nicht dafür hab ich damals am Feuer geheult, sodass Suse knurrte: »Du wirst es noch löschen!«, nicht dafür habe ich mich dann sogar auch wieder mit Una vertragen und ihr »Zasvítil měsíc nad humenkou« beigebracht, das traurige Lied vom Mond über der Scheune, und ihr das Ende vom Lied übersetzt: »Komm, wir vergessen beide/all die schönen Eide/die wir sprachen aus/bei uns zu Haus.«

Nicht dafür habe ich all die schönen Eide vergessen, geschworen in Mähren unserem Herrn, nicht den Menschen. Habe ich mich ergeben und genommen, was kam, also nun auch das Kind, bei dessen Geburt sich Una fast überschlug und Antje und Suse so taten, als sei es das ihre. Nicht dafür hab ich mich später mit ihnen wegen dieses Kindes um Essen geprügelt, hab für es gestohlen, gehungert, gehurt, damit Valentin durch seinen Leichtsinn mir die Pest ins Haus schleppt und ich es langsam verrecken sehen muss.

Habe ich gestern Abend gedacht.

19

Und dann war ich es selbst, die das Kind gestern in Gefahr brachte, weil ich Valentin nachlief, um ihn zu warnen. Weil ich ihm nicht vergessen konnte, dass er uns damals auflas, uns aufnahm, nach dem großen Schlachten bei Wittstock, dessen übliches Ende ich nicht noch einmal miterlebte, das gebückte Kontrollieren der Gefallenen, das Stiefel- und Kleiderausziehen, das Gejammer der Weiber, »So ein schönes Hemd, ganz von Blut versaut«. – »Das kriegst du doch mit kaltem Wasser noch raus«. – »Nee, es ist auch zerhauen und zerfetzt«. Una hatte für uns anders entschieden. Zwar war sie erst wenig zuversichtlich gewesen, hatte, als die Gegner sich auf den Hügeln aufbauten, rechts im Bogen die Sachsen, links die Kaiserlichen, uns durch ihr Fernglas sehen lassen, wodurch auch uns angesichts der Befestigungen, der Schanzen, Geschütze und Wagen die Sorge, wie wir im Falle der Niederlage die Fronten am besten wechseln könnten, ankam. Auch musste man von Reserven, Flanken, Durchbrüchen und dergleichen gar nichts verstehen, um in dem Kampfgetümmel an den Hängen, das manchmal bis zum Fluss hinunterwogte, gegen Abend zu erkennen, dass die Schweden dabei waren, zurückzuweichen. »Antje lernt schon Sächsisch«, spottete Suse, und dann sahen wir uns an. Ich hatte Honza bei mir und drückte ihn an mich: Im Rücken der Verbündeten hörten wir neuen Kampflärm und die Losung der Schweden »Gott mit uns«. King und seine schottische Reiterei, die wir mittags hatten wegreiten sehen, griff dort an. Und nach dem Sieg, als die Sachsen und Kaiserlichen Richtung Pritzwalk flohen und Stahlhans sie mit seinen Reitern verfolgte, war Una der Meinung, dass die Beute der Reiter größer sein würde als das, was wir den Gefallenen abnehmen könnten. Wir wollten es machen wie immer: Zwei zogen aus, zwei bewachten das Zelt, die Einnahmen von Außen- und Innendienst würden wir teilen durch vier. Sie teilten durch drei. Ich blieb damals in Pritzwalk.

Wir hatten uns abgesprochen: Una die Sünde, ich die Tugend, Honza brauchbares Attribut. Una für die Draufgänger, ich für die Schüchterneren. Valentin, der weder das eine noch das andere war, kam damals erst, als Honza den ersten Becher Milch schon getrunken und den zweiten, den er unbedingt haben wollte, mir zugeschoben hatte: »Da! Mama!« Ich bemerkte ihn auch nicht gleich, denn ich achtete auf die mit Una verabredeten Zeichen und versuchte herauszufinden, ob der weißblonde Ältere, einer von Stahlhansens finnischen Reitern, oder die drei Jüngeren an seinem Tisch, die ich ihrer Schuhe und der untaillierten Stoffjacken wegen für Dragoner hielt, bessere Beute gemacht haben könnten.

Ringsum war Lärm. Der Raum war voll. Männer, Weiber, Kinder, Hunde, Katzen, Gesang in einer Ecke, die Rufe nach dem Wirt in der anderen. Am Nebentisch war ein deutscher Glatzkopf bestrebt, sich mit den neuen Herren schon gut zu stellen. »Hjälp oss«, versuchte er es auf Schwedisch. Ich kannte sein Gegenüber. Es war ein schwedischer Kavallerist deutscher Herkunft: aus Rostock. Der Rostocker sagte nichts, erwiderte meinen Blick und grinste.

Ich sah Valentin erst, als die Kerle im Hintergrund ihre leeren Krüge im Takt auf den Tisch hieben, »Bier her! Bier her!« grölten und Honza, der gerade in dem Alter war, da ein Kind alles nachplappert, echote: »Hierher! Hierher!«

»Was sagst du? Ich bin ja schon da.«

Der lange Mensch mit der braunroten Mähne setzte sich, hob Richtung Wirt seinen Daumen, »Eins, Benno«, und wandte sich dem Kind wieder zu. »Was bist du für einer? Kennst du schon deinen Namen?«

Honza sperrte staunend den Mund auf und ich sprach Tschechisch mit ihm, was sich oft bewährt hatte: Man ahnt ja nicht, was Leute in Gegenwart von Fremden alles so sagen, wenn sie des Glaubens sind, dass man sie nicht versteht!

Außerdem sah Una, die mir signalisierte, dass bei dem Langen bestimmt nichts zu holen sei, doch wohl mein ernstes Gesicht!

(Das hatte ich auch von ihr gelernt: Ein Lächeln zu viel, und schon hieß es: »Was ist los! Stell dich nicht so an!«, was einer Minderung des Warenwerts gleichkam.)

Ich stellte mich damals an.

Ich trank zierlich Milch, rückte den Bierkrug, den die Magd brachte, aus der Reichweite Honzas, war ganz liebende Mutter und antwortete mit starkem Akzent, als Valentin wissen wollte, ob das mein Kind sei.

»Majn Kiind?« Augenbrauen hoch, Augen aufreißen, Lidschlag!

»Ja. Ob du es geboren hast. Bist du seine Mutter?«

Weshalb ich dann ehrlich wurde, was gleichbedeutend mit feindselig war, konnte ich weder ihm noch mir später wirklich erklären.

»Nein, ich hab das Kind auf dem Jahrmarkt gewonnen.«

Aber ich hätte ihm sagen können, was mich für ihn einnahm. Dass er darauf schwieg. Dass er mich ansah, sein Bier trank und schließlich nicht »Du kannst ja *doch* Deutsch!« sagte, sondern: »*So* ein Glück hätte ich auch gern.«

Mein Gott, was machte ich denn! Ich sollte Kunden fangen, nicht Reden anhören. Reden über die schlechte Besoldung der Lehrer und über die späte Heirat der meisten. Ich sollte Gelüste wecken, Gedanken in bestimmte Richtungen lenken, stattdessen hörte ich mich, kaum dass die Worte »Lehrer« und »Lateinschule« gefallen waren, lächelnd (!) »Salve magister« sagen!

Etwas in mir hatte damals schneller meine Chance begriffen als mein Verstand.

Seine Verblüffung in der rußigen Kneipe war echt.

»Aber du kannst nicht wirklich Latein, oder?«

»Nein, ich verstell mich bloß.«

»Wie konjugiert man amare?«

»Amo, amas, amat, amamus, amatis, amant. – Aber du musst nicht etwas so Leichtes fragen.« – Letzteres sagte ich auf Griechisch.

»Das gibt es doch nicht!«

»Doch, bei uns in Mähren.«

Ich erzählte ihm von den Schulen der Brüdergemeinden, von den pädagogischen Idealen unseres Bischofs Komenský, den er vielleicht unter dem Namen Comenius kenne, vom Unterricht, den Jungen und Mädchen gemeinsam bekämen. Die Natur, lehre Comenius – sagte ich ihm –, verfahre sicher, leicht, gründlich und rasch, und genauso solle auch die Unterrichtung der Kinder sein. »Gefruchtet hat's bei mir«, sagte ich, »nur geholfen hat es mir wenig.« Ich machte keinen Hehl mehr aus meinem Beruf. Ich erzählte von unserer Werkstatt, von Pirna, von Quedlinburg. Ich ließ nur die Kompanie auf dem Münzenberg aus, nach der ich weder laufen noch sitzen konnte. Dabei musste ich ziemlich laut sprechen.

Ein Pärchen, der Mann mit einem Dudelsack und die Frau mit einer Schellentrommel, waren hereingekommen und hatten, während Una auf der Ofenbank einen pockennarbigen Hauptmann bespielte, den Lärm zu rhythmischem Spektakel gesteigert.

Valentin kannte Comenius. Valentin wusste sogar, dass dieser, was ich zum ersten Mal hörte, als Zweiundzwanzigjähriger zu Fuß von Heidelberg nach Mähren gewandert war, weil er das Reisegeld lieber für ein Buch von Johannes Kepler ausgab.

»So ein Narr bin ich auch«, sagte er.

Auf eine Bleibe hatte ich damals nicht zu hoffen gewagt, nur auf etwas zu essen für mein Kind, auf eine Nacht in einem richtigen Bett und – zu meiner Überraschung – auch auf ein Gespräch, das nicht, wie die meisten im Hurenzelt, schon nach wenigen Worten auf Angriff und Verteidigung schrumpfte!

Was gab ich mir doch für Mühe, es nicht versiegen zu lassen!

Aus seinen ausgefransten Manschetten und seinem unbeholfen angenähten Jackenknopf hatte ich schon am Anfang auf einen frauenlosen Haushalt geschlossen, aus dem Lächeln und der Tatsache, dass er Honza vom zweiten Bier den Schaum schlürfen ließ, auch darauf, dass ihn das Kind wenig störte. Honza? Das entspreche dem deutschen Hans. Mein Name? Sorka. Das sei die Kurzform von Zora.

Ich musste ihm meinen Namen mit einem Kohlestück auf den Tisch neben den feuchten Rand schreiben, den sein Bierkrug hinterlassen hatte.

»Tssohra«, las er wie alle Deutschen.

»Nein, nicht Tssohra. Das Z ist stimmhaft wie euer S in Salz und das O ist offen wie in Gott, Tochter, komm.«

Er lachte Tränen, als ich ihm von meinem Versuch, Honza

taufen zu lassen, erzählte. Wie ich, zugegeben, etwas zerlumpt, das Kind auf dem Arm, in Havelberg in einer Amtsstube stand. Wie ich dem Geistlichen wahrheitsgemäß meinen Stand – unverheiratet – und meinen Wohnort – im schwedischen Tross, im Hurenzelt – nannte. Wie der sich hinter seinem Schreibpult zurückzog, als fürchte er, dorthin mitgenommen zu werden.

»Aber ich wollte ihn nicht notzüchtigen. Ich wollte nur mein Kind taufen lassen!«

Wie ich, die ich doch schon als kleines Kind in der Werkstatt unseres Vaters die Lettern sortierte, Spiegelschrift selbstverständlich lesen konnte, also las, was er schrieb: »zu taufen den 06. May ein Hurenkind namens Hans«, und ihn berichtigte: »Das Kind heißt Honza. Korrigiert das bitte!«

In seinem Gesicht mischten sich Unverständnis und Schreck.

»War das so ein Großer? Mit dunklen, krausen Haaren?«

»Ja.«

»Das war Isenburg. Der glaubt nicht mal, dass Weiber überhaupt lesen können.« Valentin lachte so laut, dass man sich damals sogar nach uns umsah.

Als er dann sagte, wenn ich wolle, könne ich mit dem Kind bei ihm wohnen, als er erklärte, er habe von seiner Mutter eine Kate geerbt und die sei zwar klein und früher wäre so etwas auch nicht möglich gewesen, da hätten Mädchen wie ich – er sagte Mädchen! – Kirchbuße tun müssen und er, in einem solchen Falle, hätte wahrscheinlich sein Amt verloren, aber jetzt habe der Krieg alle Ordnungen aufgehoben, kein Hahn krähe mehr danach, wer bei wem wohne, und die strengen Bürger, die ihre Töchter früher verstoßen hätten, wenn sie sich in Soldaten verliebten, trügen sie den Offizieren jetzt geradezu an, als er sagte, wenn ich wolle, könne ich mit dem Kind bei ihm wohnen, da war ich zum Beiwohnen so sehr bereit, wie ich es selbst nie für möglich gehalten hätte. Aus Dankbarkeit. Nicht aus Bedürfnis.

Zwei Jahre hatten wir bei ihm eine Bleibe.

20

Ich habe vorgestern, als Valentin von der Beratung zurückkam, gleich gesehen, was los war; in zwei Jahren lernt man sich kennen.

Wenn man seinen Verstand beleidigte wie Pflücke, der im zwanzigsten Kriegsjahr immer noch von einem Glaubenskrieg sprach, wehrte er sich wortreich, machte er sich in Reden Luft, sprach vom katholischen Frankreich und wie denn der verehrte Kollege erkläre, dass es sich mit dem protestantischen Schweden verbünde; aber wenn man sein Gefühl beleidigte, schwieg er. Dann kam er knapp grüßend herein, warf die Tür lauter als nötig ins Schloss, und schon daran hörte ich, dass die Beratung für ihn unerfreulich gewesen sein musste. Dann flog sein Hut auf den Tisch, so, dass der mit seiner breiten Krempe über die Tischplatte rutschte. Die Pistole wurde danebengeknallt. Er schnallte sich den Gürtel mit ruckartigen Bewegungen ab. Ich konnte gerade noch die Kerze wegziehen. »Bist du verrückt?« Am Gürtel hingen auch Kugelbeutel und Pulverflasche.

Dann legte er das Viertelbrot auf den Tisch und antwortete kaum, als ich mich freute und fragte. »Von Judith«, sagte er nur.

Dass Kober nicht vier, sondern zwölf Männer dazugebeten hatte, erfuhr ich erst nachts, als er wieder zum Reden erwachte. Drei von Kobers zwölf Briefen seien nicht mehr zustellbar gewesen, die Häuser vernagelt, die Bewohner krank oder von der Pest schon dahingerafft. Auch Pfarrherr Isaak Metzdorf, erzählte der Bote bedrückt, der seine beiden Kinder gepflegt habe bis zuletzt, sei nach ihnen verstorben.

Mitten in der Nacht, als ich eigentlich aufstehen wollte, denn ich hatte Peter, dem Henkersjungen, versprochen, zu kommen, aber das auch nicht sagen wollte, zwar wusste ich, dass Valentin wusste, und er wusste, dass ich wusste, dass er wusste, aber wir haben über meine Nahrungsbeschaffung geschwiegen, mitten in der Nacht musste ich zuhören und tröstete mich mit dem Brot, das er mitgebracht hatte, und erfuhr, wie es in Kobers Haus aussah.

Überall Gefäße mit Bierlachen als Fliegenfallen. Der Tisch in der Diele mit Klaräpfeln, Wasser, Butter, Brot und Fliegenklatschen gedeckt. Kober am Tischende, Chemnitz, der Miles ihm gegenüber, Judith und Pflücke an der einen, Valentin und Wordenhoff an der anderen Seite.

Von einquartierten, aus ihren Dörfern geflüchteten Bauern, von verwundeten oder versprengten Soldaten sei Kobers Haus natürlich verschont. Baltzer sei fort. Er absolviere bei Heinrich Schaum in Amsterdam eine Kaufmannslehre. Elsbeth und Anton seien gestorben, Simon habe sich von den Wallensteinern anwerben lassen. Bei denen gehe es nicht nach Herkunft und Erziehung, sondern nach Fähigkeiten, sagte man ihm. Ein tüchtiger Soldat werde befördert und könne schnell das Kommando über ein Fähnlein erhalten.

Bei den Schweden auch, dachte ich. Von Oberst Houwald hatte mir Una erzählt, er sei ein Tuchmachersohn und habe einmal als einfacher Musketier angefangen. Als Generalmajor wechselte er dann in sächsische Dienste, was mir aber so egal war wie die Tatsache, dass Jenne, Robert und Ulla noch da seien, Kober seine Briefe aber lieber von Peter Schulze, Nachbar Wordenhoffs Knecht, austragen ließ.

»Erzähl es mir lieber morgen. Ich bin müde. Ich fürchte, ich krieg nichts mehr mit.«

»Hab schon verstanden. Ist ja auch nicht so wichtig.«

Oje. Wenn er sich *so* umdrehte und *so* klang, gab es nur zwei Arten, ihn wieder freundlich zu stimmen: betteln oder … Zu »oder« war ich nicht aufgelegt. Peter hätte mir dafür wenigstens zu essen gegeben.

»Valentin! So war es doch nicht gemeint! – Du! Ich will dir nur raten können, aber wenn ich nicht einmal die Namen von neun Männern behalte …«

»Vier.«

»Vier? Hast du nicht gesagt, von zwölf Briefen habe Schulze drei nicht abgeben können?« (Na bitte. Ging doch.)

»Ja, aber von den anderen sind nur Chemnitz, Pflücke und ich gekommen. Kober war wütend. Das habe ein Nachspiel. Aber vielleicht wussten die von Kobers Ernennung noch nichts.«

Aber man wusste. Dass Kober vom letzten der vier an der Pest verstorbenen Bürgermeister, seinem Onkel Johannes Kunow, noch auf dem Sterbebett zum kommissarischen Stadtoberhaupt ernannt worden war, hatte mir bei meinem nächtlichen Nahrungserwerb auch schon der Scharfrichterjunge erzählt. Die Nachricht von Kobers Verantwortung für die Stadt hatte sich mindestens ebenso schnell verbreitet wie Mitte Mai das Gerücht von der Pest.

Und damals war der Rat dem Gerücht sogar entgegengetreten!

Jener Bauer aus Jakobsdorf, den man eines Morgens in der Breiten Straße im Rinnstein gefunden hatte, sei an einem ansteckenden Durchfall gestorben. Aber ein Durchfall, auch wenn er ansteckend sei, sagten die Leute, gehe nicht mit Husten und geschwollenen Zungen, nicht mit Verfärbungen im Gesicht und Beulen in Leisten und Achseln einher. Von einem ansteckenden Durchfall komme es nicht zu Fehlgeburten auf offener Straße, irre man nicht im Nachthemd umher und suche mit fiebrigen Augen sein Bett!

Einer dieser fiebrig Irrenden kam auch zu Schaums. Die Familie stand auf und wich vom Esstisch kreideweiß an die Wand.

Man möchte doch Platz behalten, bat freundlich der Fremde. Es war der Kornbodenmeister. Sie erkannten ihn, er sie aber nicht. Er sei etwas unpässlich, aber seine Frau habe ja, wie er sehe, sich schon um die lieben Gäste gekümmert. Er werde nachher auch kommen, sich jetzt nur etwas hinlegen.

Nachdem sich das Entsetzen nicht legen, nachdem niemand ihn aufhalten oder gar rauswerfen wollte, durchquerte er auch die benachbarte Stube. Man hörte ihn die Tür zur Schlafstube öffnen. Er legte sich dort in das Bett.

Die Schaums zogen danach zu den uralten Gartzens. Die waren schon seit Jahren auf ihr Ende gefasst. »Wir sind alt, nicht, Vati?« – »Ja, Mutti, wir haben unser Leben gelebt.« – Und am nächsten Tag wurden die Wirtshäuser geschlossen, hatte mir Peter, der künftige Henker, erzählt. Am Sonntag darauf wurde von der Kanzel verkündet, vorerst fänden keine Gottesdienste mehr statt. Schule werde nicht mehr gehalten, Markt- und Gerichtstage auch nicht mehr, Wiesengeld und Wasserpacht würden vorerst nicht eingezogen; und wenn der Rat kein Geld mehr wolle, sagte Peter, dann sei es ernst.

Und da, das weiß ich, waren die Fliegen schon da. Wimmelten sie hinter Fenstern von Häusern, umschwärmten sie, was sich bewegte, schissen sie auf die im Folio-Format und mit schlechten Lettern gedruckte »Infektions-Ordnung«, die ein Stadtdiener nun überall annageln musste.

O doch, man wusste von Kobers Ernennung.

»Joachim Kober? Der mit dem Unstern?«

Denn der Komet über Kobers Hochzeit war nicht vergessen. Hatte man ihm nicht nachgesagt, Krieg, Seuchen, Hungersnot, Königstod und Katzensterben zu prophezeien? Und alles, alles war eingetroffen. Auch die Hungersnot, denn nur in den ersten Kriegsjahren gingen die Bauern noch auf die Felder. Trugen sie Waffen beim Pflügen, ließen sie von Kirchtürmen Feldwachen spähen, hielten sie feuchtes Stroh oder Himbeerranken bereit, um beim Nahen von Kriegsvolk durch Rauchsignale ihre Nachbarn zu warnen. Aber bald gab es manche Nachbardörfer nicht mehr. Es gab die Mansfelder, die Wallensteiner, des Landesherrn eigene Truppen. Es gab Oberst Grammen und Hauptmann Milatz. Es gab das Klitzing'sche, das Altringische, das Goldstein'sche, das Borgsdorf'sche Regiment. Es war egal, wer das Regiment führte. Die Folgen waren immer dieselben.

Von Ziemendorf, erzählten die letzten der Flüchtlinge, die noch hinter Pritzwalks Mauern gelangten, sei schon nichts mehr zu sehen. Kletten und Nesseln wüchsen auf Trümmern. Gestrüpp setze sich über die Äcker. Holzungen sprössen in Wiesen auf. Die Wildnis zu durchwandern sei gefährlich, denn streunende Hunde schlössen sich zu Rudeln zusammen und machten gemeinsam auf Lebendiges Jagd.

Alles, alles war eingetroffen. Auch das Katzensterben, denn man hatte längst alle Katzen gegessen.

Und Valentin hatte ja recht: Je größer der Hunger in der Stadt wurde, desto üppiger blühten die Fressfantasien.

Kobers Hochzeit war in der Erinnerung der Leute längst zu einer Festlichkeit von mythischem Ausmaß geworden. Immer größer wurde die Anzahl der Gäste, immer zahlreicher und erlesener wurden die inzwischen längst von jedermann genossenen Speisen. Leute, die schon ihres Standes wegen nicht dabei gewesen sein konnten, hatten damals den größten Fraß ihres Lebens getan. Andere, die damals noch Kinder waren, wollten noch bis zum Morgengrauen Kober und Judith mit Bieraussaufen beschwerlich gewesen sein. Wieder andere, die Fremden, winkten nur ab. Das sei doch noch gar nichts! Sie, in ihren Dörfern, in ihren Städten, hatten noch ganz andere Feste mit fetteren Schweinen, größeren Ochsen und dümmeren Gänsen, natürlich besser gewürzt und gebraten, erlebt.

Ich kannte das. Immer schlägt ein Pendel in beide Richtungen gleich weit.

Weiber, die seit Wochen schon nichts weiter als Melde und Brennnesseln kochten, sprachen von Spargel und Artischockensalat. Männer, die Dohlen und Spatzen fingen, stritten sich um die Glasur eines Spanferkelbratens. Kinder mit vom Hunger aufgetriebenen Bäuchen prahlten voreinander mit den Marzipanäpfeln, die ihre Eltern angeblich aßen!

Das hatte Valentin auf der Beratung auch gesagt, sagte er mir. Nachdem er der Erste gewesen sei. Judith habe ihn selbst eingelassen. Sie habe ihn mit sich gezogen, in den Gang, der zur Küche führt, »Hier, steckt das schnell weg. Das braucht niemand zu wissen«, und hatte dann an ihn eine Bitte.

»Valentin, ich hab an Euch eine Bitte.«

Es ging um ihre Kräuterbücher. Sie brauchte sie, wenigstens zwei oder drei davon. Sie war seinerzeit, an jenem Vormittag, an dem die Bibliothek in das Rathausgewölbe »ausgelagert« worden war, bei Benigna gewesen und Valentin in der Schule. Jenne und Ulla hatten sich nicht ausgekannt, sondern noch mitgeholfen, alle Bücher wie Rüben auf den Wagen zu werfen. Alle Bücher, auch ihre privaten.

»Ich hatte Euch nie damit behelligen wollen. Wir haben in diesen Zeiten alle andere Sorgen. Und wenn Ihr mir den Schlüssel gebt, such ich mir die Bücher auch selbst.«

»Nein, nein, ich mach das schon. Den ›Phytobasanus‹ braucht Ihr und was war das andere?«

»Matthiolus. Und vielleicht auch noch, falls Ihr ihn zufällig sähet, den ›Hortulus sanitatis‹ von Durante.«

Die Bücher lagen auf dem feuchten Ziegelfußboden. Es war schwer, dort ohne Regale Ordnung zu schaffen. Valentin hatte sie notdürftig gestapelt, aber außer ihm kannte sich niemand dort aus.

»Ich würde Euch nicht belästigen, aber ...« Sie beeilte sich, zu versichern, es gehe nicht um die Pest, und ihre Augen glänzten feucht, als sie von Jochimken sprach. Hätte sie doch beide Söhne nach Amsterdam gehen lassen! Aber damals schien Jochimken ihr dafür noch zu klein. Nun war er nicht mehr zu klein. Nun verachtete er seinen Vater. Dauernd müsse sie zwischen den beiden vermitteln. Nun renne er jeder Art von Schwarmgeistern nach. Mal halte er unsere Welt für nur eine von neun, schnitzte Runen in Stäbe und küsste den Findling im Garten. Mal geißele er sich, schlafe auf den Dielen und wolle härene Hemden. Mal tanzte er nackt mit den Adamiten herum.

Von denen wisse doch Valentin, oder? Von dieser Sekte in der Schäperstraße, die splitternackt tanze, bete und singe?

Und offensichtlich, sagte sie, tanzten, beteten und sangen sie nicht nur. Nachdem sich ihr Jochimken ein paar Tage lang eingeschlossen hatte, habe er sich nun endlich ihr anvertraut. Kobers Einladung zur Beratung sei ihr wie ein Geschenk des Himmels erschienen, sie hätte sonst zu ihm kommen müssen. Sie brauche die Bücher. Jochimken habe die Lustseuche. Nicht die der Franzosen, die andere. Er habe Schmerzen beim Wasserlassen und ein morgens eiterndes Glied.

»Und wenn Ihr den Physikus holt?«

In Pestzeiten den Arzt! Er merkte es selbst: Das war keine gute Idee.

So hatte es sein sollen gestern Abend.

Dass sie die Bücher von ihm holte, die er dort, im Rathausgewölbe, für sie herausgesucht hatte.

21

Sie stöhnt im Schlaf. Vielleicht hat sie das vorhin auch schon getan, aber jetzt, ohne Geschrei und Peitschengeknall da draußen, ohne Hufschlag und Räderrollen auf den Bohlen der Brücke, ist es zu hören.

Wenn ich doch bloß etwas zum Verbinden hätte! Gern würde ich ihre Schmerzen lindern, aber so, ohne sie sauber bedecken zu können, ist das Öffnen der Blasen zu gefährlich.

Und daran, es Peter zu sagen, habe ich auch nicht gedacht. Nur, dass er vorsichtig sein solle, habe ich gefleht. Er wollte noch etwas holen. Er sagte nicht, was. Er wollte in Erfahrung zu bringen versuchen, was aus Valentin geworden sei. Das Tor zum Gewölbe, sagte er, sei, als wir flohen, noch geschlossen gewesen. Ich hatte es nicht sehen können. Ich hatte das Kind auf dem Arm, half ihm, Judith, die gerade noch so laufen konnte, zu führen.

Verdammt! An alles haben seine Vorväter hier gedacht, an Waffen, Krautfässer, Pökelfleisch, Kleider, Werkzeug, Schmalz, Erbsen, Honig. Und was ist das hier? Wolfsbohnen. Oder Lupinen, sagen sie hier wohl. Die muss man erst wässern, aber dann schmecken sie nicht schlecht. Nur brauche ich jetzt keine Lupinen, ich brauche Verbandszeug.

Hier?

Nein, hier auch nicht.

22

Die Wahrheit ist: Sie erblickten die Welt in verschiedenem Licht. Während bei Judiths Geburt eine Öllampe brannte, während sie und Kober sich auch in diesen eisenharten Zeiten noch die teuren Wachskerzen leisten konnten, besaßen Valentins Eltern nicht einmal Unschlittkerzen; bei seiner Geburt rußte und blakte ein Kienspan.

Die Wahrheit ist: Während Judith auch jetzt, im zwanzigsten Kriegsjahr, noch für ihre Familie Sauerkraut machen konnte, mit Mühe zwar, zugegeben, denn der Weißkohl reichte nicht mehr und sie mischte ihn mit Grünkohl und Futterkohl, aber während sie sogar noch jemanden hatte, der ihr dabei half und dem sie Lohn und Brot geben konnte – »Fester, Jenne, fester, das muss alles noch rein in das Fass!« – »Ick kniep den ja man schon so tosamm'!« –, während sie sogar noch Ulla hatte, mit der sie über die verdrossene Jenne lachen konnte, als die das neue Gemisch »Knieperkohl« taufte, hatten andere Leute nichts mehr zu lachen, keinen Weißkohl, keinen Grünkohl, keinen Futterkohl. Während sie und Kober unter den Kriegsfolgen litten, litten andere überhaupt nicht mehr, sondern waren schon tot.

Die Wahrheit ist, dass man einen anderen nur so weit versteht, wie die eigenen Erfahrungen reichen.

Ihren kurzen Blick in seine Augen vorgestern, als Pflücke vorschlug, die Beratung mit dem Lied »Ein' feste Burg« zu beginnen, verstand Valentin. Er wusste: Auch sie mochte diesen Mann nicht besonders. Das gereckte Kinn. Die hängende Unterlippe, während er nun schon die zweite Strophe sang. Die dritte, die vierte, während Kober reden wollte.

»Von wegen!«, sagte ihr Blick, »von wegen ›Nehmen sie den Leib, / Gut, Ehr, Kind und Weib / lass fahren dahin‹ – der hat neulich nicht einmal seinen Wagen dahinfahren lassen. Zum Wittstocker Tor, wo die Angreifenden mit ihren Äxten schon auf den inneren Flügel einschlugen. Alle Anwohner schoben ihre Wagen davor, während man von den Wehrtürmen herab Feuer gab. Nur Pflücke nicht. Pflückes Wagen war gerade kaputt.«

Valentins Nicken verstand sie. Als Kober von Zahlungen, Durchzügen, Einquartierungen, Kontributionen und dem Obersten Fahrensbach sprach. Der hatte für sich wöchentlich zweihundert Taler verlangt, für jeden seiner Oberstleutnants achtzig Taler, für Hauptmann und Rittmeister fünfzig und so weiter und so weiter, bis zum gemeinen Soldaten hinunter.

»Und das hielt er für rechtens«, sagte Kober empört. »Schließlich war er ja als Befreier von den Mansfeldern gekommen.«

Da war man sich noch einig. Auch Valentin fand es nicht rechtens, dass zuletzt die Stadtkasse von ihrem Inhalt befreit war. Die Dänen, die darin nichts mehr fanden, nahmen dann Bürgermeister Benzin für ein Lösegeld mit.

Er verstand auch noch Kobers Zögern, als Judith fragte: »Soll ich das schreiben?«

»Nein, noch nicht.«

Denn die Stadtkasse wurde von des Landesherrn eigenen Truppen geleert, und man konnte doch seinen Kurfürsten nicht des Raubes anklagen!

»Waffen?«, fragte Kober.

Chemnitz, der Miles, war endlich in seinem Element. Er rechnete vor, wie viele Hellebarden, wie viele Musketen, wie viele Piken sich noch im Rathaus befinden müssten, allerdings gebe es kein Baumaterial zum Instandsetzen von Mauerbreschen mehr und die Soldaten hielten es für unter ihrer Würde, Schanzarbeiten zu leisten, das sollten die Bauern machen, die aber weigerten sich, für Soldaten, durch die sie alles verloren hatten, auch nur den kleinen Finger zu krümmen, und die Bürger ...«

»Zugpferde?«, unterbrach Kober. *Er* leitete die Versammlung und er hatte nur nach den Waffen gefragt!

»Die Pferde sind aufgegessen«, sagte der Miles kühl.

Judith wieder: »Soll ich das schreiben?«

»Ja – nein! Warte ... Schreib ...« Kober beugte sich zur Seite, sah auf das Blatt, auf dem noch nicht viel stand.

»Du hast das Datum vergessen.«

»Welchen haben wir heute?«

Während sie sorgfältig »20. August 1638« malte, forderte Kober: »Schreib Folgendes: Von den fünf in der Stadt vorhandenen Pferden – hast du? – sind am Tage der Zählung – hast du? – drei krank gewesen ...«

»... krank gewesen ...«

»Jawohl – und zwei auf der Stelle niedergefallen und schleunigst gestorben.«

»... und schleunig gestorben.«

Auch da tauschten Judith und Valentin schnell einen Blick.

Sie verstanden sich aber nicht mehr, als es um die nassen Tierhäute ging, die man zum Ersticken von Brandgeschossen brauchte.

»Die Tierhäute«, meldete der Miles, »sind alle gestohlen.«

»Aber wozu denn?« Judith verstand das nicht. Sie wohnte ja auch nicht Achter der Mauer.

»Zum Kochen und Essen«, sagte Valentin.

»Und von manchen Alarmtrommeln«, meldete der Miles, »sind auch nur noch die Zargen übrig.«

Ungefragt erklärte Valentin: »Man hat die Kalbsfelle gekocht und gegessen.«

Als Kober dann auf die Leute schimpfte, sie wollten Prinzipientreue, aber Sicherheit wollten sie auch, ihre Rechte, aber Sicherheit auch, und als ihm über die Lippen kam, als Wachposten könnten die Jungen zu Männern gedeihen, während doch jeder Anwesende wusste, dass er seinen Ältesten lieber nach Amsterdam geschickt hatte, sah sich Valentin zum Widerspruch aufgefordert. Unterhandlungskunst war halt nicht seine Stärke. Er müsse sich nicht wundern, dass er immer auf Widerstand stoße, hatte Judith ihm einmal gesagt. Er habe zwar nie eine Vorschrift verletzt, aber immer jene, die sie erließen.

Er verletzte dann wohl, indem er Kober angriff, auch sie.

Man solle die Stadttore öffnen. Die Schweden ließen gewiss mit sich reden. Was gingen denn die Armen Pechfackeln, Wachdienst und Schießbefehl an. Was sollten sie denn noch verteidigen, sie hätten nichts mehr!

Draußen, sagte er, draußen hätten sie Wurzeln, Beeren, bald auch Nüsse und Pilze. Draußen könnten sie sich im Hainholz verstecken, Kleinwild in Fallen fangen, in der Dömnitz fischen. Draußen gäbe es Hasen und Kaninchen. Gäbe es Hamster. Gäbe es Fische und Vögel.

Die Schweden? Die solle man einlassen. In die Stadt, in die verpesteten Häuser. Oder gehe es Kober gar nicht um das Schicksal der Stadt? Wolle er bloß nicht den Kurfürsten erzürnen, indem er mit dessen Feinden, den Schweden, verhandle?

Judith wusste, dass Valentin so unrecht nicht hatte. Auch ihr hatte Kober die verbrieften Obligationen über die an den Kurfürsten ausgeliehenen Capitalia gezeigt. Ganz falsch war es nicht, was Valentin andeutete: Würde Kober den Fürsten verärgern, sähe er womöglich sein Geld nicht mehr wieder.

Für die Armen, sagte Valentin, gelte jedenfalls, dass sie von den Schweden vielleicht getötet würden, von der Pest und dem Hunger aber gewiss.

»Die Stadttore bleiben zu.« Kober *musste* das nicht begründen.

»Ihr legt Euch ja ordentlich für die Armen ins Zeug!«, spöttelte Pflücke.

Und Judith, das sollte ich mir vorstellen in der Nacht, Judith, diese Gemeinheit sollte ich in der Nacht zu gestern begreifen, Judith, die ihn doch kenne wie niemand sonst, Judith, die doch wie kein anderer Mensch wisse, worauf er im Leben gehofft, wie sehr er gestrebt, sich bemüht, sich dafür angestrengt habe, Judith habe darauf zu seinem Feind Pflücke gesagt: »Klein liebt doch das einfache Volk, wisst Ihr das nicht? Jedenfalls, solange er nicht dazugehören muss.«

Und dann, mitten in der Nacht, war er aufgefahren. Er habe eine Idee! Eine gute Idee!

Und ich hatte gleich gewusst, dass eine Idee nicht gut sein konnte, die einem nicht erlaubte, ein Kind schlafen zu lassen, einen Vierjährigen, den man sowieso immer stundenlang nicht zum Einschlafen bekommt, denn mal muss er dann noch trinken, mal pinkeln, mal die Nase putzen, mal hat er angeblich eine Spinne im Bett.

Er habe eine Idee, schrie Valentin in der Nacht. Er kriege die Stadttore auf, jawohl. Er werde Judith ein bisschen drohen!

23

Nicht für alle gab es gestern ein böses Erwachen, manche traf der Tod auch im Schlaf.

Die in der Nähe der Tore wohnten, wurden zuerst aus dem Schlaf, den Betten, ihren Häusern gerissen. Zitternde Bürger gaben Geld, Schmuck, Hausrat, Silber, Zinn und Kupfer her, verrieten Verstecke auch ohne Folter, Kinder heulten, Frauen schrien, die an der Mauer Wohnenden traf es als Letzte. Von denen, die an der Mauer wohnten, konnten in dem Durcheinander vielleicht noch die meisten entfliehen, denn bei denen am Rande war nichts zu holen. Aber in die großen, schönen Bürgerhäuser in der Marktstraße strömte der meiste Besuch. Auch wenn die Häuser inzwischen nur noch groß und nicht mehr schön waren, seit es an Baumaterial mangelte, auch an dem größten und schönsten Haus der Stadt, Kobers, die Fassade neu zu verputzen, das Erkerfenster wegen der Fliegen verhangen, die Bohlentür von den Axthieben eines Bauern entstellt war, der das letzte seiner sieben Kinder, die anderen hatte man vor seinen Augen getötet, bis nach Pritzwalk gerettet hatte, ihm dort, einem zweijährigen Mädchen, die Kehle durchschnitt und danach jeden zu erschlagen drohte, der sich ihm in den Weg stellen wollte. Den Soldaten gestern stellte sich keiner in den Weg, jedenfalls keiner, der klug war. Ich weiß Bescheid. Ich habe in Pirna die Berichte über die Plünderung Prags mit anhören müssen, ein wochenlanges Gemetzel, bei dem niemand gefragt wurde, ob er evangelisch oder katholisch war. Ich habe im Hurenzelt gehört, was mir Una und Suse über die Nacht erzählten, in der sie mich fanden. »Du hast Glück gehabt«, sagten sie – drei Wochen nach meinem Glück, als ich, rechts und links von ihnen gestützt, zum ersten Mal wieder zu laufen versuchte.

Als ich Valentin gestern bat: »Geh nicht!«, sah ich wieder meinen Bruder vor mir. Als er sich auf die Bibel berief, hörte ich wieder die Eltern streiten. Wer sich in Gefahr begibt, kommt darin um.

»Valentin, geh nicht!«

Warum wiederholte sich bloß alles? Ich stand gestern Abend an den Tisch gelehnt, die Arme verschränkt. Es war nicht Jura, es war nicht mein Bruder, es war Valentin, den ich auf der Bank sitzen sah. Er griff in seinen Stiefel, förderte ein paar Spelzchen und Krümel zutage, die Reste der Beifußstängel, die ihn davor schützen sollten, in eine böse Spur zu treten. Andere wuschen sich die Füße mit Essigwasser, rieben sie sich mit Zwiebeln oder Knoblauch ein, die Wohlhabenderen schluckten pulverisierte Perlen und Edelsteine. Trotzdem starb man ringsum an der Pest.

Ich sah zu, wie er aufstand, seinen Gürtel anlegte. Das Tuch, das er aus der Tasche zog, schien ihm noch genügend nach Essig zu riechen. Er band es sich gegen die Fliegen vor Nase und Mund. Er steckte die Pistole zu sich, ging zum Herd, wühlte mit Löffeln und Quirlen klappernd im Tontopf. *Ja, richtig, Junge, du brauchst auch ein Messer.* »... seid klug wie die Schlangen ...« Ich hörte ihn reden.

Was das für eine Moral sei, hörte ich, mit der man sich immer den eignen Untergang schaffe.

Aber darum ging's mir doch gar nicht! Dableiben sollte er, nicht mit mir über Moral diskutieren!

»Siehe, ich sende euch wie Schafe mitten unter die Wölfe«, das stehe schon im Lukas-Evangelium.

Es steht nicht im Lukas-Evangelium, es steht bei Matthäus, doch das sagte ich nicht, ich wollte seinen Widerstand nicht noch mehr vergrößern.

»Du hast mich nicht verstanden, oder?«

Verstanden werden wollte er nun auch noch!

»Siehe, ich sende euch wie Schafe mitten unter die Wölfe – kapierst du?«

Ich kapierte nur, dass er ging.

Valentin, das Schaf!

Ich weiß: Bevor ich mich gestern hinlegte, hatte ich noch einmal nach Honza gesehen. Er lag auf seinem Strohsack in der Ecke der Kammer da wie ein X, die Ärmchen über dem Kopf, die Beinchen gespreizt. Er schwitzte, denn es war heiß, aber man konnte wegen der Fliegen die Fenster nicht öffnen.

Peter wird warten, dachte ich noch. Ich hatte ihm versprochen zu kommen und war nicht da, doch kam nicht zum ersten Mal etwas dazwischen. Ich schlafe ein bisschen, dann geh ich hinüber. Und dann, weiß ich noch, muss ich hinüber gewesen sein, hinübergeglitten von Halbschlaf in Ganzschlaf, denn entgegen dem Alarm, den mein Herz schlug, dachte ich noch: Ich hab nur geträumt. Aber das hatte ich nicht. Das war kein Gewitter!

Vielmehr: Es tobte zwar eins. Donner grollte. Blitze krachten. Irgendwo schlug Holz an Mauerwerk, dann wieder der Donner, nur hatte ich lange genug unter Soldaten gelebt, um das fauchend-knatternde Geräusch, das außerdem zu hören war, nicht zum Donner zu zählen.

Petarden! Mein Gott, das waren Petarden! Sie sprengten die Stadttore auf!

»Honzíčku! Wach werden!« Ich riss ihn hoch, hatte ihn

auf dem Arm, war draußen. Wo lang denn? An der Mauer entlang in die Tuchmacherstraße, das war zu weit, ich rannte über den Steg auf die Scharfrichterinsel. Ich sah Peter aus dem Wohnhaus kommen, das weiß ich noch. Aber ich hatte keine Zeit für Schäferstündchen und essbaren Lohn. Keine, diesmal, ihm zuzuhören. Die Geschichten seiner Kindheit, des Ausgestoßenseins als Mitglied der Henkersfamilie. Ich hörte noch, dass er etwas rief, aber ich rannte. Ich rannte am Garten, am Wohnhaus, an den Ställen vorbei, rannte an dem Schuppen vorüber, in dem er mit dem Übungsschwert manchmal Birkenstämmchen zerschlug. Ein Scharfrichter müsse stets in der Übung bleiben, hatte er mir einmal erklärt, und der Liebeslohn, weil ich ihn auch noch bewunderte, fiel in jener Nacht besonders großzügig aus. »Sie haben die Tore gesprengt!«, rief ich ihm zu. Ich hörte nicht, was er sagte. Ich war schon vorüber. Der andere Steg über die Dömnitz. Das hochgezogene Mühlenwehr. Die Mühlenstraße. Schneller! Honza, erschrocken, auf meinem Arm, war ganz still. Schneller, vorwärts! Ich musste vor den Soldaten bei Valentin sein!

Ich rannte. Ich redete auf Honza ein, bis ich dazu keine Luft mehr hatte. Ich merkte nicht, dass jemand mir folgte.

Auf dem Platz zwischen Rathaus und Kirche hatte ich noch gehofft, im Schatten eines der Strebepfeiler am Chor sei ich für sie nicht zu sehen. Da schrie Honza schon, wollten sie ihn mir aus den Armen reißen, hielt ich ihn fest, sah ich den Degen, hörte ich Judith: »Weg da! Weg von dem Kind!«

Es war Judith, ich hatte sie einmal von ferne gesehen. Es waren Judiths Hände, die den Arm mit dem Degen nach unten zerrten, Judiths Kleider, die den Kerlen dann mehr in die Augen stachen als ich, Judiths Kette, die einer ihr mit einem Ruck vom Hals riss.

»Wen haben wir denn da! Na sieh mal an! Was haben wir denn hier für einen lohnenden Braten!«

Und dann ging alles ganz schnell. Aus der Dunkelheit, die nur von dem flackernden Feuer an der Rathausecke erhellt war, dem einzigen der gegen die Pest angezündeten Feuer, das noch regelmäßig gewartet wurde, tauchte – während einer seine Pistole auf Honza und mich richtete und ein anderer die seine auf Judith, die den Ernst der Lage nicht begriff und mit dem Wallenstein'schen Reiterrecht drohte! – plötzlich ein Offizier auf, befahl die Kerle dahin, dorthin, das hier sei seine Sache. »Du bleibst bei mir!« Die Pistole sank, mein Bedroher salutierte. In der Ferne hörte ich eine Frauenstimme: »Weg! In diesem Haus ist die Pest!«, Männergelächter, denn diesen Trick kannten sie schon, und in der Nähe Judiths Schrei, denn man hatte sie gestoßen und sie war in die Grube gestürzt. Rücklings. Ins Feuer. Die Grube war tief. Sie konnte nicht aufstehen, wir hörten sie schreien.

Ich hielt den Mund, als ich, während wir sie herauszogen, in dem Offizier Peter und in dem Schwert sein spitz geschliffenes Richtschwert erkannte. Der Musketier, den er requiriert hatte, half uns noch bis kurz vor die Brücke. Was Peter konnte, wusste ich vorher. Seine Meisterprüfung habe er in Lindow abgelegt, hatte er mir einmal erzählt, und sie habe darin bestanden, eine Kindsmörderin im Stehen zu enthaupten, was schwer sei, weil man die Klinge waagerecht führen und ganz anders als beim Richtblock ausholen müsse. Ich sah es nicht. Es ging viel zu schnell. Ich sah nur den Kopf rollen und den Musketier stürzen.

Judith sah auch nichts, ihre Lider schwollen schon zu. Sie verstand aber noch, wo wir waren, denn sie fragte zurück: »Auf der Scharfrichterinsel?«

Es war schwierig, sie in der Dömnitz unter der Mauer hindurch auf die andere Seite zu ziehen, aber Honza hinüberzuziehen – nun, der Mensch hält wirklich viel aus. Außer den Vergewaltigungen in Quedlinburg habe ich auch die Wasserscheu meines Kindes überlebt.

Nanu?

Was war das eben?!

Ich hätte vorhin eine der Waffen mit nach vorn nehmen sollen, nun ist es zu spät, und sie zu wecken hat auch keinen Sinn, sie können mir nicht helfen, ein Kind, eine Kranke.

»Peter! Bist du wahnsinnig! Mich so zu erschrecken!«

»Na, hätte ich vielleicht laut rufen sollen?«

Splitternackt! Das Kleiderbündel im Arm.

»Aber es ist doch noch nicht dunkel. Man hätte dich sehen können!«

»Die haben mit sich zu tun.«

Er trocknete sich ab, berichtete dabei, dass das Gewölbe ausgebrannt sei, alle Bücher verbrannt, aber Valentin nicht.

Woher wollte er – ach ja, er kannte sich ja mit Brandleichen aus.

»Aber er muss doch im Gewölbe gewesen sein!«

»Ich kann dir nur sagen, was ich gesehen habe. Als die Bücher verbrannten, war er nicht dort. Bendix Ostermann ...«

»Der Torhüter?«

»Ja. Der. Der hat ihn auch nicht gesehen. Aber er hat die Wagen gezählt. Hundertacht Beutewagen haben sie Richtung Norden geführt!«

Er rollte sein Kleiderbündel auf, streckte mir etwas hin.

»Hier, ich hab für meine Patentante was mitgebracht.«

Aloe!

»Judith, wir haben Aloe für dich!«

»Am besten ...«

»Nein, lass mich das machen. Du kannst die Blätter aufschneiden, längs.«

Für wie dumm hielt der mich denn!

»Gib mal die Kerze. Solche großen Blasen muss man mit einem ausgeglühten Messer öffnen. – Sie ist übrigens wirklich meine Patentante. Du glaubst mir wohl nicht? Es ist die Wahrheit«

– *Ende* –

Danksagung

Ich danke Herrn Wolfgang Schößler, Domstiftsarchivar a. D., Brandenburg, für seinen Beistand bei meinen Recherchen in Pritzwalker Tauf-, Trau- und Sterberegistern und Herrn Hans-Dieter Skusa, Reinsdorf, für seine Auskünfte über Diederich von dem Werder.